um caso de

Hercule Poirot

Publicado originalmente em 1959

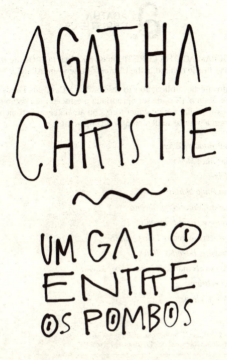

· TRADUÇÃO DE ·
Natalia Borges Polesso

Rio de Janeiro, 2024

Título original: Cat Among the Pigeons
Copyright © 1959 Agatha Christie Limited. All rights reserved.
Copyright de tradução © 2021 por HarperCollins *Brasil*

THE AC MONOGRAM, AGATHA CHRISTIE, and HERCULE POIROT are registered trade marks of Agatha Christie Limited in the UK and/or elsewhere. All rights reserved.

Todos os direitos desta publicação são reservados à Casa dos Livros Editora LTDA. Nenhuma parte desta obra pode ser apropriada e estocada em sistema de banco de dados ou processo similar, em qualquer forma ou ameio, seja eletrônico, de fotocópia, gravação etc., sem a permissão do detentor do copyright.

Diretora editorial: *Raquel Cozer*

Gerente editorial: *Alice Mello*

Editor: *Ulisses Teixeira*

Copidesque: *Ana Paula Martini*

Preparação de texto: *Marcela de Oliveira*

Revisão: *Giu Alonso e Laura Folgueira*

Design gráfico de capa e miolo: *Túlio Cerquize*

Produção de imagens: *Buendía Filmes*

Produção de Objetos: *Fernanda Teixeira e Yves Moura*

Fotografia: *Vinicius Brum*

Diagramação: *Abreu's System*

CIP-Brasil. Catalogação na Publicação
Sindicato Nacional dos Editores de Livros, RJ

Christie, Agatha, 1890-1976
  Um gato entre os pombos / Agatha Christie ; tradução Natalia Borges Polesso. – 1. ed. – Duque de Caxias, RJ : Harper Collins Brasil, 2021.

  Tradução de: Cat among pigeons
  ISBN 978-65-5511-134-7

  1. Ficção de suspense 2. Ficção inglesa I. Título.

21-60730   CDD-823

Aline Graziele Benitez – Bibliotecária – CRB-1/3129

Os pontos de vista desta obra são de responsabilidade de seu autor, não refletindo necessariamente a posição da HarperCollins Brasil, da HarperCollins Publishers ou de sua equipe editorial.

HarperCollins Brasil é uma marca licenciada à Casa dos Livros Editora LTDA.
Todos os direitos reservados à Casa dos Livros Editora LTDA.
Rua da Quitanda, 86, sala 601A — Centro
Rio de Janeiro, RJ — CEP 20091-005
Tel.: (21) 3175-1030
www.harpercollins.com.br

Para Stella e Larry Kirwan

Sumário

Prólogo Período de verão   **9**

1. Revolução em Ramat   **24**
2. A mulher na sacada   **31**
3. Apresentando Mr. Robinson   **41**
4. Retorno de uma viajante   **53**
5. Cartas da Escola Meadowbank   **66**
6. Primeiros dias   **73**
7. Palhas ao vento   **83**
8. Assassinato   **94**
9. Um gato entre os pombos   **106**
10. História fantástica   **118**
11. Conferência   **130**
12. Novas lâmpadas no lugar das velhas   **137**
13. Catástrofe   **148**
14. Miss Chadwick não prega os olhos   **159**
15. Assassinato se repete   **167**
16. O enigma do pavilhão de esportes   **174**
17. Caverna de Aladim   **186**

18.	Consulta	**197**
19.	A consulta continua	**206**
20.	Conversa	**214**
21.	Juntando os fios	**221**
22.	Incidente em Anatólia	**231**
23.	Confronto	**234**
24.	Poirot explica	**248**
25.	Legado	**258**

Prólogo

Período de verão

Era o primeiro dia do período letivo de verão na escola Meadowbank. O sol da tarde brilhava alto no amplo pátio de cascalho na frente da casa. A porta principal estava aberta em sinal de hospitalidade e, bem ali dentro, admiravelmente adequada às proporções georgianas, estava Miss Vansittart em pé, cada fio de cabelo em seu devido lugar, vestindo um casaco de corte impecável e uma saia.

Alguns pais mal informados tinham-na tomado pela grandiosa Miss Bulstrode em pessoa, sem saber que era costume de Miss Bulstrode se retirar para um tipo de santuário sagrado ao qual somente seletos e privilegiados eram levados.

Ao lado de Miss Vansittart, operando em um plano levemente diferente, estava Miss Chadwick, confortável, versada e tão parte da Meadowbank que seria impossível imaginar a escola sem ela. Estava lá desde o início. Miss Bulstrode e Miss Chadwick tinham fundado a escola Meadowbank juntas. Miss Chadwick usava um pincenê, vivia curvada, se vestia de modo desleixado, era cordialmente vaga na fala e por acaso uma brilhante matemática.

Várias palavras e frases de boas-vindas, pronunciadas graciosamente por Miss Vansittart, flutuavam pela casa.

— Como vai, Mrs. Arnold? Bem, Lydia, você gostou do seu cruzeiro helênico? Que oportunidade maravilhosa! Conseguiu boas fotografias?

— Sim, Lady Garnett, Miss Bulstrode recebeu a sua carta sobre as aulas de artes e está tudo organizado.

— Como vai, Mrs. Bird...? Bem? Acredito que Miss Bulstrode não vá ter tempo *hoje* para discutir o assunto. Miss Rowan está aqui pelas redondezas, se você quiser conversar com ela sobre isso.

— Nós mudamos você de quarto, Pamela. Vai ficar na ala mais distante, ao lado da macieira...

— Sim, certamente, Lady Violet, o clima tem estado terrível até agora nesta primavera. Esse é o seu mais novo? Qual é o seu nome? Hector? Que lindo o seu avião, Hector.

— *Très heureuse de vous voir, Madame. Ah, je regrette, ce ne serait pas possible, cette après-midi. Mademoiselle Bulstrode est tellement occupée.*

— Boa tarde, professor. Desenterrou mais coisas interessantes?

II

Num pequeno quarto no primeiro andar, Ann Shapland, a secretária de Miss Bulstrode, datilografava com rapidez e eficiência. Ann era uma jovem de 35 anos de boa aparência, com um cabelo que mais parecia uma capa preta de cetim. Ela sabia ser atraente quando queria, mas a vida lhe ensinara que eficiência e competência costumavam obter melhores resultados e evitavam complicações dolorosas. No momento, ela estava concentrada em ser tudo o que uma secretária da diretora de uma famosa escola para meninas deveria ser.

De tempos em tempos, quando inseria uma folha nova em sua máquina de escrever, ela olhava pela janela e registrava as chegadas com interesse.

— Meu Deus do céu! — disse Ann para si mesma, espantada. — Eu não sabia que ainda havia tantos motoristas na Inglaterra!

Então abriu um sorriso contrariado, enquanto um majestoso Rolls se afastava e um Austin muito pequeno e surrado se aproximava. Um pai de semblante exausto saiu do carro com a filha, que parecia muito mais calma do que ele.

Quando ele parou, hesitante, Miss Vansittart emergiu da casa e assumiu o controle.

— Major Hargreaves? E esta é Alison? Por favor, entrem. Eu gostaria que o senhor em pessoa visse o quarto de Alison. Eu...

Ann sorriu de novo e voltou a datilografar.

— A boa e velha Vansittart, a glorificada substituta — disse a si mesma. — Ela sabe copiar todos os truques de Bulstrode. Na verdade, é perfeita!

Um Cadillac enorme e quase inacreditavelmente opulento, pintado em dois tons, framboesa e azul-celeste, entrou (com dificuldade, dado seu comprimento) pelo caminho e estacionou atrás do antigo Austin do Honorável Major Alistair Hargreaves.

O chofer correu para abrir a porta, e um imenso homem barbudo e de pele escura, vestindo uma abaya esvoaçante, desceu do carro, seguido por uma mulher vestida à última moda e depois por uma esguia menina negra.

Aquela provavelmente é a Princesa Fulana em pessoa, pensou Ann. Não consigo imaginá-la de uniforme escolar, mas suponho que o milagre se tornará realidade amanhã...

Ambas Miss Vansittart e Miss Chadwick apareceram nesse momento.

— Eles serão levados à Presença — decidiu Ann.

Então lhe ocorreu que, por mais estranho que parecesse, ninguém gostava muito de fazer piadas sobre Miss Bulstrode. Miss Bulstrode não era qualquer pessoa.

— Então é melhor você se comportar, minha garota — disse a si mesma — e terminar essas cartas sem cometer nenhum erro.

Não que ela tivesse o hábito de cometer erros. Ann tinha um leque de vagas de secretaria para escolher. Fora assistente pessoal do diretor de uma companhia de petróleo, secretária particular do Sir Mervyn Todhunter, também conhecido por sua erudição, sua irritabilidade e a ilegibilidade de sua caligrafia. Havia dois gabinetes ministeriais e um importante funcionário público entre seus antigos empregadores. Mas, de maneira geral, seu trabalho sempre fora rodeado de homens. Tinha dúvidas de que iria gostar de estar, como se dizia, completamente submersa entre mulheres. Bem, tudo era experiência! E sempre haveria Dennis! O fiel Dennis retornando da Malásia, da Birmânia, de várias partes do mundo, sempre o mesmo, devoto, pedindo mais uma vez sua mão em casamento. Querido Dennis! Mas seria muito enfadonho ser casada com Dennis.

Ela sentiria falta da companhia de homens muito em breve. Todas essas personagens professorais — nem um homem por perto, exceto o jardineiro de mais ou menos 80 anos.

Mas aí Ann teve uma surpresa. Olhando pela janela, notou que havia um homem aparando a cerca viva um pouco além da entrada — claramente um jardineiro, mas bem longe de ser octagenário. Jovem, moreno, bonito. Ann ficou pensando a respeito — ouvira conversas sobre contratar mão de obra extra —, mas aquele não era nenhum caipira. Se bem que, hoje em dia, as pessoas fazem de tudo. Um jovem tentando juntar algum dinheiro para um projeto ou outro, ou, na verdade, apenas para manter o corpo e a alma em paz. Mas ele cortava a cerca de uma maneira muito experiente. Presumidamente, era um jardineiro de verdade, afinal de contas.

— Ele parece... — disse Ann — parece que *talvez* esteja até se divertindo...

Só restava uma carta, notou ela com satisfação, e então poderia passear pelo jardim...

III

No andar de cima, Miss Johnson, a governanta, estava ocupada alocando quartos, dando as boas-vindas às recém-chegadas e cumprimentando antigas alunas.

Estava satisfeita pelo início do ano letivo. Ela nunca sabia muito bem o que fazer sozinha durante as férias. Tinha duas irmãs casadas com as quais passava períodos alternados, mas elas estavam naturalmente mais interessadas em suas próprias tarefas e famílias do que na Meadowbank. Miss Johnson, embora muito afeiçoada às suas irmãs, só se interessava de fato pela Meadowbank.

Sim, era bom que o ano letivo tivesse começado...

— Miss Johnson?

— Sim, Pamela.

— Sabe, Miss Johnson. Eu acho que tem algo quebrado na minha maleta. Está vazando por cima das coisas. Eu *acho* que é óleo para cabelo.

— Shh, shh! — disse Miss Johnson, se apressando em ajudar.

IV

No gramado ao lado da entrada de cascalho, Mademoiselle Blanche, a nova professora de francês, caminhava. Ela observava com apreço o poderoso rapaz aparando a cerca.

"*Assez bien*", pensou Mademoiselle Blanche.

Mademoiselle Blanche era esguia, parecia um rato e não chamava muita atenção, mas ela mesma notava tudo.

Seus olhos iam varrendo da procissão de carros até a porta. Ela avaliava os recém-chegados em termos monetários.

Essa Meadowbank era certamente *formidable*! Ela somava mentalmente os lucros que Miss Bulstrode devia estar tendo.

Sim, de fato! *Formidable!*

V

Miss Rich, que dava aulas de inglês e geografia, avançava em direção à casa num passo rápido, tropeçando de vez em quando porque, como sempre, esquecia-se de olhar por onde andava. Seu cabelo, como sempre também, tinha escapado do coque. Ela fazia uma cara feia e ansiosa.

Dizia a si mesma:

— Estar de volta outra vez! Estar *aqui*... Parecem anos...

Ela tropeçou em um ancinho, e o jovem jardineiro esticou o braço e disse:

— Calma, senhorita.

Eileen Rich agradeceu, sem olhar para ele.

VI

Miss Rowan e Miss Blake, duas professoras do fundamental, iam na direção do Pavilhão de Esportes. Miss Rowan era magra, morena e intensa, Miss Blake era rechonchuda e loira. Elas discutiam animadas suas recentes aventuras em Florença: os quadros que tinham visto, as esculturas, o brotar das frutas e as atenções (que esperavam ser desonrosas) de dois jovens cavalheiros italianos.

— É claro que se sabe — disse Miss Blake — como os italianos procedem.

— Desinibidos — acrescentou Miss Rowan, que tinha estudado psicologia, bem como economia. — Eles têm uma relação muito saudável com seus sentimentos. Sem repressões.

— Mas Giuseppe ficou bem impressionado quando descobriu que eu dava aulas na Meadowbank — disse Miss Blake. — Ficou muito mais respeitoso na mesma hora. Ele tem uma prima que quer estudar aqui, mas Miss Bulstrode não tinha certeza de que teria vaga para ela.

— Meadowbank é uma escola importante — respondeu Miss Rowan, alegremente. — Veja só, o novo Pavilhão de Esportes está muito impressionante. Eu nunca pensei que fosse ficar pronto a tempo.

— Miss Bulstrode disse que tinha que ficar — disse Miss Blake em tom definitivo. — Ah — surpreendeu-se ela.

A porta do Pavilhão de Esportes tinha se aberto abruptamente, e uma jovem magricela e com cabelo pintado de ruivo saiu. Ela lançou às duas um olhar direto, nada amigável, e foi embora depressa.

— Essa deve ser a nova professora de educação física — comentou Miss Blake. — Que grosseira!

— *Não é* uma adição muito agradável à equipe — disse Miss Rowan. — Miss Jones era sempre tão simpática e sociável.

— Ela sem dúvida fez uma cara feia para nós — disse Miss Blake, ressentida.

As duas se foram, um tanto irritadas.

VII

A sala de espera de Miss Bulstrode tinha janelas tanto para a entrada e o gramado na frente quanto para uma aleia de rododendros nos fundos. Era uma sala muito impressionante, e Miss Bulstrode, uma mulher mais impressionante ainda. Era alta e tinha aparência nobre, cabelo grisalho bem arrumado, olhos cinzentos cheios de humor e uma boca firme. O sucesso de sua escola (e Meadowbank era uma das escolas de maior sucesso na Inglaterra) era inteiramente devido à personalidade de sua diretora. Era uma escola muito cara, mas esta não era exatamente a questão. Seria mais preciso dizer que, embora se pagasse um rim, valia a pena.

As meninas eram educadas da maneira que os pais desejavam, e também da maneira que Miss Bulstrode desejava, e o resultado das duas coisas juntas parecia satisfatório. Devido às altas taxas de admissão, Miss Bulstrode podia empregar uma equipe completa. Não havia a mentalidade de produção em massa na escola, mas o que tinha de individualista tinha de disciplina. Disciplina sem arregimentação, este era o lema de Miss Bulstrode. Disciplina, ela sustentava, era reconfortante para as jovens, dava-lhes a sensação de segurança; arregimentação dava margem à irritação. Suas pupilas formavam um grupo variado. Entre elas, havia diversas estrangeiras de boa família, muitas vezes da realeza. Havia também meninas inglesas de boa família ou abastadas, que queriam um treinamento cultural e artístico, com conhecimento geral da vida e habilidade social, que se transformariam em pessoas agradáveis, bem cuidadas e capazes de participar de discussões inteligentes sobre qualquer assunto. Havia meninas que queriam estudar muito e passar nos exames de admissão para, por fim, fazer uma graduação e que, para tanto, precisavam apenas de um bom ensino e de alguma atenção especial. Havia meninas que tinham reagido desfavoravelmente à vida escolar convencional. Mas Miss Bulstrode tinha suas regras, não aceitava idiotas nem delinquentes juvenis e preferia aceitar meninas de cujos pais ela gostasse, meninas nas quais ela visse uma chance de desenvolvimento. As idades de suas pupilas variavam amplamente. Havia moças que teriam sido rotuladas em outros tempos como "passadas" e meninas que eram pouco mais do que crianças, algumas com os pais no exterior, e para as quais Miss Bulstrode tinha um esquema de férias interessantes. O último e final tribunal de apelação era a aprovação da própria Miss Bulstrode.

Ela no momento estava em pé ao lado da lareira ouvindo a voz levemente lamurienta de Mrs. Gerald Hope. Já em antecipação, não sugerira que Mrs. Hope deveria se sentar.

— Henrietta, veja, está altamente perturbada. Altamente perturbada, de verdade. Nosso médico diz...

Miss Bulstrode assentiu com gentileza, evitando a frase cáustica que, às vezes, se sentia tentada a dizer: "Você não sabe, sua idiota, que é isso que todas as mulheres tolas dizem da própria filha?".

Em vez disso, falou com firmeza e compaixão:

— Não é preciso ficar ansiosa, Mrs. Hope. Miss Rowan, integrante da nossa equipe, é uma psicóloga com treinamento completo. A senhora ficará surpresa, estou certa, com a mudança que verá em Henrietta — *que é uma criança gentil e inteligente e boa demais para você*, pensou a diretora — depois de um ou dois períodos aqui.

— Ah, eu sei. Vocês fizeram maravilhas com a filha dos Lambeth... verdadeiras maravilhas! Então estou muito satisfeita. E eu... Ah, sim, já ia me esquecendo. Nós vamos para o Sul da França em seis semanas. Pensei em levar Henrietta. Assim ela teria pequenas férias.

— Receio que isso seja impossível — disse Miss Bulstrode na mesma hora, e com um sorriso charmoso, como se estivesse confirmando o pedido ao invés de recusá-lo.

— Ah! Mas... — O rosto petulante e fraco de Mrs. Hope hesitou e mostrou descontentamento. — De verdade, eu insisto. Afinal de contas, ela é *minha* filha.

— Certamente. Mas esta é a *minha* escola — disse Miss Bulstrode.

— Sem dúvidas posso tirar a menina da escola a qualquer momento que eu quiser?

— Ah, sim — respondeu Miss Bulstrode. — Pode. É claro que pode. Mas depois *eu* não a aceitaria de volta.

Mrs. Hope então ficou realmente de mau humor.

— Considerando o valor da mensalidade que eu pago aqui...

— Exatamente — insistiu Miss Bulstrode. — Você escolheu a minha escola para a sua filha, não foi? Então aceite-a como ela é ou esqueça. Como este charmoso modelo da Balenciaga que você está vestindo. É Balenciaga, não é? É muito encantador encontrar uma mulher com verdadeiro tino para moda.

Apertou a mão de Mrs. Hope, sacudiu-a e, imperceptivelmente, guiou-a em direção à porta.

— Não se preocupe com nada. Ah, aqui está Henrietta esperando por você. — (Ela olhou para Henrietta com aprovação, uma boa menina, ajuizada e inteligente como pouco se via, e que merecia uma mãe melhor.) — Margaret, leve Henrietta Hope até Miss Johnson.

Miss Bulstrode se retirou para sua sala e alguns instantes depois estava falando francês.

— Mas certamente, Excelência, sua sobrinha pode estudar dança de salão moderna. Muito importante socialmente. E línguas também são muito necessárias.

As chegadas seguintes foram prefaciadas por tamanha lufada de perfume caro que quase fizeram Miss Bulstrode cair de costas.

"Deve derramar o frasco inteiro desse negócio sobre si mesma todos os dias", Miss Bulstrode imaginou, enquanto cumprimentava a mulher de pele negra vestida de maneira requintada.

— *Enchantée, Madame.*

A madame soltou uma risadinha das mais belas.

O homem grande e barbudo com roupas orientais pegou a mão de Miss Bulstrode, fez uma mesura e disse, em bom inglês:

— Eu tenho a honra de lhe trazer a Princesa Shaista.

Miss Bulstrode sabia tudo sobre sua nova pupila recém-chegada de uma escola na Suíça, mas tinha algumas dúvidas quanto ao acompanhante. Não era o próprio Emir, ela concluiu; provavelmente o Ministro, ou o Chargé d'Affaires. Como de costume, quando na dúvida, usou aquele útil título *Excelência* e garantiu a ele que Princesa Shaista teria o melhor dos cuidados.

Shaista sorria educadamente. Ela também usava roupas da moda e um bom perfume. Sua idade, Miss Bulstrode sabia, era de 15 anos, mas como muitas meninas orientais e do Mediterrâneo, ela parecia mais velha — bastante madura. Miss Bulstrode falou sobre seu projeto de estudos e ficou aliviada quando a jovem respondeu de imediato em um inglês excelente e sem risadinhas. Na verdade, seus modos se destacavam favoravelmente se comparados ao comportamento sem-jeito de muitas alunas inglesas de mesma idade. Miss Bulstrode amiúde pensava que seria uma excelente ideia enviar meninas inglesas para países do Oriente Próximo, para aprender cortesia e boas maneiras por lá. Mais elogios foram feitos de ambos os lados e, então, a sala ficou vazia novamente, embora ainda tão preenchida pelo perfume forte que Miss Bulstrode abriu ambas as janelas ao máximo para arejar um pouco.

Os próximos a chegar foram Mrs. Upjohn e sua filha Julia.

Mrs. Upjohn era uma mulher jovem e agradável já próxima dos 40 anos e cabelo loiro-escuro, sardas e um chapéu impróprio, claramente concessão à seriedade da ocasião, já que ficava evidente que ela era o tipo de jovem que em geral não usava chapéu.

Julia era uma criança sardenta e sem graça, com uma testa inteligente e um ar divertido.

As apresentações foram rápidas, e Julia foi despachada por Margaret para Miss Johnson, dizendo alegremente enquanto partia:

— Até logo, mãe. *Tenha cuidado* ao ligar aquele aquecedor a gás agora que eu não vou estar lá para fazê-lo.

Miss Bulstrode se virou sorridente para Mrs. Upjohn, mas não a convidou para se sentar. Era possível que, apesar da aparência de bom senso e alegria de Julia, sua mãe quisesse explicar que a filha também estava altamente perturbada.

— Há alguma coisa de especial que você queira me dizer sobre Julia?

Mrs. Upjohn respondeu alegremente:

— Ah, não, acho que não. Julia é uma criança bastante comum. Bem saudável e tudo mais. Eu acho que ela tem uma inteligência bem razoável também, mas aposto que as mães geralmente pensam isso de suas filhas, não pensam?

— As mães — disse Miss Bulstrode soturnamente — variam!

— É maravilhoso que ela possa frequentar esta escola — comentou Mrs. Upjohn. — Minha tia está pagando, na verdade, ou ajudando. Eu não poderia arcar com o pagamento sozinha. Mas estou extremamente satisfeita com isso. E Julia também. — Ela foi até a janela enquanto dizia, com inveja: — Que agradável é o seu jardim. E tão limpo. Vocês devem ter um monte de jardineiros de verdade.

— Tínhamos três — respondeu Miss Bulstrode —, mas, neste momento, estamos com falta de mão de obra, exceto por um trabalhador local.

— É claro, o problema de hoje em dia — disse Mrs. Upjohn — é que o que se chama de jardineiro geralmente não é um jardineiro, apenas um leiteiro que quer fazer algo com seu tempo livre ou um octagenário qualquer. Eu às vezes penso... Minha nossa! — exclamou Mrs. Upjohn, ainda olhando pela janela. — Que extraordinário!

Miss Bulstrode prestou menos atenção a essa repentina exclamação do que deveria. Pois, naquele momento, ela mesma tinha olhado casualmente pela outra janela que dava para a aleia de rododendros, deparando-se com uma visão altamente indesejável: ninguém menos do que Lady Veronica Carlton-Sandways, ziguezagueando pelo caminho, o chapelão de veludo preto caído de lado, resmungando sozinha e claramente em um estado avançado de embriaguez.

Lady Veronica não era um perigo desconhecido. Era uma mulher encantadora, profundamente ligada às filhas gêmeas, e muito agradável, quando era, como dizem, *ela mesma* — mas infelizmente em intervalos imprevisíveis, ela não era ela mesma. Seu marido, Major Carlton-Sandways, até que lidava bem com isso. Uma prima que morava com eles normalmente estava disponível para ficar de olho em Lady Veronica e controlá-la, se necessário. Em dias de competições esportivas, com ambos Major Carlton-Sandways e sua prima marcando presença, Lady Veronica chegava completamente sóbria e bem vestida, o exato retrato de como uma mãe deveria ser. Mas havia vezes que Lady Veronica driblava seus cuidadores, enchia a cara e ia direto atrás das filhas para garantir-lhes seu amor maternal. As gêmeas tinham chegado de trem mais cedo naquele dia, mas ninguém estava esperando por Lady Veronica.

Mrs. Upjohn ainda falava. Mas Miss Bulstrode não a ouvia. Estava revisando várias linhas de conduta, pois tinha percebido que Lady Veronica se aproximava rapidamente do estágio truculento. Mas, de repente, graças aos céus, Miss Chadwick apareceu em um trote ligeiro, levemente sem ar. "Fiel Chaddy", pensou Miss Bulstrode. "Sempre se pode contar com ela, fosse uma artéria cortada ou uma mãe embriagada."

— Desgraça — disse Lady Veronica para ela em voz alta. — Tentaram me afastar... Não queriam que eu viesse aqui... Eu enganei Edith direitinho. Fui fazer meu repouso... Saí de carro... Dei um drible na boba da Edith... Solteirona sem sal... Nenhum homem olharia para ela duas vezes... Tive uma briga com a polícia no caminho... Disseram que eu estava incapacitada para dirigir... bobagi... Vou dizer a Miss Bulstrode que estou levando as meninas para casa... Quero elas em casa, com meu amor de mãe. Coisa maravilhosa, amor de mãe...

— Esplêndido, Lady Veronica — disse Miss Chadwick. — Estamos tão contentes por você ter vindo. Eu particularmente quero que veja o nosso novo pavilhão de esportes. Vai adorar.

Habilmente, ela virou os passos frouxos de Lady Veronica na direção oposta, levando-a para longe da casa.

— Eu acho que encontraremos as suas meninas lá — acrescentou alegremente. — Um pavilhão de esportes tão bonito, novos armários e uma sala de secar para os trajes de banho... — Suas vozes se foram pela trilha.

Miss Bulstrode observou. Lady Veronica tentou uma vez se soltar e voltar à casa, mas não era páreo para Miss Chadwick. Elas desapareceram ao virar a esquina dos rododendros, em direção à distante solidão do novo Pavilhão de Esportes.

Miss Bulstrode ergueu-se num suspiro de alívio. Excelente Chaddy. Tão confiável! Não moderna. Não inteligente — exceto em matemática —, mas sempre uma ajuda presente em tempos de encrenca.

Ela se virou com um suspiro e uma sensação de culpa em relação a Mrs. Upjohn, que ficou falando alegremente por algum tempo.

— ... Embora, é claro — dizia ela —, nenhuma missão perigosa. Nada de saltar de paraquedas, ou fazer sabotagem, ou ser uma mensageira. Eu não seria corajosa o bastante. Eram em maioria coisas enfadonhas. Serviço de escritório. E marcar território. Quer dizer, marcar no mapa, literalmente... Não espionar o local. Mas é claro que às vezes era emocionante e com frequência bem divertido, como eu acabei de dizer... todos os agentes secretos seguiam uns aos outros por toda a Genebra, todos se conhecendo de vista, e quase sempre terminavam no mesmo bar. Eu não era casada na época, é claro. Era muito divertido.

Ela parou de repente com um sorriso pesaroso e simpático.

— Eu sinto muito, estou falando demais. Tomando seu tempo. E a senhorita tem tantas outras pessoas para ver.

Ela estendeu a mão, disse adeus e partiu.

Miss Bulstrode franziu a testa por um momento. Algum instinto a avisava de que ela perdera algo que talvez fosse importante.

Ela ignorou aquela sensação. Era o dia de abertura do período letivo de verão e ela ainda tinha muitos outros pais para ver. Nunca sua escola fora tão popular, de sucesso tão certeiro. Meadowbank estava no auge.

Nada lhe sugeria que, dentro de poucas semanas, Meadowbank mergulharia num mar de problemas; que desordem, confusão e assassinato reinariam por lá, que certos acontecimentos já tinham sido postos em curso...

Capítulo 1

Revolução em Ramat

Cerca de dois meses antes do primeiro dia do período letivo de verão na Meadowbank, tinham ocorrido certos eventos de repercussão inesperada naquela celebrada escola para meninas.

No Palácio de Ramat, dois homens estavam sentados, fumando e considerando o futuro próximo. Um dos jovens tinha pele escura, rosto azeitonado e imberbe, e grandes olhos melancólicos. Era o Príncipe Ali Yusuf, Sheik Herdeiro de Ramat, que, embora pequeno, era um dos Estados mais ricos do Oriente Médio. O outro jovem tinha cabelo loiro-escuro e sardas e era mais ou menos pobre, exceto pelo belo salário que recebia como piloto particular de Sua Alteza, Príncipe Ali Yusuf. A despeito dessa diferença de status, eles estavam em perfeito pé de igualdade. Tinham frequentado a mesma escola de elite e eram amigos desde então.

— Eles atiraram na gente, Bob — disse o Príncipe Ali, quase incrédulo.

— Eles atiraram bem na gente — repetiu Bob Rawlinson.

— E foi intencional. Eles tinham a intenção de nos derrubar.

— Os desgraçados tinham a intenção mesmo — repetiu Bob soturnamente.

Ali considerou por um momento.

— Dificilmente valeria a pena tentar de novo?

— Poderíamos não ter tanta sorte dessa vez. A verdade, Ali, é que nós deixamos as coisas irem longe demais. Você deveria ter saído há duas semanas. Eu te disse isso.

— Ninguém gosta de fugir — disse o regente de Ramat.

— Eu entendo. Mas lembre o que Shakespeare ou um desses camaradas poéticos dizia sobre aqueles que fogem: eles vivem para lutar no dia seguinte.

— E pensar — prosseguiu o jovem Príncipe comovido — no dinheiro que foi gasto nessa história de fazer disso um Estado de Bem-Estar Social. Hospitais, escolas, um Serviço de Saúde...

Bob Rawlinson interrompeu o catálogo.

— A Embaixada não poderia fazer alguma coisa?

Ali Yusuf corou de raiva.

— Refugiar-me na sua Embaixada? Isso nunca. Os extremistas provavelmente invadiriam o lugar... Eles não respeitariam imunidade diplomática. Além do mais, se eu fizesse isso, seria mesmo o fim! A acusação do chefe contra mim já é de ser pró-Ocidente. — Ele suspirou. — É tão difícil entender. — Ele soava pensativo, jovem demais para seus 25 anos. — Meu avô era um homem cruel, um verdadeiro tirano. Ele tinha centenas de escravos e os tratava com crueldade. Em suas guerras tribais, ele matava seus inimigos sem piedade e os executava de formas horríveis. O mero sussurro do seu nome fazia qualquer um empalidecer. E... *ele* ainda é uma lenda! Admirado! Respeitado! O grande Achmed Abdullah! E eu? O que eu fiz? Construí hospitais e escolas, bem-estar, habitação... todas essas coisas que as pessoas disseram que queriam. Elas não as querem? Prefeririam um reino de terror como o do meu avô?

— Eu creio que sim — respondeu Bob Rawlinson. — Parece um pouco injusto, mas é isso.

Bob Rawlinson suspirou, se contorceu e se atreveu a explicar o que sentia. Ele teve que se esforçar para superar sua própria falta de articulação.

— Bem. Ele montou um espetáculo... Eu suponho que seja isso mesmo. Ele era "meio" dramático, se é que me entende.

Ele olhou para o amigo, que definitivamente não era dramático. Um bom e decente camarada, sincero e perplexo, Ali era assim, e Bob gostava dele por isso. Ele não era nem pitoresco, nem violento, mas enquanto na Inglaterra as pessoas que são pitorescas e violentas são embaraçosas e não muito bem-vindas, no Oriente Médio Bob tinha quase certeza de que era diferente.

— Mas democracia... — começou Ali.

— Ah, a democracia... — Bob sacudiu seu cachimbo. — Essa é uma palavra que significa coisas diferentes dependendo do lugar. Uma coisa é certa. Nunca quer dizer o que os gregos originalmente quiseram expressar. Eu aposto qualquer coisa que você quiser, se eles te chutarem daqui, algum mercante fanfarrão vai assumir, gritando seus próprios louvores, construindo-se a si mesmo como um Deus Todo-Poderoso e pendurando ou cortando as cabeças de qualquer um que ousar discordar dele em qualquer sentido. E, anote aí, ele vai *falar* que é um governo democrático... do povo e para o povo. Eu acho que o povo também vai gostar. Emocionante para eles. Montes de carnificina.

— Mas nós não somos selvagens! Somos civilizados hoje em dia.

— Há diferentes tipos de civilizações... — disse Bob vagamente. — Além disso, eu prefiro pensar que todos temos algo de selvageria dentro de nós... se conseguirmos pensar em uma boa desculpa para deixá-la escapar.

— Talvez você esteja certo — disse Ali, em tom sombrio.

— O que as pessoas parecem não querer em lugar nenhum hoje em dia — acrescentou Bob — é alguém que tenha um pouco de bom senso. Eu nunca fui um cara inteligente... Bem, você sabe bem disso, Ali, mas eu muitas vezes penso que é disso que o mundo realmente precisa: só um pouco de bom senso. — Ele deixou seu cachimbo de lado e se sentou em sua cadeira. — Mas esqueça tudo isso. O problema é como nós vamos sair daqui. Há alguém no Exército em quem você pode confiar de verdade?

Lentamente, Príncipe Ali Yusuf balançou a cabeça.

— Há quinze dias, eu poderia dizer que sim. Mas, agora, eu não sei... não dá para ter *certeza*...

Bob assentiu.

— É esse o inferno. Como esse palácio seu, me dá arrepios.

Ali aquiesceu sem emoção.

— Sim, há espiões por toda parte nos palácios... Eles ouvem tudo... Eles sabem de tudo.

— Mesmo lá embaixo nos hangares — soltou Bob. — O velho Achmed está completamente certo. Ele tem uma espécie de sexto sentido. Encontrou um dos mecânicos tentando mexer em um avião, um dos homens que nós jurávamos que eram absolutamente confiável. Olha só, Ali, se nós temos alguma chance de conseguir fazer você escapar, tem que ser logo.

— Eu sei, eu sei. Eu acho... tenho quase certeza agora... de que se ficar, serei morto.

Ele falou sem emoção ou qualquer tipo de pânico: com um brando interesse desprendido.

— Nós temos uma boa chance de sermos mortos de todo modo — advertiu Bob. — Teremos que voar para o Norte, você sabe. Eles não podem nos interceptar naquela direção. Mas isso significa passar por cima das montanhas, e nessa época do ano... — Ele deu de ombros.

— Você tem que entender. É desgraçadamente arriscado.

Ali Yusuf parecia incomodado.

— Se algo acontecer com você, Bob...

— Não se preocupe comigo, Ali. Não foi isso que eu quis dizer. Não sou importante. E, de qualquer modo, sou o tipo de camarada que certamente vai morrer mais cedo ou mais tarde. Estou sempre fazendo coisas loucas. Não, é você... Eu não quero persuadi-lo de uma coisa ou de outra. Se uma parte do Exército *é* leal...

— Eu não gosto da ideia de fugir — disse Ali, sem rodeios. — Mas tampouco quero ser um mártir, destroçado por uma turba.

Ele ficou em silêncio por alguns instantes.

— Muito bem, então — disse por fim, com um suspiro. — Faremos uma tentativa. Quando?

Bob deu de ombros.

— O quanto antes, melhor. Temos que conseguir pôr você na pista de um modo natural... Que tal dizer que vai inspecionar a nova estrada em construção em Al Jasar? Uma extravagância repentina. Esta tarde. Então, enquanto o seu carro passar pela pista, você para lá. Deixarei a aeronave preparada e ligada. A ideia será subir para inspecionar a estrada em construção de cima, entende? Nós decolamos e *vamos*! Não podemos levar nenhuma bagagem, é claro. Tem que ser tudo meio improvisado.

— Não há nada que eu deseje levar, exceto uma coisa...

Ele sorriu, e de repente o sorriso alterou seu rosto e fez dele uma pessoa diferente. Ele não era mais o jovem moderno consciencioso e ocidentalizado — o sorriso carregava toda a malícia racial e o jeitinho que tinham permitido a sobrevivência de uma longa linhagem de seus ancestrais.

— Você é meu amigo, Bob, você verá.

Fuçou com a mão dentro da camisa. Então tirou um pequeno saco de camurça.

— Isso? — Bob franziu a testa e olhou confuso.

Ali pegou, desfez o nó e derramou seu conteúdo na mesa.

Bob segurou a respiração por um momento, depois expeliu em um assovio baixo.

— Bom Deus. São *reais*?

Ali parecia entretido.

— É claro que são reais. A maioria pertenceu ao meu pai. Ele adquiria novas todo ano. Eu também. Elas vêm de muitos lugares, trazidas pela nossa família por homens em quem confiamos: de Londres, de Calcutá, da África do Sul. É uma tradição da nossa família. Tê-las em caso de necessidade. — Ele complementou como uma voz factual: — Elas valem, no preço de hoje, por volta de três quartos de um milhão.

— Três quartos de um milhão de libras! — Bob soltou um assovio, juntou as pedras, deixou-as correr por entre os dedos. — É fantástico. Como um conto de fadas. Elas mexem com as pessoas.

— Sim — assentiu o jovem negro. De novo se via aquele olhar desgastado pela idade em seu rosto. — Joias são capazes de mudar a cabeça dos homens. Há sempre um rastro de violência por trás delas. Mortes, carnificina, assassinato. E com mulheres é ainda pior. Pois com mulheres não é somente o valor. É algo com as joias em si. Belas joias deixam as mulheres loucas. Elas querem possuí-las. Usá-las ao redor do pescoço, no colo. Eu não as confiaria a mulher nenhuma. Mas confiarei em você.

— Em mim? — Bob ficou olhando.

— Sim. Eu não quero que essas pedras caiam nas mãos dos meus inimigos. Não sei quando acontecerá o levante contra mim. Pode estar planejado para hoje. Eu posso não viver para chegar à pista esta tarde. Fique com as pedras e faça o melhor que puder.

— Mas, veja bem, não estou entendendo. O que devo fazer com isso?

— Arranje um jeito de tirá-las do país.

Ali observou placidamente o amigo perturbado.

— Está me dizendo que quer que *eu* as leve, em vez de você?

— Você pode interpretar assim. Mas eu acho, de verdade, que você será capaz de pensar em um plano melhor para levá-las até a Europa.

— Mas veja bem, Ali, eu não tenho a menor ideia do que fazer com uma coisa dessas.

Ali se recostou em sua cadeira. Ele sorria de um jeito quase entretido.

— Você tem bom senso. E é honesto. E eu lembro, desde os dias em que você era meu calouro, que sempre conseguia pensar em alguma ideia genial... Eu vou te dar o nome e o endereço de um homem que lida com esses assuntos para mim. Isto é: caso eu não sobreviva. Não fique assim tão preocupado, Bob. Faça o melhor que puder. É tudo o que peço. Eu não vou te culpar se você fracassar. É a vontade de Alá. Para mim, é simples. Eu não quero que essas pedras sejam levadas do meu corpo morto. Quanto ao resto... — Ele deu de ombros. — É como eu disse. Toda vontade é a vontade de Alá.

— Você está louco!

— Não. Eu sou um fatalista, é isso.

— Mas veja bem, Ali. Você acabou de dizer que eu sou honesto. Mas três quartos de um milhão... Não acha que isso pode solapar a honestidade de qualquer homem?

Ali Yusuf olhou para o seu amigo com carinho.

— Por mais estranho que pareça, eu não tenho dúvidas quanto a isso.

Capítulo 2

A mulher na sacada

Enquanto Bob Rawlinson caminhava pelo mármore ecoante dos corredores do Palácio, ele nunca se sentira tão infeliz na vida. Saber que carregava três quartos de um milhão de libras no bolso da calça causava-lhe um sentimento agudo de desgosto. Ele sentia como se cada um dos oficiais do Palácio que encontrava soubesse daquele fato. Sentia até que seu precioso fardo devia estar estampado em seu rosto. Teria ficado aliviado ao saber que seu semblante sardento carregava exatamente sua expressão usual de natureza boa e alegre.

As sentinelas lá fora apresentaram as armas com um baque. Bob desceu a movimentada rua principal de Ramat, a cabeça ainda confusa. Para onde estava indo? O que planejava fazer? Ele não tinha ideia. E o tempo era curto.

A rua principal era como a maioria das ruas principais do Oriente Médio. Uma mistura de imundice e magnificência. Bancos ostentavam sua vasta magnificência recém-construída. Inumeráveis lojinhas apresentavam uma coleção de mercadorias baratas de plástico. Sapatinhos de bebê e isqueiros baratos estavam em exposição num arranjo incomum. Havia máquinas de costura e peças avulsas de carros. Farmácias exibiam medicamentos próprios para pestes e grandes anúncios de penicilina de todas as formas e volumes de antibióticos. Em pouquíssimas lojas havia algo que normalmente se desejaria comprar, exceto talvez os mais recentes relógios suíços, centenas dos quais estavam amontoados em uma pequena vitrine. A quantidade era tão grande que mesmo ali alguém acabaria evitando a compra, deslumbrado com a absoluta confusão.

Bob, ainda caminhando em um tipo de estupor, empurrado por figuras em roupas nativas ou europeias, se recompôs e perguntou a si mesmo novamente: onde diabos ele estava indo?

Entrou em um café nativo e pediu chá com limão. Enquanto bebericava, começou lentamente a voltar a si. A atmosfera do café era relaxante. Em uma mesa oposta a ele, um árabe idoso mexia pacificamente num cordão de contas âmbar. Atrás dele, dois homens jogavam gamão. Era um bom lugar para se sentar e pensar.

E ele pensou. Pedras preciosas que valem três quartos de um milhão lhe tinham sido entregues, e era ele quem tinha que divisar algum plano para tirá-las do país. Também não havia tempo a perder. A qualquer minuto, a situação poderia ficar feia...

O príncipe era louco, é claro. Dar três quartos de um milhão despreocupadamente para um amigo daquele jeito. E então sentar-se quieto e deixar tudo nas mãos de Alá. Bob não tinha aquela possibilidade. O Deus de Bob esperava que seus servos decidissem e realizassem suas próprias ações na melhor das capacidades lhes dadas por Deus.

Que diabos ele ia fazer com aquelas malditas pedras?

Pensou na Embaixada. Não, ele não poderia envolver a Embaixada. A Embaixada certamente recusaria.

O que ele precisava era de alguma pessoa, uma pessoa perfeitamente comum que estivesse deixando o país de um modo perfeitamente comum. Um empresário ou um turista seria melhor. Alguém sem conexões políticas, cuja bagagem fosse, no máximo, submetida a uma averiguação superficial ou mais provavelmente averiguação nenhuma. Havia, é claro, a outra ponta a ser considerada... A comoção no aeroporto de Londres. Tentativa de contrabando de joias no valor de três quartos de um milhão. E assim por diante. Alguém teria que se arriscar...

Alguém ordinário — um viajante *bona fide*. E, de repente, Bob se deu conta de que era um tolo. Joan, é claro. Sua irmã Joan Sutcliffe. Joan passara dois meses lá com sua filha Jennifer que, depois de uma crise feia de pneumonia, teve a recomendação de tomar sol e ficar em clima seco. Elas voltariam pelo "longo mar" em quatro ou cinco dias.

Joan era a pessoa ideal. O que Ali tinha dito sobre mulheres e joias? Bob sorriu. A boa e velha Joan! *Ela* não perderia a cabeça por joias. "Confio que ela vai manter os pés no chão." Sim, ele podia confiar em Joan.

Mas espere um minuto... ele podia confiar em Joan? Em sua honestidade, sim. Mas em sua discrição? Arrependido, Bob sacudiu a cabeça. Joan falaria, não conseguiria evitar. Pior ainda. Ela daria pistas. "Estou levando para casa algo muito importante, eu não devo dizer nada a *ninguém*. É mesmo emocionante..."

Joan nunca fora capaz de guardar as coisas para si, embora ficasse sempre muito exasperada se alguém dissesse isso a ela. Joan, então, não poderia saber o que estaria levando. Seria mais seguro assim. Ele faria um pacote com as pedras dentro, um pacote inocente. Contaria a ela alguma história. Um presente para alguém? Uma comissão? Ele pensaria em algo...

Bob olhou para o seu relógio e se pôs de pé. O tempo estava correndo.

Ele andou pela rua alheio ao calor do meio-dia. Tudo parecia normal. Não havia nada perceptível. Só no palácio havia a consciência do fogo recuado, da espionagem, dos cochichos. O Exército — tudo dependia do Exército. Quem era leal? Quem era desleal? Certamente haveria uma tentativa de *coup d'état*. Seria um sucesso ou um fracasso?

Bob franziu a testa enquanto entrava no melhor hotel em Ramat. Era modestamente chamado de Ritz Savoy e tinha uma grande fachada modernista. Havia sido inaugurado com algum alvoroço três anos antes com um gerente suíço, um chef de Viena e um *Maître d'hôtel* italiano. Tudo fora maravilhoso. O chef vienense fora o primeiro a ir embora, depois o gerente suíço. Agora o chefe dos garçons italiano também tinha se mandado. A comida ainda era ambiciosa, mas ruim, o serviço abominável e boa parte do encanamento caro tinha dado problema.

O recepcionista atrás do balcão conhecia bem Bob e sorriu para ele.

— Bom dia, Líder do Esquadrão. Você quer falar com a sua irmã? Ela saiu para um piquenique com a pequena...

— Um piquenique? — Bob foi pego de surpresa: de todas as coisas idiotas, sair para um piquenique.

— Com Mr. e Mrs. Hurst da Companhia de Petróleo — disse o recepcionista, prestativo. Todos sempre sabiam de tudo.
— Eles foram à barragem de Kalat Diwa.

Bob a xingou por entre os dentes. Joan ficaria fora por horas.

— Eu vou subir ao quarto dela — disse ele, e estendeu a mão para a chave que o recepcionista entregou.

Destrancou a porta e entrou. O amplo quarto duplo estava na mesma bagunça de sempre. Joan Sutcliffe não era uma mulher organizada. Tacos de golfe em uma cadeira, raquetes de tênis joagadas na cama. Roupas por todo lado, a mesa entulhada com rolos de filme, cartões-postais, livros e um sortimento de curiosidades nativas do Sul, na maioria feitas em Birmingham e no Japão.

Bob olhou ao redor, para as malas e as bolsas de zíper. Encontrou um problema. Não conseguiria ver Joan antes de sair com Ali. Não haveria tempo de ir até a barragem e voltar. Ele poderia deixar o pacote com um bilhete — mas quase imediatamente sacudiu a cabeça. Sabia muito bem que ele quase sempre era seguido. Provavelmente fora seguido do palácio ao café e do café até ali. Não tinha visto ninguém — mas sabia que eles eram bons no que faziam. Não havia nada suspeito no fato de ele vir ao hotel para ver sua irmã, mas se ele deixasse um pacote e um bilhete, o bilhete seria lido e o pacote, aberto.

Tempo... tempo... Ele não tinha *tempo*...

Três quartos de milhão em pedras preciosas no bolso da sua calça.

Ele olhou o quarto...

Então, com um sorriso, pescou do bolso um pequeno kit de ferramentas que sempre carregava. Sua sobrinha Jennifer tinha um pouco de massa de modelar, ele notou. Isso ajudaria.

Ele trabalhou rápido e com destreza. Uma vez apenas, olhou para cima, desconfiado, seus olhos indo até a janela aberta. Não, não havia sacada no quarto. Foi apenas seu nervosismo que lhe deu a impressão de estar sendo observado.

Terminou sua tarefa e assentiu satisfeito. Ninguém notaria o que ele havia feito — ele tinha certeza. Nem Joan, nem ninguém. Certamente não Jennifer, uma criança autocentrada, que nunca via nem notava nada além de si mesma.

Ele recolheu as evidências do seu trabalho e colocou-as no bolso... Depois hesitou, olhando mais uma vez ao redor.

Puxou o bloco de notas de Mrs. Sutcliffe e franziu a testa...

Ele deveria deixar um bilhete para Joan...

Mas o que poderia dizer? Deveria ser algo que Joan pudesse entender — mas que não significasse nada para qualquer outra pessoa que lesse.

E aquilo era mesmo impossível! No estilo de livro de suspense que Bob gostava de ler para preencher seu tempo livre, as pessoas deixavam um tipo de criptograma que era sempre decifrado com sucesso por alguém. Mas ele mal podia começar a pensar em um criptograma — e, de todo modo, Joan era tipo de pessoa básica que precisaria de tudo muito bem explicadinho para perceber alguma coisa...

Então suas sobrancelhas se aliviaram. Havia um outro jeito de fazer aquilo — tirar a atenção de Joan —, deixar um bilhete comum. Depois deixar uma mensagem com outra pessoa para ser entregue a Joan na Inglaterra.

Ele escreveu rapidamente...

Querida Joan... Passei para perguntar se você gostaria de jogar golfe mais tarde, mas, como esteve na barragem, provavelmente estará morta de cansaço. Que tal amanhã? Às cinco horas no Club.
Com carinho, Bob.

Um tipo de mensagem casual para se deixar para a irmã que talvez ele não veja nunca mais — mas, de certo modo, quanto mais casual, melhor. Joan não deveria ser envolvida em nenhum negócio esquisito, não deveria nem saber que existem negócios esquisitos. Joan não conseguia dissimular. Sua proteção seria o fato de que claramente não sabia de nada.

E o bilhete cumpriria um duplo propósito. Pareceria que ele, Bob, não tinha nenhum plano de partir.

Ele pensou por alguns minutos, depois passou para o telefone e deu o número da Embaixada Britânica. Prontamente foi conectado com Edmundson, o terceiro-secretário, seu amigo.

— John? Aqui é Bob Rawlinson. Pode me encontrar em algum lugar quando você sair...? Dá para ser um pouco mais cedo que isso...? Você tem que ir, meu velho. É importante. Bem, na verdade, é uma garota... — Ele tossiu com embaraço. — Ela é maravilhosa, muito maravilhosa. Fora de série. Só que é um pouco complicado.

Edmundson, a voz soando um pouco pomposa e desaprovadora, disse:

— Nossa, Bob, você e suas garotas. Tudo bem, às catorze horas está bom para você? — E desligou.

Bob ouviu o pequeno estalo, como se alguém que estivesse ouvindo tivesse recolocado o fone no gancho.

O bom e velho Edmundson. Desde que todos os telefones em Ramat foram grampeados, Bob e John Edmundson tinham criado um pequeno código só deles. Uma garota maravilhosa e fora de série significava algo urgente e importante.

Edmundson passaria para pegá-lo com seu carro na frente do novo Banco Mercante às catorze horas, e ele contaria a Edmundson sobre o esconderijo. Contaria a ele que Joan não sabia de nada, mas que, se alguma coisa acontecesse com ele, era muito importante. Indo pela rota do longo mar, Joan e Jennifer não chegariam à Inglaterra em menos de seis semanas. Até lá, a revolução certamente teria acontecido e poderia ter sido um sucesso ou ter sido contida. Ali Yusuf estaria na Europa, ou ele e Bob estariam mortos. Ele contaria a Edmundson o bastante, mas não muito.

Bob deu uma última olhada no quarto. Parecia exatamente o mesmo, pacífico, desarrumado, doméstico. A única coisa a mais era seu bilhete inofensivo para Joan. Ele o deixou na mesa e saiu. Não havia ninguém no longo corredor.

II

A mulher no quarto ao lado daquele ocupado por Joan Sutcliffe voltou da sacada. Havia um espelho em sua mão.

Ela saíra para a sacada a princípio para examinar mais de perto um único pelo que tivera a audácia de nascer em seu queixo. Ela deu um jeito nisso com uma pinça, depois submeteu seu rosto a um minuto de escrutínio na luz clara do sol.

Foi então, quando relaxou, que viu outra coisa. O ângulo em que segurava o espelho era tal que refletia o espelho do guarda-roupa do quarto ao lado, e naquele espelho ela viu um homem fazendo uma coisa muito curiosa.

Tão curiosa e inusitada que ela ficou lá imóvel, olhando. Sentado na mesa, ele não podia vê-la, e ela somente conseguia vê-lo por causa da dupla reflexão.

Se ele tivesse virado o rosto para trás, poderia ter visto o espelho dela no espelho do guarda-roupa, mas o homem estava absorto demais no que fazia para olhar atrás de si...

Uma vez, verdade, ele ergueu a cabeça de repente em direção à janela, mas como não havia nada a ser visto lá, voltou a baixá-la.

A mulher assistiu ao homem terminar sua tarefa. Depois de uma pausa, ele escreveu um bilhete e deixou na mesa. Então saiu do seu campo de visão, mas ela conseguiu ouvir o suficiente para perceber que ele estava dando um telefonema. Ela não entendeu a conversa, mas ele soava alegre e casual. Em seguida ela ouviu a porta se fechar.

A mulher esperou alguns minutos e abriu sua porta. No distante final do corredor, um árabe vagava preguiçosamente com um espanador. Ele virou-se e sumiu de vista.

Ela então foi rapidamente até a porta do quarto ao lado. Estava trancada, mas isso já era esperado. O grampo de cabelo que usava e a lâmina de uma faquinha fizeram o trabalho, depressa e com experiência.

A mulher entrou e fechou a porta. Pegou o bilhete. O envelope estava apenas levemente fechado e se abriu com facilidade. Ela leu o bilhete, franziu a testa. Não havia explicação alguma ali.

Ela o fechou, colocou-o de volta e foi até o outro lado do quarto.

Lá, com a mão bem esticada, foi incomodada pelas vozes vindas do terraço de baixo.

Reconheceu uma delas como a da hóspede do quarto no qual estava agora. Uma voz decidida e didática, completamente cheia de si.

Ela disparou para a janela.

Lá embaixo, no terraço, Joan Sutcliffe, acompanhada de sua filha, Jennifer, uma moça pálida e corpulenta de 15 anos, contava ao mundo e a um homem inglês alto e de aparência descontente do Consulado Britânico tudo o que pensava dos preparativos que ele tinha vindo fazer.

— Mas é absurdo! Eu nunca *ouvi* tamanha bobagem. Tudo está perfeitamente tranquilo aqui e todos são bem agradáveis. Eu acho que isso é um grande estardalhaço.

— Nós esperamos que sim, Mrs. Sutcliffe, certamente esperamos que sim. Mas Sua Excelência sente que a responsabilidade é tal que...

Mrs. Sutcliffe o cortou. Ela não se propôs a considerar a responsabilidade dos embaixadores.

— Nós temos muita bagagem, sabe. Iríamos para casa pelo mar, na próxima quarta-feira. A viagem fará bem a Jennifer. O médico disse. Eu absolutamente me recuso a alterar todos os meus planos e viajar de avião para a Inglaterra por causa desse bendito alvoroço.

O homem de aparência triste tentou encorajá-las dizendo que Mrs. Sutcliffe e sua filha poderiam ir de avião, não para a Inglaterra, mas para Aden, e de lá pegar um barco.

— Com a nossa bagagem?

— Sim, sim, isso pode ser arranjado. Eu tenho um carro esperando, uma caminhonete. Nós podemos carregar tudo agora mesmo.

— Ah, bem. — Mrs. Sutcliffe se rendeu. — Suponho que seja melhor que façamos as malas.

— Agora mesmo, se não se importa.

A mulher no quarto se afastou depressa. Deu uma olhada rápida no endereço em uma das etiquetas de bagagem das malas. Depois voltou rapidamente para seu quarto assim que a Mrs. Sutcliffe pisou no corredor.

O recepcionista corria atrás dela.

— Seu irmão, o Líder do Esquadrão, esteve aqui, Mrs. Sutcliffe. Ele foi até seu quarto. Mas acho que já foi embora. A senhora quase o pegou aqui.

— Que chatice! — exclamou Mrs. Sutcliffe. — Obrigada — disse ao recepcionista e foi até Jennifer. — Suponho que

Bob esteja preocupado também. Eu *mesma* não consigo ver nenhum sinal de perturbação nas ruas. Essa porta está destrancada. Como são descuidadas essas pessoas.

— Talvez tenha sido o tio Bob — sugeriu Jennifer.

— Eu queria tê-lo encontrado... Ah, tem um bilhete. — Ela o abriu. — De modo algum *Bob* está preocupado — disse, triunfante. — Ele obviamente não sabe de nada disso. Uma pegadinha diplomática, é isso. Como eu odeio fazer malas no calor do dia. Este quarto está um forno. Vamos, Jennifer, tire suas coisas das gavetas e do armário. Temos apenas que enfiar tudo de qualquer jeito. Podemos refazer as malas mais tarde.

— Eu nunca estive em uma revolução — disse Jennifer, pensativa.

— E acho que não vai ser dessa vez que vai estar — retrucou a mãe rispidamente. — Vai ser exatamente como eu falei. Nada vai acontecer.

Jennifer ficou decepcionada.

Capítulo 3

Apresentando Mr. Robinson

Foi cerca de seis semanas depois que um jovem bateu discretamente na porta de uma sala em Bloomsbury e o mandaram entrar.

Era uma sala pequena. Atrás de uma escrivaninha, afundado numa cadeira, estava um homem gordo de meia-idade. Usava um terno amarfanhado, com a parte da frente coberta de cinzas de charuto. As janelas estavam fechadas e a atmosfera era quase insuportável.

— Bem? — questionou o homem gordo com impaciência e os olhos semicerrados. — O que é agora, hein?

Dizia-se do Coronel Pikeaway que seus olhos sempre estavam quase se fechando de sono ou abrindo depois de acordar. Também se dizia que seu nome não era Pikeaway e que ele não era um coronel. Mas algumas pessoas dizem qualquer coisa!

— Edmundson, dos Assuntos Estrangeiros, está aqui senhor.

— Oh — disse Coronel Pikeaway. Piscou, parecendo estar pegando no sono novamente, e balbuciou: — Terceiro-secretário da nossa Embaixada em Ramat no tempo da Revolução. Certo?

— Isso mesmo, senhor.

— Suponho que então seja melhor eu vê-lo — disse o Coronel Pikeaway, sem qualquer satisfação.

Ele se endireitou na cadeira e varreu com a mão as cinzas da sua pança.

Mr. Edmundson era um jovem alto, muito corretamente vestido, com modos à altura e, em geral, um ar subentendido de desaprovação.

— Coronel Pikeaway? Sou John Edmundson. Me disseram que o senhor... ahn... queria falar comigo.

— Disseram? Bem, eles devem saber — disse o Coronel Pikeaway. — Sentaí. — Seus olhos começaram a se fechar novamente, mas, antes que o fizessem, ele falou: — Você estava em Ramat na época da Revolução?

— Sim, estava. O negócio foi feio.

— Eu suponho que tenha sido. Você era amigo de Robert Rawlinson, não era?

— Eu o conheço muito bem, sim.

— Tempo verbal errado — disse Coronel Pikeaway. — Ele está morto.

— Sim, senhor, eu sei. Mas eu não tinha certeza de... — Ele hesitou

— Você não tem que se preocupar em ser discreto aqui. Nós sabemos de tudo. Ou, se não sabemos, fingimos saber. Rawlinson saiu de Ramat de avião com Ali Yusuf no dia da Revolução. Não se tem notícia do avião desde então. Pode ter pousado em algum lugar inacessível ou pode ter caído. Destroços de um avião foram encontrados nas montanhas de Arolez. Dois corpos. As notícias serão enviadas para a imprensa amanhã. Certo?

Edmundson admitiu que era aquilo mesmo.

— Nós sabemos de tudo por aqui — repetiu Coronel Pikeaway. — É para isso que servimos. O avião bateu nas montanhas. Pode ter sido pelas condições meteorológicas. Há razões para se acreditar que tenha sido sabotagem. Míssil de impacto. Não recebemos os relatórios completos ainda. O avião caiu em um lugar bem inacessível. Uma recompensa foi oferecida para encontrá-lo, mas essas coisas levam um bom tempo para ser inspecionadas. Depois tivemos que voar com peritos para fazer as averiguações. Muita burocracia, é claro. Pedidos a um governo estrangeiro, permissão de ministros, suborno... para não falar no campesinato local se apropriando de tudo o que poderia ser útil.

Ele parou e olhou para Edmundson.

— Muito triste tudo isso — disse o rapaz. — O Príncipe Ali Yusuf teria sido um regente iluminado, com princípios democráticos.

— Foi isso o que provavelmente matou o pobre camarada — retrucou Coronel Pikeaway. — Mas nós não podemos perder tempo contando histórias tristes sobre mortes de reis. Nos solicitaram certas... investigações. Pelas partes interessadas. Parte, isto é, por quem o Governo de Sua Majestade está bem inclinado. — Ele lançou um olhar duro para o jovem. — Sabe do que estou falando?

— Bem, ouvi algo a respeito — falou Edmundson, relutantemente.

— Você ouviu, talvez, que nada de valor foi encontrado nos corpos, ou entre os destroços, ou, até onde eu sei, que nada foi furtado pelos passantes. Embora, quanto a isso, nunca se possa confiar nos camponeses. Eles podem omitir tanto quanto o Escritório de Assuntos Estrangeiros. E o que mais você ouviu?

— Mais nada.

— Você não ouviu que talvez algo de valor *devesse* ter sido encontrado? Para que mandaram você aqui?

— Eles disseram que talvez o senhor quisesse me fazer algumas perguntas — respondeu Edmundson, educado.

— Se eu fizer perguntas, devo esperar respostas — observou Coronel Pikeaway.

— Naturalmente.

— Não parece natural para você, filho. Bob Rawlinson lhe disse algo antes de partir de Ramat de avião? Se Ali confiava em alguém, era nele. Vamos lá, vamos acabar logo com isso. Ele disse algo?

— Como o quê, senhor?

Coronel Pikeaway olhou feio para ele e coçou a orelha.

— Ah, está bem — grunhiu. — Continue de bico fechado. Por mim, tudo bem! Se não sabe, não sabe, e é isso.

— Eu acho que havia algo... — falou Edmundson cauteloso e hesitante. — Algo importante que Bob poderia ter tentado me dizer.

— Ah — disse Coronel Pikeaway, com o ar de um homem que finalmente tinha puxado a rolha de uma garrafa. — Interessante. Vamos ver o que você sabe.

— É muito pouco, senhor. Bob e eu tínhamos um tipo de código simples. Nosso entendimento era de que todos os telefones em Ramat haviam sido grampeados. Bob com frequência ouvia coisas no Palácio, e eu, às vezes, tinha alguma informação útil para passar para ele. Então se um de nós telefonasse para o outro e mencionasse uma tal garota, de um certo modo, usando o termo "fora de série" em relação a ela, significava que alguma coisa estava acontecendo!

— Alguma coisa importante?

— Sim. Bob me telefonou usando aqueles termos no dia que todo o espetáculo começou. Eu devia encontrá-lo no nosso ponto de encontro usual... na porta de um banco. Mas o motim começou naquele quarteirão específico e a polícia fechou a rua. Eu não pude fazer contato com Bob nem ele comigo. Ele partiu de avião com Ali naquela mesma tarde.

— Entendo — disse Pikeaway. — Alguma ideia de onde ele estava quando telefonou?

— Não. Pode ter sido de qualquer lugar.

— Pena. — Ele parou e depois soltou casualmente: — Você conhece Mrs. Sutcliffe?

— O senhor quer dizer a irmã de Bob Rawlinson? Eu a conheci lá, é claro. Ela estava ali com sua filha, uma garota em idade escolar. Não mais que isso.

— Ela e Bob Rawlinson eram muito próximos?

Edmundson pensou a respeito.

— Não, eu não diria. Ela é bem mais velha do que ele, e faz muito o tipo irmã mais velha. E ele não gostava muito do cunhado... Sempre se referia a ele como o bundão pomposo.

— E é mesmo! Um dos nossos mais proeminentes industriais... e como homens desse tipo podem ser pomposos! Então você não acha que Bob Rawlinson teria confidenciado um segredo importante à irmã?

— É difícil dizer... mas não, eu acho que não.

— Também acho que não — disse Coronel Pikeaway. Ele suspirou. — Bem, aqui estamos, Mrs. Sutcliffe e sua filha estão voltando para casa pela rota do mar longo. Atracam em Tilbury no *Eastern Queen* amanhã.

Ele ficou em silêncio por um momento, enquanto seus olhos faziam uma pesquisa detalhada do jovem à sua frente. Depois, embora tivesse chegado a uma decisão, ele estendeu a mão e disse bruscamente:

— Muito bom da sua parte ter vindo.

— Só sinto muito por ter sido de pouca ajuda. Tem certeza de que não há nada mais que eu possa fazer?

— Não. Não. Receio que não.

John Edmundson saiu.

O discreto jovem voltou.

— Achei que poderia enviá-lo a Tilbury para dar a notícia à irmã — disse Pikeaway. — Amigo do irmão dela e tudo mais. Mas decidi que não. Tipo inflexível. É o Treinamento do Escritório Estrangeiro. Não é um oportunista. Eu vou enviar o... como se chama?

— Derek?

— Isso mesmo — assentiu Coronel Pikeaway. — Entendendo o que eu digo bem rapidamente, não é mesmo?

— Eu tento dar o meu melhor, senhor.

— Tentar não é o suficiente. Você tem que conseguir. Traga-me Ronnie primeiro. Eu tenho uma tarefa para ele.

II

Coronel Pikeaway aparentemente já estava pegando no sono de novo quando um jovem chamado Ronnie entrou na sala. Era alto, moreno, musculoso e tinha um jeito alegre e meio impertinente.

Coronel Pikeaway olhou para ele por um momento e sorriu.

— Você gostaria de se infiltrar numa escola para meninas?

— Uma escola para meninas? — O jovem ergueu as sobrancelhas. — Isso vai ser novidade! O que elas estão aprontando? Fabricando bombas na aula de química?

— Nada do gênero. Uma escola superior de alta classe. Meadowbank.

— Meadowbank! — O jovem assoviou. — Eu não acredito!

— Segure a sua língua impertinente e me escute. A Princesa Shaista, prima de primeiro grau e única parente próxima do falecido Príncipe Ali Yusuf de Ramat, estudará lá neste próximo período. Ela esteve numa escola na Suíça até agora.

— O que eu faço? Devo sequestrá-la?

— Certamente não. Eu acho que é possível que ela se torne foco de interesse num futuro próximo. Quero que você fique de olho nos acontecimentos. Terei que deixar em aberto. Não sei o que ou quem pode aparecer, mas se qualquer um de nossos amigos improváveis demonstrar interesse, me relate... Um relato de observação, é isso que você tem que fazer.

O jovem assentiu.

— E como eu entro para observar? Devo me passar por professor de desenho?

— A equipe é toda de mulheres. — Coronel Pikeaway olhou para ele, examinando-o. — Acho que terei que fazer de você um jardineiro.

— Um jardineiro?

— Sim. Eu estou certo em achar que você conhece alguma coisa de jardinagem?

— Sim, de fato. Eu tive uma coluna no *Seu jardim* no *Sunday Mail* por um ano quando era mais jovem.

— Ora! — disse Coronel Pikeaway. — Isso não é nada! Eu mesmo poderia fazer uma coluna sobre jardinagem sem saber nada sobre o assunto... Apenas copiar coisas vividamente ilustradas dos catálogos dos viveiristas e da Enciclopédia de Jardinagem. Eu conheço todo esse papo furado. "Por que não romper com a tradição e dar um toque realmente tropical ao seu jardim este ano? Adorável *Amabellis Gossiporia* e um pouco dos maravilhosos híbridos chineses de *Sinensis Maka foolia*. Experimente a rica beleza ruborizada de uma touceira de *Sinistra Hopaless*, não são muito resistentes, mas devem se dar bem numa parede a oeste." — Ele terminou e sorriu. — Nada disso! Os tolos compram coisas que morrem nas primeiras geadas e aí desejam ter ficado com os girassóis e os bem-me-queres! Não, meu garoto, estou falando de coisas reais. Arregace as mangas e pegue uma pá, aprenda tudo sobre fertilizantes, adube com sabedoria, faça uso da enxada e do ancinho, cave bem fundo para suas orquídeas... e todo o resto dessa ladainha. Você consegue?

— Todas essas coisas eu venho fazendo desde a minha juventude!

— Claro que sim. Eu conheço sua mãe. Bem, está resolvido.

— Há uma vaga de jardineiro na Meadowbank?

— Óbvio que há — disse Coronel Pikeaway. — Todos os jardins da Inglaterra estão carecendo de jardineiros. Eu escreverei uma boa recomendação. Você vai ver, elas vão simplesmente pular em cima de você. Não há tempo a perder, o período letivo de verão começa no dia 29.

— Eu faço a jardinagem e fico de olhos abertos, é isso?

— Isso mesmo, e se alguma adolescente com excesso de libido se oferecer para você, Deus lhe ajude se corresponder. Eu não quero que você leve um pontapé no traseiro tão cedo. — Ele empurrou uma folha de papel na direção do rapaz. — Qual nome você gostaria de usar?

— Adam parece apropriado.
— Sobrenome?
— Que tal Eden?
— Não sei se gosto do jeito que sua mente está funcionando. Adam Goodman vai servir muito bem. Vá e trabalhe na história do seu passado com Jenson e depois mãos à obra.
— Ele olhou para o relógio. — Não tenho mais tempo para você. Eu não quero deixar Mr. Robinson esperando. Ele já deve estar aqui.

Adam (para chamá-lo por seu novo nome) parou enquanto se dirigia à porta.

— Mr. Robinson? — perguntou, curioso. — *Ele* está vindo?
— Foi o que eu disse. — Uma campainha soou na mesa. — Aí está ele. Sempre pontual, Mr. Robinson.
— Me diga — pediu Adam, curioso. — Quem ele é de verdade? Qual é o nome verdadeiro dele?
— O nome dele — disse Coronel Pikeaway — é Mr. Robinson. Isso é tudo o que eu sei e é tudo que todos sabem.

III

O homem que entrou na sala não se parecia com o nome que tinha ou que talvez nunca tivesse sido seu, Robinson. Poderia ser Demetrius ou Isaacstein ou Perenna — embora nem um nem outro em particular. Ele não era definitivamente judeu nem definitivamente grego nem português nem espanhol nem sul-americano. O que parecia altamente improvável é que fosse um inglês chamado Robinson. Ele era gordo e bem vestido, tinha uma cara amarela, olhos melancólicos, uma testa ampla e uma boca generosa que mostrava dentes brancos muito grandes. Suas mãos tinham um formato bonito e eram bem cuidadas. Sua voz era inglesa sem qualquer traço de sotaque.

Ele e Coronel Pikeaway se cumprimentaram como se fossem dois monarcas. Mesuras foram trocadas.

Depois, enquanto Mr. Robinson aceitava um charuto, Coronel Pikeaway disse:

— É muita bondade sua nos oferecer ajuda.

Mr. Robinson acendeu o charuto, saboreou-o com muita apreciação e finalmente falou:

— Meu caro companheiro. Eu apenas pensei... Eu ouço coisas, você sabe. Conheço muita gente e elas me dizem coisas. Não sei por quê.

Coronel Pikeaway não comentou sobre a razão. Apenas disse:

— Eu soube que você ouviu dizer que o avião do Príncipe Ali Yusuf foi encontrado?

— Na quarta-feira passada — explicou Mr. Robinson. — O jovem Rawlinson era o piloto. Um voo complicado. Mas a queda não foi devido a um erro da parte dele. O avião havia sido sabotado por um tal de Achmed, mecânico sênior. Completamente confiável, ou assim pensava Rawlinson. Mas não era. Ele conseguiu um emprego muito lucrativo no novo regime agora.

— Então foi sabotagem! Não sabíamos ao certo. É uma história triste.

— Sim. Aquele pobre homem... Ali Yusuf, quero dizer... estava mal preparado para lidar com corrupção e traição. Sua escola de educação pública não foi uma escolha sábia, ao menos na minha visão. Mas nós não nos preocupamos com ele agora, não é? Ele é notícia velha. Nada pode estar mais morto do que um rei morto. Nós estamos preocupados, você ao seu modo, eu ao meu, com o que reis mortos deixam para trás.

— Que é?

— Um saldo bancário substancial em Genebra, um saldo modesto em Londres, bens consideráveis em seu país agora tomado pelo glorioso novo regime e um sentimento levemente ruim sobre como os espólios foram divididos, fiquei sabendo! ... E, finalmente, um pequeno item pessoal.

— Pequeno?

— Essas coisas são relativas. De todo modo, pequeno em volume. Pode ser carregado na mão.

— Não estavam com Ali Yusuf, até onde sabemos.

— Não. Porque ele o entregou ao jovem Rawlinson.

— Tem certeza disso? — perguntou Pikeaway abruptamente.

— Bem, nunca se pode ter certeza — disse Mr. Robinson, se desculpando. — Em um palácio há muita fofoca. Pode não ser *tudo* verdade. Mas havia um forte rumor nesse sentido.

— Também não estavam com o jovem Rawlinson...

— Nesse caso — disse Mr. Robinson —, parece que devem ter saído do país de algum outro jeito.

— Que outro jeito? Você tem alguma ideia?

— Rawlinson foi a um café na cidade depois que recebeu as joias. Ele não foi visto falando com ninguém ou abordando qualquer um enquanto esteve lá. Depois, foi ao Hotel Ritz Savoy, onde sua irmã estava hospedada. Subiu ao quarto dela e ficou lá por cerca de vinte minutos. Ela mesma estava fora. Ele então deixou o hotel e foi ao Banco Mercante na Praça Vitória, onde descontou um cheque. Quando saiu do banco, uma perturbação estava começando. Estudantes fazendo motim por um motivo qualquer. Foi algum tempo antes de a praça ser evacuada. Rawlinson então foi diretamente para a pista de voo, onde, na companhia do Sargento Achmed, subiu no avião.

— Ali Yusuf saiu para ver a construção da nova estrada, parou seu carro na pista, juntou-se a Rawlinson e expressou o desejo de fazer um voo curto para ver do alto a represa e a construção da nova autoestrada. Eles levantaram voo e não retornaram.

— E o que você deduz disso?

— Meu caro companheiro, a mesma coisa que você. Por que Bob Rawlinson ficou vinte minutos no quarto da irmã quando ela estava fora após ser informado de que ela provavelmente não voltaria até a noite? Ele deixou um bilhete que teria levado no máximo três minutos para ser escrito. O que fez no resto do tempo?

— Você está sugerindo que ele escondeu as joias em algum lugar entre os pertences da irmã?

— É o que parece, não? Mrs. Sutcliffe foi evacuada no mesmo dia com outros súditos britânicos. Ela partiu de avião para Aden com sua filha. Deve chegar em Tilbury, eu creio, amanhã.

Pikeaway assentiu.

— Procure-a — disse Robinson.

— Nós vamos procurá-la — respondeu Pikeaway. — Está tudo combinado.

— Se ela estiver com as joias, estará em perigo. — Ele fechou os olhos. — Eu detesto violência.

— Você acha possível que haja violência?

— Há pessoas interessadas. Várias pessoas indesejáveis, se é que você me entende.

— Entendo — disse Pikeaway soturnamente.

— E eles vão, é claro, se apunhalar entre si.

Mr. Robinson balançou a cabeça.

— Tão confuso.

Coronel Pikeaway perguntou delicadamente:

— Você tem algum, ahm, interesse especial no assunto?

— Eu represento um certo grupo de interesses — disse Mr. Robinson. Sua voz ligeiramente repreensiva. — Algumas das pedras em questão foram fornecidas pelo meu sindicato para sua falecida alteza, por um preço justo e razoável. O grupo de pessoas que eu represento, e que está interessado em recuperar as pedras, teria, eu arrisco dizer, a aprovação do falecido dono. Não devo dizer mais nada. Esses assuntos são muito delicados.

— Mas você está definitivamente ao lado dos anjos. — Coronel Pikeaway sorriu.

— Ah, anjos! Anjos, sim. — Ele hesitou. — Por acaso você sabe quem ocupava os quartos do hotel vizinhos ao de Mrs. Sutcliffe e sua filha?

Coronel Pikeaway parecia longe.

— Deixe-me ver... eu creio que sim. No lado esquerdo estava a Señora Angelica de Toredo, uma dançarina, ahm, espanhola, que se apresentava no cabaré local. Talvez não exatamente espanhola e talvez não tão boa dançarina. Mas popular com a clientela. Do outro lado estava uma mulher de um grupo de professoras, eu acho que...

Mr. Robinson sorriu em aprovação.

— Você é sempre assim. Eu venho lhe dizer coisas, mas você quase sempre já está sabendo.

— Não, não. — Coronel Pikeaway fez uma ressalva educada.

— Cá entre nós — disse Mr. Robinson —, sabemos bastante coisa.

Seus olhos se encontraram.

— Eu espero — completou Mr. Robinson, ao se levantar — que saibamos o suficiente...

Capítulo 4

A volta de uma viajante

— Sinceramente! — exclamou Mrs. Sutcliffe, com a voz incomodada, enquanto olhava para fora da janela de seu hotel. — Eu não sei por que sempre tem que chover quando alguém volta para a Inglaterra. Faz tudo ficar tão deprimente.

— Eu acho lindo estar de volta — disse Jennifer. — Ouvir todo mundo falando inglês nas ruas! E vamos poder tomar um bom chá de verdade agora. Pão, e manteiga, e geleia, e bolos bem-feitos.

— Eu queria que você não fosse tão insular, querida. Qual é a vantagem de te levar para o exterior até o Golfo Pérsico se você diz que preferia ter ficado em casa?

— Eu não me importo de ficar fora por um mês ou dois — disse Jennifer. — Só disse que estou contente de estar de volta.

— Agora saia da frente, querida, e deixe-me ter certeza de que eles trouxeram toda a bagagem. De verdade, eu sinto mesmo, tenho sentido desde a guerra, que as pessoas estão muito desonestas hoje em dia. Tenho certeza de que, se eu não tivesse ficado de olho nas coisas, aquele homem teria sumido com a minha bolsa verde de zíper em Tilbury. E havia um outro homem ali perto da bagagem. Eu o vi depois no trem. Eu acredito, sabe, que esses ladrões dissimulados conhecem os barcos e, se as pessoas desembarcam aflitas ou enjoadas, eles vão embora com alguma das bagagens.

— Ah, você está sempre pensando em coisas assim, mãe. Acha que todo mundo que conhece é desonesto.

— A maioria é — afirmou Mrs. Sutcliffe, soturnamente.

— Não os ingleses — disse a leal Jennifer.

— Pior ainda. É isso que se espera de árabes e estrangeiros, mas, na Inglaterra, se baixamos a guarda, facilitamos para as pessoas desonestas. Agora deixe-me contar. Aquela é a mala grande verde, e a preta, e as duas pequenas marrons, e a de zíper, e os tacos de golfe, e as raquetes, e a bolsa de alça, e a mala de lona... e onde está a bolsa verde? Ah, ali. E aquela lata local que compramos para pôr as coisas extras... sim, um, dois, três, quatro, cinco, seis... sim, tudo certo. Todas as quatorze bagagens estão aqui.

— Podemos tomar um chá agora? — perguntou Jennifer.

— Chá? São só três da tarde.

— Eu estou morrendo de fome.

— Está bem, está bem. Você pode descer sozinha e pedir? Sinto que preciso mesmo de um descanso e, depois, só vou tirar da mala as coisas que precisaremos para hoje à noite. É uma pena que seu pai não pôde nos encontrar. Por que ele tinha que ter uma reunião importante com diretores em Newcastle-on-Tyne hoje, eu simplesmente não consigo imaginar. É de se pensar que sua esposa e filha viriam primeiro. Especialmente porque não as vê há três meses. Tem certeza de que consegue ir sozinha?

— Santa paciência, mamãe, que idade você acha que eu tenho? Pode me dar um dinheiro, por favor? Não tenho nada de dinheiro inglês.

Ela aceitou a nota de dez xelins que sua mãe lhe estendeu e saiu desdenhosa.

O telefone tocou ao lado da cama. Mrs. Sutcliffe foi até ele e pegou.

— Alô... Sim... Sim, Mrs. Sutcliffe falando...

Houve uma batida na porta. Mrs. Sutcliffe disse:

— Só um momento. — Deixou-o na mesa e foi até a porta. Um jovem de macacão azul estava parado ali com um pequeno kit de ferramentas.

— Eletricista — disse secamente. — As luzes desta suíte não estão satisfatórias. Me mandaram subir para ver.

— Ah, tudo bem...

Ela voltou ao telefone.

— Desculpe-me... O que você estava dizendo?

— Meu nome é Derek O'Connor. Talvez eu deva ir até a sua suíte, Mrs. Sutcliffe. É sobre o seu irmão.

— Bob? Há... notícias dele?

— Eu receio que sim... sim.

— Ah... Ah, eu entendo... Sim, venha. É no terceiro andar, 310.

Ela se sentou na cama. Já imaginava quais notícias seriam.

Naquele instante, houve uma batida na porta e ela a abriu, deixando entrar um jovem que apertou sua mão de um jeito adequadamente contido.

— Você é do Escritório de Negócios Estrangeiros?

— Meu nome é Derek O'Connor. Meu chefe me mandou aqui, uma vez que parecia não haver mais ninguém que pudesse contar a vocês.

— Por favor, conte-me — disse Mrs. Sutcliffe. — Ele foi morto. É isso?

— Sim, é isso, Mrs. Sutcliffe. Ele estava partindo de avião de Ramat com o Príncipe Yusuf, e eles caíram nas montanhas.

— Por que eu não fiquei sabendo? Por que ninguém mandou uma mensagem de rádio para o barco?

— Não havia notícias definitivas até poucos dias atrás. Só se sabia que o avião tinha sumido, mais nada. Naquelas circunstâncias, ainda poderia haver alguma esperança. Mas, agora, os destroços do avião foram encontrados... tenho certeza de que ficará contente em saber que ele morreu na hora.

— O príncipe também morreu?
— Sim.
— Não estou surpresa — disse Mrs. Sutcliffe. Sua voz tremeu um pouco, mas ela estava totalmente no comando de si mesma. — Eu sabia que Bob morreria jovem. Ele sempre foi imprudente, sabe... sempre pilotando novos aviões, tentando novas manobras. Eu quase não o vi nesses últimos quatro anos. Ah, bem, não podemos mudar as pessoas, podemos?
— Não — disse seu visitante —, receio que não.
— Henry sempre disse que ele se espatifaria cedo ou tarde — continuou Mrs. Sutcliffe. Ela parecia tirar algum tipo de satisfação melancólica da exatidão da profecia de seu marido. Uma lágrima escorreu por sua bochecha e ela procurou seu lenço, dizendo: — Foi um choque.
— Eu sei, sinto muitíssimo.
— Bob não poderia fugir, é claro. Quero dizer, ele tinha aceitado o trabalho de piloto do príncipe. Eu gostaria que ele tivesse abandonado aquele emprego. E também era um bom piloto. Eu tenho certeza de que, se trombasse com uma montanha, não seria culpa dele.
— Não — disse O'Connor —, certamente não seria culpa dele. A única esperança de tirar o Príncipe de lá era de avião, não importando as condições. Era um voo perigoso de se executar e deu errado.
Mrs. Sutcliffe assentiu.
— Eu entendo bem. Obrigada por ter vindo me contar.
— Há mais uma coisa — disse O'Connor —, uma coisa que preciso lhe perguntar. Seu irmão confiou algo à senhora para que trouxesse de volta à Inglaterra?
— Confiar algo a mim? — repetiu Mrs. Sutcliffe. — O que você quer dizer?
— Ele lhe deu algum... embrulho... algum pequeno pacote para trazer e entregar a alguém na Inglaterra?

Ela sacudiu a cabeça, pensativa.

— Não. Por que você pensaria que ele fez isso?

— Havia um pacote importante que nós pensamos que seu irmão poderia ter dado a alguém para trazer para cá. Ele lhe procurou no hotel naquele dia, o dia da Revolução, quero dizer.

— Eu sei. Ele deixou um bilhete. Mas não era nada... só uma besteira sobre jogar tênis ou golfe no dia seguinte. Eu suponho que, ao escrever o bilhete, ele não tinha como saber que teria que voar com o Príncipe para fora do país naquela mesma tarde.

— Isso era tudo o que estava escrito?

— No bilhete? Sim.

— A senhora o guardou, Mrs. Sutcliffe?

— Guardar o bilhete que ele deixou? Não, claro que não. Era bem trivial. Eu rasguei e joguei fora. Por que eu deveria tê-lo guardado?

— Nenhuma razão. Eu só estava pensando.

— Pensando no quê? — disse Mrs. Sutcliffe, irritada.

— Se por caso poderia haver alguma... outra mensagem escondida nele. Afinal de contas — ele sorriu —, há certas coisas como tinta invisível, sabe.

— Tinta invisível! — disse Mrs. Sutcliffe, com bastante desgosto. — Você quer dizer o tipo de coisa que se usa em histórias de espionagem?

— Bem, eu receio que seja exatamente isso o que quero dizer — afirmou O'Connor, meio que se desculpando.

— Que bobagem — retrucou Mrs. Sutcliffe. — Tenho certeza de que Bob nunca usaria algo como tinta invisível. Por que faria isso? Ele era uma pessoa querida, pragmática e sensata. — Outra lágrima escorreu por sua bochecha. — Oh, céus, onde *está* a minha bolsa? Eu devo ter um lenço. Talvez eu tenha deixado no outro quarto.

— Vou pegar para a senhora — disse O'Connor.

Ele passou pela porta que levava ao outro cômodo e parou ao ver um jovem de macacão curvado sobre uma maleta. Surpreso, o rapaz se endireitou para encará-lo e disse, com pressa:

— Eletricista. Algo errado com as luzes aqui.

O'Connor ligou o interruptor.

— Para mim parecem estar funcionando bem — disse agradavelmente.

— Devem ter me dado o número do quarto errado — disse o eletricista.

Ele juntou suas ferramentas e saiu rapidamente de fininho.

O'Connor franziu a testa, pegou a bolsa de Mrs. Sutcliffe na penteadeira e levou-a até ela.

— Com licença — disse, e pegou o telefone do gancho. — Aqui é do quarto 310. Vocês acabaram de mandar um eletricista para ver a luz dessa suíte? Sim... Sim, eu espero.

Ele esperou.

— Não? Não, eu não pensei que tivessem. Não, não há nada de errado.

Ele colocou o fone no gancho e virou-se para Mrs. Sutcliffe:

— Não há nada de errado com as luzes aqui. E a administração não mandou subir um eletricista.

— Então o que aquele homem estava fazendo? Era um ladrão?

— Pode ser que sim.

Mrs. Sutcliffe olhou depressa dentro de sua bolsa.

— Ele não levou nada da minha bolsa. O dinheiro está todo certo.

— Tem certeza, Mrs. Sutcliffe, tem certeza *absoluta* de que o seu irmão não lhe deu nada para trazer para casa, para embrulhar entre seus pertences?

— Tenho certeza absoluta — disse Mrs. Sutcliffe.

— Ou para a sua filha... A senhora tem uma filha, não tem?

— Sim. Ela está lá embaixo tomando chá.

— Seu irmão poderia ter dado algo a ela?

— Não, eu tenho certeza de que não.

— Há outra possibilidade — disse O'Connor. — Ele pode ter escondido algo em sua bagagem, entre os seus pertences, naquele dia que ficou esperando vocês em seu quarto.

— Mas por que Bob faria uma coisa dessas? Parece um completo absurdo.

— Não é tão absurdo quanto parece. É possível que o Príncipe Ali Yusuf tenha dado alguma coisa a seu irmão e que este tenha achado mais seguro guardar entre os pertences da senhora do que consigo mesmo.

— Parece muito improvável para mim — insistiu Mrs. Sutcliffe.

— Eu fico pensando, a senhora se importaria se nós procurássemos?

— Procurássemos na minha bagagem, você quer dizer? Desfazer as malas? — A voz de Mrs. Sutcliffe se elevou com um lamento naquelas palavras.

— Eu sei — disse O'Connor. — É algo terrível para lhe pedir. Mas pode ser muito importante. Eu poderia ajudá-la, sabe — disse, persuasivamente. — Eu costumava fazer as malas para minha mãe com frequência. Ela dizia até que eu era bastante bom nisso.

Ele exerceu todo o charme que era um dos seus pontos fortes, segundo o Coronel Pikeaway.

— Ah, bem — disse Mrs. Sutcliffe, complacente. — Eu suponho... se você diz... se, quero dizer, é mesmo importante...

— Pode ser muito importante — disse Derek O'Connor. — Bem, agora... — Ele sorriu para ela. — Suponho que comecemos.

II

Quarenta e cinco minutos mais tarde, Jennifer voltou do chá. Olhando ao redor, deu um suspiro de surpresa.

— Mamãe, o que você *fez?*

— Nós desfizemos as malas — disse Mrs. Sutcliffe, irritada. — Agora estamos refazendo-as novamente. Esse é Mr. O'Connor. Minha filha Jennifer.

— Mas por que estão fazendo e desfazendo as malas?

— Não me pergunte por quê — estourou a mãe. — Parece que tem uma chance de que seu tio Bob tenha colocado alguma coisa na minha bagagem para trazer para casa. Ele não te deu nada, suponho, Jennifer?

— Tio Bob me dar algo para trazer para casa? Não. Você também desfez as minhas malas?

— Nós desfizemos tudo — disse Derek O'Connor alegremente — e não encontramos nada, e agora estamos refazendo as malas. Eu acho que a senhora deveria beber um chá ou alguma coisa, Mrs. Sutcliffe. Posso fazer um pedido para a senhora? Um licor ou um refrigerante talvez? — Ele foi até o telefone.

— Eu bem que gostaria de uma boa xícara de chá — disse Mrs. Sutcliffe.

— Eu tomei um chá formidável — contou Jennifer. — Pão com manteiga, e sanduíches, e bolo, e depois o garçom me trouxe mais sanduíches porque eu perguntei se ele se importaria e ele disse que não. Foi adorável.

O'Connor pediu chá, depois terminou de arrumar os pertences de Mrs. Sutcliffe novamente com organização e destreza que lhe causaram a admiração mesmo contra a vontade.

— Sua mãe parece ter-lhe treinado muito bem para fazer malas — observou ela.

— Ah, eu tenho todo tipo de habilidades úteis — disse O'Connor, sorrindo.

Fazia tempo que a mãe dele havia morrido, e suas habilidades em fazer e desfazer malas tinham sido adquiridas exclusivamente a serviço do Coronel Pikeaway.

— Só mais uma coisa, Mrs. Sutcliffe. Eu gostaria que a senhora tomasse muito cuidado.

— Cuidado, eu? Em que sentido?

— Bem... — O'Connor deixou vago. — Revoluções são coisas complicadas. Há muitas ramificações. A senhora vai ficar em Londres por muito tempo?

— Nós vamos para o interior amanhã. Meu marido vai nos levar de carro.

— Tudo bem então. Mas... não se arrisque. Se algo fora do comum, por menor que seja, acontecer, ligue para 999 imediatamente.

— Oh! — disse Jennifer, em alto deleite. — Discar 999. Eu sempre quis fazer isso.

— Não seja tola, Jennifer — disse sua mãe.

III

Trecho de relato em um jornal local.

Um homem se apresentou diante da Corte do Magistrado ontem, acusado de invadir a residência de Mr. Henry Sutcliffe com a intenção de roubar. O quarto de Mrs. Sutcliffe foi saqueado e deixado em um estado de desordem selvagem, enquanto os membros da família estavam na igreja, no domingo de manhã. Os empregados da cozinha, que preparavam a refeição do meio-dia, não ouviram nada. A polícia prendeu o homem enquanto ele tentava fugir da casa. Evidentemente algo o alarmou e ele fugiu sem levar nada.

Apresentou-se como Andrew Ball, sem domicílio fixo, e se declarou culpado. Ele disse que, sem trabalho, estava em busca de dinheiro. As joias de Mrs. Sutcliffe, fora algumas peças que ela estava usando, ficam guardadas no banco.

— Eu disse que você tem que mandar ver a fechadura daquela janela francesa da sala de estar — foi o comentário de Mr. Sutcliffe no círculo familiar.

— Meu querido Henry — disse Mrs. Sutcliffe —, você parece não se dar conta de que eu estive no exterior nos últimos três meses. E, de qualquer modo, tenho certeza de que li em algum lugar que, quando ladrões *querem* entrar, eles sempre conseguem.

Ela completou de forma perspicaz, enquanto olhava de novo para o jornal local:

— Como soa lindamente grandioso "os empregados da cozinha". Tão diferente da realidade, a velha Mrs. Ellis, que é bem surda e mal consegue ficar em pé, e aquela filha meio lelé dos Bardwell, que vem ajudar aos domingos de manhã.

— O que eu não entendo — acrescentou Jennifer — é como a polícia descobriu que a casa estava sendo roubada e chegou aqui a tempo de pegá-lo.

— Parece extraordinário que ele não tenha levado nada — comentou sua mãe.

— Você tem certeza disso, Joan? — perguntou o marido.

— Estava um pouco duvidosa a princípio.

Mrs. Sutcliffe deu um suspiro exasperado.

— É impossível dizer algo assim logo de cara. A bagunça no meu quarto... coisas jogadas por todo lado, gavetas arrancadas e viradas. Eu tive que olhar *tudo* antes que pudesse ter certeza... Embora agora eu esteja pensando, não me lembro de ver meu melhor lenço Jacqmar.

— Desculpe, mamãe. Fui eu. Saiu voando ao mar no Mediterrâneo. Eu tinha pegado emprestado. Queria ter contado, mas esqueci.

— Sério, Jennifer, quantas vezes já pedi para não pegar as minhas coisas sem me consultar antes?

— Posso comer pudim? — perguntou Jennifer, desviando do assunto.

— Eu suponho que sim. De verdade, Mrs. Ellis tem mão leve e maravilhosa. Faz valer a pena, mesmo tendo que gritar tanto com ela. Eu espero mesmo que não te achem gulosa demais na escola. Meadowbank não é bem uma escola comum, lembre-se.

— Eu não sei se quero mesmo ir para Meadowbank — disse Jennifer. — Conheço uma garota cuja prima estudou lá e disse que era péssimo. Elas passam o tempo todo dizendo como entrar e sair de Rolls-Royces e como se comportar se for almoçar com a rainha.

— Vai ser bom, Jennifer. Você não se dá conta de quão extremamente afortunada é por ser admitida na Meadowbank. Miss Bulstrode não aceita qualquer garota, posso garantir. É inteiramente devido à importância da posição de seu pai e à influência de sua tia Rosamond. Você é sortuda demais. E se — completou Mrs. Sutcliffe — alguém alguma vez lhe convidar para almoçar com a rainha, será bom que saiba como se comportar.

— Ah, bem. Penso que a rainha com frequência recebe para almoçar pessoas que não sabem se comportar, por exemplo, líderes africanos, e jóqueis, e sheiks.

— Líderes africanos têm maneiras das mais educadas — disse seu pai, que recentemente voltara de uma curta viagem de negócios em Gana.

— E sheiks árabes também — completou Mrs. Sutcliffe. — Muito elegante.

— Lembra o banquete daquele sheik em que fomos? — disse Jennifer. — E como ele escolheu o olho da ovelha e o entregou a você, e o tio Bob te cutucou para não fazer nenhum rebuliço e comer logo? Quero dizer, se um sheik fizesse aquilo com um cordeiro assado no Palácio de Buckingham, a rainha ficaria um pouco chocada, não?

— Chega, Jennifer — disse sua mãe e encerrou o assunto.

IV

Quando Andrew Ball, sem domicílio fixo, foi sentenciado a três meses por invasão de domicílio, Derek O'Connor, que ocupava uma posição modesta nos fundos da Corte do Magistrado, fez uma ligação para o número de um museu.

— Nada com o camarada quando nós o pegamos. Demos a ele bastante tempo também.

— Quem era? Alguém que conhecemos?

— Um da turma do Gecko, eu acho. Pouco tempo. Eles o contrataram para esse tipo de coisa. Não tem muito cérebro, mas disseram que é meticuloso.

— E ele aceitou a sentença como um cordeiro? — Do outro lado da linha, Coronel Pikeaway sorria ao falar.

— Sim. A figura perfeita de um camarada burro levado para o mau caminho. Nunca o conectariam com nada de importante. Esse é o valor dele, é claro.

— E ele não encontrou nada — matutou Coronel Pikeaway. — E *você* não encontrou nada. Não parece então que há algo a ser encontrado? Nossa ideia de que Rawlinson plantou essas coisas na irmã pelo visto é equivocada.

— Outras pessoas parecem ter tido a mesma ideia.

— É meio óbvio mesmo... talvez tenha sido uma isca para nós mordermos.

— Pode ser. Alguma outra possibilidade?

— Muitas. A coisa pode estar ainda em Ramat. Escondida em algum lugar no Hotel Ritz Savoy, talvez. Ou Rawlinson passou-a para alguém no caminho da pista de decolagem. Ou pode haver algo naquele indício de Mr. Robinson. Uma mulher pode ter tomado. Ou pode ser que Mrs. Sutcliffe estivesse com ela o tempo todo sem saber, e jogou-a no mar Vermelho com algo que não teria mais uso.

— E isso — completou, pensativo — poderia ser o melhor.

— Oh, vamos lá, aquilo vale muito dinheiro, senhor.

— A vida humana também vale muito — disse Coronel Pikeaway.

Capítulo 5

Cartas da Escola Meadowbank

Carta de Julia Upjohn para sua mãe:

Querida mamãe,
    Estou acomodada agora e muito satisfeita.
    Tem uma garota que é nova neste período chamada Jennifer e ela e eu passamos muito tempo juntas. Nós duas gostamos muitíssimo de tênis. Ela é bem boa. Tem um saque formidável quando consegue, mas não é sempre. Ela diz que sua raquete ficou empenada por ter ido ao Golfo Pérsico. Lá faz muito calor. Ela esteve em toda aquela Revolução que aconteceu. Eu perguntei se foi bastante instigante, mas ela disse que não, que elas não viram nada. Foram levadas para a Embaixada ou algo assim e perderam a Revolução.
    Miss Bulstrode é um cordeirinho, mas também é bem assustadora — ou pode ser. Ela pega leve com as novatas. Pelas costas, todo mundo a chama de A Búfala ou Valentona. Quem nos ensina literatura inglesa é Miss Rich, que é maravilhosa. Quando ela fica nervosa, o cabelo dela cai. Ela tem uma cara estranha, mas um tanto animada, e quando lê trechos de Shakespeare tudo parece diferente e real. Ela ficou divagando no outro dia sobre Iago e o que ele sentia — e muito sobre o ciúme e como isso devora a gente por dentro e a gente sofre até que quase enlouquece querendo machucar a pessoa que ama. Causou arrepios

em todas nós — só Jennifer não ligou, porque nada a incomoda. Miss Rich nos ensina geografia também. Eu sempre pensei que era uma matéria enfadonha, mas com Miss Rich não é. Essa manhã, ela nos contou sobre o comércio de especiarias e que era preciso ter especiarias porque as coisas estragavam com muita facilidade.

Eu estou começando artes com Miss Laurie. Ela vem duas vezes por semana e nos leva a Londres para vermos quadros em galerias também. Fazemos francês com Mademoiselle Blanche. Ela não consegue manter a ordem muito bem. Jennifer fala que as pessoas francesas são assim. No entanto, ela não se zanga, só fica entediada. Ela diz: "Enfin, vous m'ennuiez, mes enfants!". Miss Springer é péssima. Ela dá aula de ginástica e educação física. Tem cabelo ruivo e fede quando faz calor. Depois tem Miss Chadwick (Chaddy) — ela está aqui desde que a escola foi inaugurada. Ensina matemática e é meio atarantada, mas é bem legal. E tem miss Vansittart, que dá aulas de história e alemão. Ela é uma espécie de segunda Miss Bulstrode sem o vigor.

Há muitas garotas estrangeiras aqui, duas italianas, e algumas alemãs, e uma sueca bem divertida (é uma princesa ou algo assim), e uma garota que é meio turca e meio persa, e que diz que teria casado com o Príncipe Ali Yusuf, que morreu naquele acidente de avião, mas Jennifer disse que não é verdade, que Shaista só diz isso porque ela era uma espécie de prima, e as meninas têm que se casar com um primo, supostamente. Mas Jennifer diz que ele não ia querer. Ele gostava de outra pessoa. Jennifer sabe um monte de coisa, mas normalmente não conta.

Eu suponho que você vá fazer sua viagem logo. Não esqueça de pegar seu passaporte como da última vez!!! E leve seu kit de primeiros socorros, caso tenha algum acidente.

Com amor, Julia.

Carta de Jennifer Sutcliffe para sua mãe:

Querida mamãe,
Não é nada mau aqui. Estou gostando mais do que esperava. O tempo tem estado bonito. Nós tivemos que escrever uma redação ontem sobre o tema "Pode uma boa qualidade ser excessiva?". Eu não consegui pensar em nada para dizer. Na semana que vem vai ser "O contraste entre as personagens de Julieta e Desdêmona". Parece bobo também. Você acha que pode me comprar uma raquete de tênis nova? Eu sei que você mandou pôr cordas novas na minha no outono passado, mas ela parece toda errada. Talvez esteja empenada. Eu bem que gostaria de aprender grego. Posso? Eu amo línguas. Algumas de nós vão para Londres ver o balé na semana que vem. É O lago dos cisnes. A comida aqui é agradável. Ontem nós comemos frango no almoço e adoráveis bolos caseiros no chá.
Não consigo pensar em nenhuma outra novidade — vocês tiveram mais roubos por aí?
Da sua filha amada,
Jennifer

Carta de Margaret Gore-West, a Veterana Perfeita, para sua mãe:

Querida mamãe,
Há pouquíssimas novidades. Estou fazendo alemão com Miss Vansittart esse período. Há um boato de que Miss Bulstrode vai se aposentar e de que Miss Vansittart vai sucedê-la, mas isso tem sido dito há mais de um ano e eu não tenho certeza de que seja verdade. Eu perguntei a Miss Chadwick (é claro que não ousaria perguntar a Miss Bulstrode!) e ela foi bem seca sobre o assunto. Disse que era certo que não e mandou que eu não ficasse ouvindo fofocas. Nós fomos ao balé na terça-feira. O lago dos cisnes. Onírico demais para pôr em palavras!

A Princesa Ingrid é até divertida. Olhos bem azuis, mas usa aparelho nos dentes. Há duas garotas novas alemãs. Elas falam inglês muito bem.

Miss Rich está de volta e parece bem. Nós sentimos mesmo sua falta no período passado. A nova professora de educação física se chama Miss Springer. Ela é terrivelmente mandona e ninguém gosta muito dela. Embora nos treine muito bem no tênis. Uma das garotas novas, Jennifer Sutcliffe, vai ser muito boa, eu acho. Sua mão esquerda é um tanto fraca. Sua grande amiga é uma garota chamada Julia. Nós a chamamos de as Jotas!

Não vai esquecer de me buscar aqui no dia vinte, certo? O Dia dos Esportes é dezenove de junho.

Sua amada,
Margaret

Carta de Ann Shapland para Dennis Rathbone:

Querido Dennis,
Não terei nenhum tempo livre até a terceira semana do período. Eu gostaria muito de jantar com você então. Teria que ser no sábado ou no domingo. Eu aviso.

É bem divertido trabalhar em uma escola. Mas graças a Deus não sou a diretora. Eu ficaria louca desvairada.

Da sempre sua,
Ann

Carta de Miss Johnson para sua irmã:

Querida Edith,
Tudo está na mesma por aqui. O período de verão é sempre bom. O jardim está bonito e temos um novo jardineiro para ajudar o velho Briggs — jovem e forte! Até que bonito também, o que é uma pena. As garotas são tão bobas.

Miss Bulstrode não disse mais nada sobre se aposentar, então espero que ela tenha superado a ideia. Miss Vansittart não seria de forma alguma *a mesma coisa. Eu realmente acho que não continuaria aqui.*

Mande meu amor ao Dick e às crianças, e mande lembranças minhas para Oliver e Kate quando os vir.

Elspeth

Carta de Mademoiselle Angèle Blanche para René Dupont, Posta-Restante, Bordeaux:

Querido René,
Tudo vai bem por aqui, embora eu não possa dizer que eu mesma me divirta. As garotas não são nem respeitosas, nem bem comportadas. Eu acho melhor, entretanto, não reclamar com Miss Bulstrode. É preciso estar atenta quando lidamos com aquela lá!

Não há nada de interessante no momento para contar a você.
Mouche

Carta de Miss Vansittart para uma amiga:

Querida Gloria,
O período de verão começou tranquilo. Um grupo de garotas novas muito satisfatório. As estrangeiras estão se adaptando bem. Nossa pequena princesa (a do Oriente Médio, não a da Escandinávia) está inclinada a uma falta de dedicação, mas suponho que seja de se esperar. Ela tem maneiras muito encantadoras.

A nova professora de educação física, Miss Springer, não é um sucesso. As garotas não gostam dela, que é autoritária demais. Afinal de contas, esta não é uma escola comum. Nós não nos destacamos pela educação física! Ela também é muito inquisitiva e faz perguntas pessoais demais.

Esse tipo de coisa pode ser muito penoso e de uma discrição bastante fraca. Mademoiselle Blanche, a nova professora de francês, é muito amável, mas não o bastante para os padrões de Mademoiselle Depuy.

Nós tivemos um desafio no primeiro dia do período. A senhora Veronica Carlton-Sandways apareceu completamente embriagada!! Se não fosse Miss Chadwick vê-la e conduzi-la para longe, nós poderíamos ter presenciado um incidente dos mais desagradáveis. As gêmeas são garotas muito queridas também.

Miss Bulstrode não disse nada ainda definitivo sobre o futuro — mas por suas maneiras, eu acho que ela já está de cabeça feita. Meadowbank é mesmo uma bela conquista e eu devo me orgulhar de dar continuidade às suas tradições.

Mande um beijo para Marjorie quando a vir.

Com carinho,
Eleanor

Carta para o Coronel Pikeaway, enviada pelos canais comuns:

O que tem a dizer sobre mandar um homem ao campo de guerra? Eu sou o único homem ativo em um estabelecimento de cerca de 190 mulheres.

Vossa Alteza chegou com estilo. Um Cadillac rosa-escuro com azul pastel, com o Preto Notável em traje nativo, esposa na última moda de Paris e sua versão mirim (Vossa Alteza Real).

Quase não a reconheci no dia seguinte com o uniforme da escola. Não haverá dificuldade em estabelecer relações amigáveis com ela. Ela já percebeu isso. Ficou me perguntando os nomes de várias flores de um jeito doce e inocente, quando uma Górgona de sardas, cabelo vermelho e uma voz de gralha se atirou em cima dela e a tirou de perto de mim. Ela não queria ir. Sempre achei que essas garotas orientais eram educadas de forma modesta por trás dos panos. Essa deve ter tido pouca experiência de mundo durante seus anos de escola na Suíça, acho.

A Górgona, também conhecida como Miss Springer, a professora de educação física, voltou para me passar um sermão. A equipe de jardinagem não pode falar com as pupilas etc. Minha vez de expressar surpresa inocente. "Desculpe-me, senhorita. A jovenzinha estava me perguntando o que são esses delfinos aqui. Suponho que não existam na terra dela." A Górgona foi facilmente pacificada, no fim quase sorriu. Menos sucesso com a secretária de Miss Bulstrode. Uma dessas garotas do campo que usam casaco e saia. A professora de francês é mais cooperativa. Recatada e tímida a um primeiro olhar, mas não muito tímida de verdade. Também fiz amizade com três agradáveis risonhas, chamadas Pamela, Lois e Mary, sobrenomes desconhecidos, mas de linhagem aristocrática. Uma distinta velha soldada chamada Miss Chadwick está sempre cautelosamente de olho em mim, então eu sou cuidadoso para não macular meu registro com ela.

Meu chefe, o velho Briggs, é um tipo ríspido de caráter cujo principal tópico de conversa é como as coisas costumavam ser nos bons e velhos tempos, quando ele era, suspeito eu, o quarto de uma equipe de cinco. Ele resmunga sobre a maior parte das coisas e das pessoas, mas tem o respeito integral de Miss Bulstrode. E eu também tenho. Ela trocou algumas palavras muito agradáveis comigo, mas eu tive uma sensação horrorosa de que ela estava me decifrando e sabendo tudo sobre mim.

Nenhum sinal, até agora, de qualquer coisa sinistra — mas eu tenho esperança.

Capítulo 6

Primeiros dias

Na Sala das Professoras contavam-se as novidades. Viagens ao exterior, peças assistidas, exposições de arte visitadas. Fotografias eram passadas de mão em mão. A ameaça das projeções fotográficas ainda estava por vir. Todas as entusiastas queriam mostrar suas próprias fotografias, mas escapar de serem forçadas a ver as das outras pessoas.

Agora a conversa se tornava menos pessoal. O novo pavilhão de esportes era tanto criticado quanto admirado. Admitia-se que era um bom prédio, mas naturalmente todas teriam gostado de melhorar seu estilo de um modo ou outro.

As garotas novas foram brevemente passadas em revista e, de maneira geral, o veredito era favorável.

Uma conversinha prazerosa foi empreendida com as duas novas integrantes da equipe. Mademoiselle Blanche já tinha estado na Inglaterra antes? De que parte da França ela vinha?

Mademoiselle Blanche respondeu educadamente, mas com reservas.

Miss Springer foi mais direta.

Falou com ênfase e decisão. Poderíamos quase até dizer que ela estava dando uma palestra. Assunto: a excelência de Miss Springer. O quanto era apreciada como colega. O quanto diretoras tinham aceitado seu conselho com gratidão e reorganizado seus horários conforme solicitado.

Miss Springer não era sensível. Uma inquietação em seu público não foi notada por ela. Restou a Miss Johnson perguntarem seu tom suave:

— No entanto, imagino que suas ideias nem sempre tenham sido aceitas da maneira que.... hum, deveriam.

— Precisamos estar preparadas para a ingratidão — disse Miss Springer. Sua voz já alta ficou mais alta. — O problema é que as pessoas são muito covardes. Não encaram os fatos. Sempre preferem não ver o que está debaixo de seus narizes todo o tempo. Eu não sou assim. Eu vou direto ao ponto. Mais de uma vez desencavei um escândalo nojento... e trouxe-o para olhos vistos. Eu tenho um bom nariz: uma vez que estou no encalço de algo, não deixo para lá... não até encurralar minha presa. — Ela deu uma risada alegre e alta. — Na minha opinião, ninguém cuja vida não seja um livro aberto deveria dar aulas em uma escola. Se alguém têm qualquer coisa a esconder, logo se nota. Ah! Vocês ficariam surpresas se eu lhes contasse algumas coisas que descobri sobre as pessoas. Coisas que ninguém nunca sonhou.

— Você gosta dessa experiência, é? — perguntou mademoiselle Blanche.

— É claro que não. Só estou fazendo o meu dever. Mas não tive suporte. Frouxidão vergonhosa. Então eu me demiti... em protesto.

Ela olhou ao redor e deu sua jovial e esportiva risada novamente.

— Espero que ninguém aqui tenha nada a esconder — disse alegremente.

Ninguém estava achando graça. Mas Miss Springer não era o tipo de mulher a notar essas coisas.

II

— Posso falar com a senhora, Miss Bulstrode?

Miss Bulstrode deixou sua caneta de lado e olhou para cima, para a cara vermelha da governanta, Miss Johnson.

— Sim, Miss Johnson.

— É sobre aquela garota Shaista. A garota egípcia ou o que quer que seja.

— Sim?

— É sobre suas... ahm, roupas de baixo.

As sobrancelhas de Miss Bulstrode se ergueram com uma surpresa paciente.

— Suas... Bem, seu corpete.

— O que tem de errado com o sutiã dela?

— Bem... Não é de um tipo comum... Quero dizer, não segura as coisas para dentro, exatamente. Ele... Bem, ele empurra as coisas para cima, de maneira desnecessária.

Miss Bulstrode mordeu o lábio para segurar um sorriso, como quase sempre ocorria em conversas com Miss Johnson.

— Talvez seja melhor eu dar uma olhada — disse, séria.

Uma espécie de inquérito foi então realizado a respeito do dispositivo ofensivo apresentado por Miss Johnson, enquanto Shaista observava com vivo interesse.

— É dessas espécies de arame e... arranjo de aros — disse Miss Johnson com desaprovação.

Shaista irrompeu em uma animada explicação.

— Mas veja, meus seios não são muito grandes... longe disso. Eu não me pareço muito feminina. E isso é muito importante para uma garota: mostrar que ela é uma mulher e não um homem.

— Há muito tempo para isso. Você tem apenas quinze anos — disse Miss Johnson.

— Quinze já *é* mulher! E eu pareço uma mulher, não pareço?

Ela apelou para Miss Bulstrode, que assentiu solenemente.

— Só que meus seios, eles são pequenos. Então eu quero fazê-los parecer não tão pequenos. Entende?

— Entendo perfeitamente — disse Miss Bulstrode. — E até entendo o seu ponto de vista. Mas nesta escola, veja, você está entre garotas que são, na maior parte, inglesas, e garotas inglesas normalmente não são tão femininas aos quinze anos. Eu gosto que minhas garotas usem maquiagem discreta e que usem roupas de acordo com seus estágios de crescimento. Sugiro que você use o seu sutiã quando for a uma festa ou quando for para Londres, mas não todos os dias aqui. Aqui se se praticam muitos esportes e jogos, e para isso o seu corpo precisa estar livre para se movimentar com facilidade.

— É demais, toda hora correndo e pulando — concordou Shaista, amuada. — E ainda tem a educação física, eu não gosto da Miss Springer. Ela vive dizendo: "Mais rápido, não enrole". Eu fico cansada.

— Já basta, Shaista — repreendeu Miss Bulstrode, sua voz ficando autoritária. — Sua família mandou você para cá para aprender modos ingleses. Todo esse exercício vai lhe fazer bem à fisionomia *e* desenvolver seu busto.

Ela dispensou a moça e sorriu para a agitada Miss Johnson.

— É bem verdade. A garota está completamente madura. Ela pode facilmente passar por vinte anos de idade, considerando a aparência. E é assim que ela se sente. Não se pode esperar que ela se sinta da mesma idade que Julia Upjohn, por exemplo. Intelectualmente, Julia está muito à frente de Shaista. Fisicamente, Shaista poderia muito bem vestir um espartilho, até.

— Eu queria que todas elas fossem como Julia Upjohn — observou Miss Johnson.

— Eu não — retrucou Miss Bulstrode. — Um colégio cheio de garotas, todas parecidas, seria muito enfadonho.

Enfadonho, ela pensou, enquanto voltava para sua correção dos ensaios sobre as Escrituras. Aquela palavra estava se repetindo em seu cérebro já havia algum tempo. *Enfadonho...*

Se havia algo que sua escola não era, era enfadonha. Durante sua carreira como diretora, ela mesma nunca se sentira enfadonha. Houve dificuldades a serem vencidas, crises imprevistas, irritações com os pais, com as meninas, reviravoltas domésticas. Ela tinha passado e lidado com desastres incipientes e os transformado em triunfos. Tudo fora estimulante, excitante, supremamente válido. E, mesmo então, embora estivesse decidida, não queria partir.

Ela estava em ótima forma física, quase como quando ela e Chaddy (a fiel Chaddy!) começaram a grande empreitada com um mero bocado de crianças e o apoio de um banqueiro com visão incomum. As distinções acadêmicas de Chaddy eram melhores que as dela, mas foi ela quem tivera a visão de planejar e fazer da escola um lugar de tal distinção que fosse conhecida em toda a Europa. Ela nunca teve medo de experimentar, enquanto Chaddy ficava satisfeita em lecionar exaustiva embora desanimadamente tudo o que sabia. A conquista suprema de Chaddy sempre fora estar *lá,* ao alcance, o fiel para-choque, rápida em prestar assistência quando se precisava dela. Como no primeiro dia do período com Lady Veronica. Era em sua solidez, refletia Miss Bulstrode, que um edifício imponente havia sido construído.

Bem, do ponto de vista material, ambas as mulheres tinham se saído muito bem. Se elas se aposentassem agora, as duas teriam assegurado uma boa renda para o resto da vida. Miss Bulstrode questionava se Chaddy ia querer se aposentar quando ela mesma se aposentasse. Provavelmente não. Provavelmente, para ela, a escola era uma casa. Ela continuaria fiel e confiável, para dar apoio à sucessora de Miss Bulstrode.

Porque Miss Bulstrode estava decidida — deveria haver uma sucessora. Primeiramente associada a ela para uma administração conjunta, e então para administrar sozinha. Saber quando se retirar: aquela era uma das grandes necessidades da vida. Retirar-se antes que o poder começasse a diminuir, que o pulso firme começasse a se afrouxar, antes de sentir um leve azedume, a má vontade em visualizar um esforço contínuo.

Miss Bulstrode terminou de corrigir os ensaios e notou que a menina Upjohn tinha uma mente original. Jennifer Sutcliffe tinha uma completa falta de imaginação, mas mostrava uma compreensão incomum dos fatos. Mary Vyse, é claro, tinha uma bolsa por mérito e uma maravilhosa memória tenaz. Mas que garota enfadonha! Enfadonha — aquela palavra de novo. Miss Bulstrode a dispersou da cabeça e ligou para a secretária.

Começou a ditar as cartas.

Cara Lady Valence. Jane teve um problema nos ouvidos. Anexo vai o laudo médico... etc.

Caro Barão Von Eisenger. Certamente podemos providenciar que Hedwig vá à opera na ocasião em que Hellstern fará o papel de Isolda...

Uma hora passou depressa. Miss Bulstrode raramente parava para conversar. O lápis de Ann Shapland corria pelo bloco de anotações.

Uma secretária muito boa, Miss Bulstrode pensava consigo mesma. Melhor do que Vera Lorrimer. Garota cansativa, a Vera. Deixou seu posto tão de repente. Uma crise nervosa, segundo ela. Algo a ver com um homem, Miss Bulstrode pensava resignadamente. Em geral tinha a ver com homens.

— Isso é tudo — disse Miss Bulstrode, enquanto ditava a última palavra. Ela lançou um suspiro de alívio. — Tantas coisas enfadonhas para se fazer — observou. — Escrever cartas aos pais é como dar comida aos cães. Jogar algumas banalidades calmantes em cada uma das bocas que aguardam.

Ann riu. Miss Bulstrode olhou para ela, avaliando-a.

— O que fez com que você aceitasse o trabalho de secretária?

— Eu não sei bem. Não tinha inclinação especial para nada em particular, e é o tipo de coisa que quase todo mundo acaba fazendo.

— Você não acha monótono?

— Eu suponho que tive sorte. Já fiz muitos trabalhos diferentes. Trabalhei com Sir Mervyn Todhunter, o arqueólogo, por um ano, depois estive com Sir Andrew Peters, na Shell. Fui secretária de Monica Lord, a atriz, por um tempo. Esse foi bem agitado! — Ela sorriu ao lembrar.

— Hoje em dia tem muito disso entre as garotas — disse Miss Bulstrode. — Todas essas mudanças abruptas de ideias e comportamento. — Ela parecia desaprovar.

— Na verdade, eu não consigo fazer a mesma coisa por muito tempo. Tenho uma mãe inválida. Ela é meio… Bem, ela é difícil, de tempos em tempos. Aí eu tenho que voltar para casa e assumir o controle.

— Entendo.

— Mas ao mesmo tempo receio que eu provavelmente mudaria de ideias e comportamento de qualquer forma. Não tenho o dom da continuidade. Eu acho que mudar é menos enfadonho.

— Enfadonho… — murmurou Miss Bulstrode, golpeada novamente pela palavra fatal.

Ann a olhou com surpresa.

— Não se importe comigo — disse Miss Bulstrode. — É só que às vezes uma palavra em particular parece surgir do nada o tempo todo. Você acha que gostaria de ter sido professora de escola? — perguntou, com alguma curiosidade.

— Eu receio que odiaria — respondeu Ann francamente.

— Por quê?

— Acharia terrivelmente enfadonho… Ah, sinto muito.

Ela parou desanimada.

— Lecionar é tudo menos enfadonho — disse Miss Bulstrode com certo senso de humor. — Pode ser a coisa mais instigante do mundo. Eu vou sentir uma falta terrível quando me aposentar.

— Mas certamente... — E Ann olhou para ela. — A senhora está pensando em se aposentar?

— Já me decidi, sim. Ah, devo continuar apenas por mais um ano, ou talvez dois.

— Mas... por quê?

— Porque eu dei o meu melhor para a escola. E recebi o melhor dela também. Não quero ficar em segundo lugar agora.

— A escola vai continuar?

— Ah, sim. Eu tenho uma boa sucessora.

— Miss Vansittart, suponho?

— Então você a colocaria no meu lugar automaticamente? — Miss Bulstrode lançou-lhe um olhar ríspido. — Que interessante...

— Acho que não pensei sobre isso. Apenas ouvi a equipe comentando, por alto. Eu penso que ela daria continuidade muito bem... exatamente à sua tradição. E ela é muito bonita, tem boa aparência e uma bela presença. Eu imagino que isso seja importante, não é?

— Sim, é. Sim, tenho certeza de que Eleanor Vansittart é a pessoa certa.

— Ela vai dar continuidade bem de onde a senhora deixar — disse Ann, juntando suas coisas.

"Mas eu quero isso?", pensou Miss Bulstrode consigo mesma, enquanto Ann saía. "Dar continuidade bem de onde eu deixar? É exatamente isso que Eleanor *vai* fazer! Nada de novos experimentos, nada revolucionário. Não foi dessa maneira que eu transformei a Meadowbank no que ela é hoje. Eu me arrisquei. Irritei muitas pessoas. Intimidei e persuadi, e recusei seguir o padrão das outras escolas. Não é isso que eu quero que continue daqui para a frente? Alguém que traga vida nova à escola. Alguma personalidade dinâmica, como... sim, como Eileen Rich."

Só que Eileen não tinha idade o suficiente, não tinha experiência o suficiente. Ainda assim era estimulante, sabia lecionar. Tinha ideias. Nunca seria enfadonha... Bobagem, ela deveria tirar aquela palavra da cabeça. Eleanor Vansittart não era enfadonha...

Ela ergueu os olhos quando Miss Chadwick entrou.

— Oh, Chaddy! Que *bom* ver você!

Miss Chadwick parecia um pouco surpresa.

— Por quê? Aconteceu algum problema?

— Eu sou o problema. Eu não conheço a minha própria cabeça.

— É bem improvável, Honoria.

— Sim, não é? Como está indo o período, Chaddy?

— Tudo muito bem, eu acho. — Miss Chadwick soava um pouco incerta.

Miss Bulstrode deu um pulo.

— Diga, vai. Não faça rodeios. O que há de errado?

— Nada. De verdade, Honoria, nada mesmo. É só que... — Miss Chadwick enrugou a testa inteira e pareceu um pouco um cachorro boxer perplexo. — Ah, uma sensação. Mas de verdade, não é nada que eu possa dizer com firmeza. As garotas novas parecem um grupo muito agradável. Eu não gosto muito da Mademoiselle Blanche. Mas antes eu não gostava da Geneviève Depuy também. *Dissimulada.*

Miss Bulstrode não prestou muita atenção a essa crítica. Chaddy sempre acusava as professoras de francês de serem dissimuladas.

— Ela não é uma boa professora — disse Miss Bulstrode. — Surpreendente mesmo. Suas recomendações foram tão boas.

— Os franceses nunca sabem lecionar. Não têm disciplina — disse Miss Chadwick. — Já Miss Springer, de verdade, talvez seja boa demais! Não para quieta. É ativa por natureza...

— Ela é boa no que faz.

— Ah, ela é de primeira classe.

— Uma nova equipe é sempre inquietante — disse Miss Bulstrode.

— Sim — concordou Miss Chadwick avidamente. — Eu tenho certeza de que não é nada além disso. A propósito, o novo jardineiro é bem jovem. Tão incomum hoje em dia. Nenhum jardineiro parece ser jovem. Uma pena que seja tão bonito. Devemos ficar de olho nele.

As duas senhoras assentiram. Elas sabiam melhor do que ninguém a destruição que um jovem bonito poderia causar no coração das adolescentes.

Capítulo 7

Palhas ao vento

— Nada mau, garoto — disse o velho Briggs, de má vontade —, nada mau.

Ele estava expressando aprovação sobre a performance de seu assistente ao cavar uma faixa de terra. Não poderia, pensou Briggs, deixar o jovem companheiro fazer melhor que ele.

— Veja bem — continuou —, você não precisa ter pressa. Tenha constância, é o que eu digo. Constância é o que importa aqui.

O rapaz entendeu que sua performance tinha sido favorável demais comparada ao ritmo de trabalho de Briggs.

— Agora, do lado de cá — continuou Briggs —, nós vamos colocar uns belos ásteres. *Ela* não gosta de ásteres, mas eu não ligo. As mulheres têm seus caprichos, mas se você não der bola é quase certo que elas nunca notem. Embora eu vá dizer que *ela* é do tipo que nota no panorama. Era de se esperar que já tivesse bastante coisa com que esquentar a cabeça, administrando um lugar como esse.

Adam entendeu que "*ela*", que aparecia tanto nas conversas de Briggs, se referia a Miss Bulstrode.

— E quem era essa com quem vi você conversando agorinha mesmo? — continuou Briggs, desconfiado. — Quando foi até o galpão pegar os bambus.

— Ah, era só uma das senhoritas — disse Adam.

— Ah. Uma das duas era a italianinha, não é mesmo? Agora, é melhor você tomar cuidado, meu garoto. Não vá se misturar com italianinha nenhuma, eu sei do que estou falando. Conheci italianinhas, conheci uma na Primeira Guerra e, se eu soubesse naquela época o que sei agora, teria sido mais cuidadoso. Entende?

— Não foi nada de mais — disse Adam, ficando um pouco rabugento. — Só passou um tempo comigo, foi isso, e perguntou os nomes de uma ou outra coisa.

— Ah, mas tome cuidado. Você não tem que ficar conversando com qualquer uma dessas jovens senhoritas. *Ela* não ia gostar.

— Eu não fiz mal nenhum e eu não falei nada que não deveria.

— Não estou dizendo que fez, garoto. Só estou dizendo que muitas dessas mulheres se isolam aqui não tanto motivadas a dar aulas de desenho, mas sim a tirar um pouco algumas coisas da cabeça... Bem, é melhor você tomar cuidado. Só isso. Ah, lá vem a Velha Megera agora. Querendo algo difícil, posso apostar.

Miss Bulstrode se aproximava com um passo rápido.

— Bom dia, Briggs. Bom dia, ahm...

— Adam, senhorita.

— Ah, sim, Adam. Bem, parece que você cavou esse trecho de maneira muito satisfatória. A rede está solta na quadra de tênis dos fundos, Briggs. É melhor ir ver aquilo.

— Tudo bem, senhorita, está certo. Logo vou ver.

— O que você está pondo aqui na frente?

— Bem, senhorita, eu tinha pensado...

— Não ásteres — disse Miss Bulstrode, sem dar tempo para ele terminar. — Dálias pompom. — E saiu rapidamente.

— Vem e dá ordens — comentou Briggs. — Não que ela não seja esperta. Ela logo nota se o trabalho não está bem-feito. E lembre-se do que eu disse e seja cuidadoso, garoto. Sobre a italianinha e as outras.

— Se ela achar alguma falha em mim, eu saberei o que fazer — concluiu Adam, mal humorado. — Há muitos empregos dando sopa por aí.

— Ah. Agora é assim com vocês jovens. Não aceitam conselhos de ninguém. Tudo o que digo é: cuidado com o que faz.

Adam continuou rabugento, mas agora debruçado sobre o trabalho.

Miss Bulstrode voltou para a escola. Não estava com uma cara nada boa.

Miss Vansittart vinha na direção oposta.

— Que tarde quente — comentou Miss Vansittart.

— Sim, está muito abafado e opressivo. — De novo Miss Bulstrode fez cara feia. — Você reparou naquele jovem, o jardineiro novo?

— Não, não particularmente.

— Pra mim, ele parece... bem, um tipo estranho — disse Miss Bulstrode, pensativa. — Não é o tipo comum por aqui.

— Talvez ele tenha vindo de Oxford e só queira ganhar algum dinheiro.

— Ele é bonito. As garotas o notam.

— O problema usual.

Miss Bulstrode sorriu.

— Combinar liberdade para as garotas *e* supervisão severa... é isso que você quer dizer, Eleanor?

— Sim.

— Nós conseguimos — disse Miss Bulstrode.

— Sim, de fato. Você nunca presenciou um escândalo na Meadowbank, não é?

— Chegamos perto uma ou duas vezes — respondeu Miss Bulstrode. Ela riu. — Nunca se tem um momento enfadonho quando se administra uma escola. — Ela continuou: — Você às vezes acha a vida por aqui enfadonha, Eleanor?

— Na verdade, não — disse Miss Vansittart. — Eu acho o trabalho aqui dos mais estimulantes e satisfatórios. Você deve se sentir orgulhosa e feliz, Honoria, pelo grande sucesso que conquistou.

— Eu acho que fiz um bom trabalho com as coisas. Nada, é claro, é como imaginamos de início... Diga-me, Eleanor — pediu, de repente —, se em vez de mim fosse você administrando este lugar, que mudanças faria? Pode falar. Estou interessada em ouvir.

— Eu acho que não iria querer fazer nenhuma mudança — disse Eleanor Vansittart. — Me parece que a alma do lugar e toda a organização são quase perfeitos.

— Você levaria adiante as mesmas diretrizes, quer dizer?

— Sim, de fato. Eu não acho que poderiam ser melhoradas.

Miss Bulstrode ficou em silêncio por um momento. Ela estava pensando consigo mesma: "Eu me pergunto se ela disse isso para me agradar. Nunca dá para saber o que passa na cabeça das pessoas. Não importa quão próximas a elas tenhamos sido por anos. Certamente, não deve estar falando a verdade... Qualquer pessoa com um sentimento criativo *vai* querer fazer mudanças. É verdade, no entanto, que pode ter sido tato diplomático. E tato *é* muito importante. É importante com os pais, é importante com as garotas, é importante com a equipe. Eleanor certamente tem tato".

Em voz alta, ela disse:

— Sempre deve haver algum ajuste, não deve? Digo, com mudanças de ideia e condições de vida em geral.

— Ah, isso sim — disse Miss Vansittart. — Temos que, como dizem, acompanhar o tempo. Mas é a *sua* escola, Honoria, você a fez assim e suas tradições são a essência dela. Eu acho que tradições são muito importantes, não acha?

Miss Bulstrode não respondeu. Ela estava tateando à beira de palavras irrevogáveis. A oferta de parceria estava suspensa no ar. Miss Vansittart, embora demonstrasse não saber de nada por educação, devia estar consciente de que a oferta era possível. Miss Bulstrode não sabia realmente por que relutava tanto. Por que desgostava tanto de se comprometer? Provavelmente, admitiu com pesar, porque odiava a ideia de abrir mão do controle. No fundo, é claro, ela queria ficar, queria continuar administrando sua escola. Mas, certamente, ninguém poderia ser uma sucessora tão valorosa quanto Eleanor? Tão confiável, tão fiel. É claro, quanto a isso, Chaddy também era igualmente fiel. E, ainda assim, não se imaginaria nunca Chaddy como diretora de uma escola extraordinária.

— O que *é* que eu quero? — perguntou Miss Bulstrode para si mesma. — Que cansativa estou sendo! Sinceramente, a indecisão nunca foi uma das minhas falhas até agora.

Uma sineta tocou ao longe.

— Minha aula de alemão — disse Miss Vansittart. — Preciso entrar. — Ela se foi em um passo rápido, mas digno, em direção aos prédios da escola. Seguindo-a mais lentamente, Miss Bulstrode quase colidiu com Eileen Rich, que vinha correndo de um caminho vicinal.

— Oh, sinto muitíssimo, Miss Bulstrode. Eu não a vi. — O cabelo dela, como sempre, estava escapando do coque malfeito.

Miss Bulstrode notou mais uma vez os feios, ainda que interessantes, traços de sua face, uma jovem estranha, ansiosa e convincente.

— Você tem aula?

— Sim. De inglês...

— Você gosta de lecionar, não gosta? — disse Miss Bulstrode.

— Eu adoro. É a coisa mais fascinante do mundo.

— Por quê?

Eileen Rich ficou parada. Passou a mão nos cabelos. Franziu a testa com o esforço do pensamento.

— Que interessante. Eu não sei o que realmente *penso* sobre isso. Por que alguém gosta de lecionar? É porque nos faz sentir grandiosas e importantes? Não, não... não é tudo isso. É mais como pescar, eu acho. Você não sabe o que vai pegar, o que vai arrastar para fora do mar. É a qualidade da *resposta*. É tão instigante quando ela vem. É claro que não vem sempre.

Miss Bulstrode assentiu. Ela estava certa! Essa garota tinha algo!

— Eu espero que você administre uma escola sua algum dia.

— Ah, eu espero que sim — disse Eileen Rich. — Espero mesmo que sim. É disso que eu gostaria, mais que tudo.

— Você já tem ideias, não tem, de como uma escola deve ser administrada?

— Todos têm ideias, eu suponho — disse Eileen Rich. — Ouso dizer que várias delas são fantásticas e vão dar totalmente errado. Isso seria um risco, é claro. Mas a pessoa tem que tentar. Eu teria que aprender com a experiência... O péssimo disso é que não podemos nos basear na experiência das outras pessoas, podemos?

— Não muito — disse Miss Bulstrode. — Na vida, temos que cometer nossos próprios erros.

— Tudo bem ser assim na vida — disse Eileen Rich. — Na vida você pode se reerguer e começar de novo. — Suas mãos, soltas ao lado do corpo, com os punhos cerrados. Sua expressão era sombria. Então, de repente, ela relaxou, bem-humorada. — Mas se uma escola estiver caindo aos pedaços, não se pode juntar os pedaços e começar de novo, pode?

— Se *você* administrasse uma escola como Meadowbank, faria mudanças... Experimentaria?

Eileen Rich ficou sem graça.

— Isso... Isso é uma coisa terrivelmente difícil de se dizer.

— Você quer dizer que faria — disse Miss Bulstrode. — Não se acanhe de falar o que pensa, minha filha.

— A pessoa sempre vai querer, eu suponho, usar suas próprias ideias — afirmou Eileen Rich. — Não digo que funcionariam. Pode ser que não.

— Mas valeria a pena correr o risco?

— Sempre vale a pena correr o risco, não? — retrucou Eileen Rich. — Quero dizer, se você se sente forte o bastante para isso.

— Você não tem objeção em levar uma vida perigosa. Entendo... — disse Miss Bulstrode.

— Eu acho que sempre levei uma vida perigosa. — Uma sombra passou sobre o rosto da garota. — Preciso ir. Elas estão me esperando. — E se foi, apressada.

Miss Bulstrode ficou olhando para ela. Ainda estava lá parada, perdida em pensamentos, quando Miss Chadwick veio correndo ao seu encontro.

— Ah, você está aí. Procuramos por todos os lugares! Professor Anderson acabou de ligar. Ele quer saber se pode pegar Meroe neste fim de semana. Ele sabe que é contra as regras por ser tão cedo, mas vai viajar muito repentinamente para... algum lugar cujo nome soa como Azul Bastão.

— Azerbaijão — disse Miss Bulstrode automaticamente, sua cabeça ainda imersa nos próprios pensamentos. — Sem muita experiência — murmurou ela para si mesma. — Este é o risco. O que você disse, Chaddy?

Miss Chadwick repetiu a mensagem.

— Eu disse a Miss Shapland para avisar que ligaríamos de volta para ele e a mandei à sua procura.

— Diga que tudo bem. Eu reconheço que é uma ocasião excepcional.

Miss Chadwick olhou para ela intensamente.

— Você está preocupada, Honoria.

— Sim, estou. Não consigo tomar uma decisão. Isso é incomum para mim, e me incomoda... Eu sei o que gostaria de fazer, mas sinto que entregar algo a alguém sem a experiência necessária não seria justo com a escola.

— Eu gostaria que você desistisse dessa ideia de aposentadoria. Aqui é o seu lugar. Meadowbank precisa de você.

— Meadowbank significa muito para você, Chaddy, não é?

— Não há escola como esta em nenhum lugar da Inglaterra — disse Miss Chadwick. — Podemos nos orgulhar, você e eu, por tê-la inaugurado.

Miss Bulstrode passou o braço sobre os ombros dela, num gesto carinhoso.

— Podemos mesmo, Chaddy. E quanto a você, você é o conforto da minha vida. Não há nada sobre Meadowbank que você não saiba. Você cuida daqui tanto quanto eu. E isso é dizer muito, minha querida.

Miss Chadwick corou de satisfação. Era muito raro Honoria Bulstrode romper suas reservas.

II

— Eu simplesmente não consigo jogar com essa coisa monstruosa. Não está boa.

Jennifer atirou sua raquete no chão em desespero.

— Oh, Jennifer, para que esse estardalhaço?

— É o equilíbrio. — Jennifer pegou-a novamente e maneou experimentando. — O equilíbrio não está certo.

— É bem melhor que a minha velharia. — Julia comparou sua raquete. — A minha parece uma esponja. Ouça o barulho que faz. — Ela a sacudiu. — Queria trocar as cordas, mas mamãe esqueceu.

— Mesmo assim está melhor que a minha. — Jennifer pegou a raquete e tentou um ou outro golpe com ela.

— Bem, eu prefiro ter a *sua*. Aí sim eu poderia acertar alguma coisa. Eu troco, se você quiser.

— Está bem, então, vamos trocar.

As duas garotas descolaram os pequenos adesivos nos quais estavam escritos seus nomes e voltaram a colá-los, cada uma na raquete da outra.

— Eu não vou destrocar — disse Julia em tom de aviso.
— Então não adianta vir dizer que não gostou da minha esponja velha.

III

Adam assoviava alegremente enquanto colocava tachinhas no fio da rede ao redor da quadra de tênis. A porta do Pavilhão de Esportes se abriu, e Mademoiselle Blanche, a pequena e tímida professora de francês, olhou para fora. Ela pareceu assustada com a presença de Adam. Hesitou por um momento e voltou a entrar.

"O que será que ela está aprontando?", perguntou-se Adam. E a questão só surgiu devido ao jeito dela. Tinha olhar de culpada, que levantava suspeitas em sua cabeça de imediato. Agora ela estava saindo de novo, fechando a porta, e parou para falar quando passou por ele.

— Ah, vejo que você está consertando a rede.
— Sim, senhorita.
— As quadras são muito boas aqui, e a piscina e o pavilhão também. Oh! *Le sport!* Vocês gostam muito de *sport* na Inglaterra, não é?
— Bem, eu suponho que nós gostamos sim, senhorita.
— Você joga tênis? — Os olhos dela o avaliavam de um jeito definitivamente feminino e com um leve convite.

Adam ficou pensando sobre ela outra vez. Ocorreu a ele que Mademoiselle Blanche fosse de algum modo uma professora de francês inapropriada para Meadowbank.

— Não — disse ele, mentindo. — Eu não jogo tênis. Não tenho tempo.
— Você joga críquete então?
— Ah, bem, eu jogava críquete quando menino. A maioria dos camaradas jogam.

— Eu não tive muito tempo para dar uma olhada aqui — disse Angèle Blanche. — Até hoje. E foi bom ter vindo examinar o Pavilhão de Esportes. Quero escrever para minhas amigas na França que trabalham em escolas.

Novamente Adam ficou pensando um pouco. Parecia um monte de explicações desnecessárias. Era quase como se Mademoiselle Blanche desejasse se desculpar por sua presença no Pavilhão de Esportes. Mas por que ela se desculparia? Ela tinha todo o direito de ir aonde quisesse nas dependências da escola. Certamente não havia razão para se desculpar com um assistente de jardinagem. Isso levantou questões de novo em sua cabeça. O que essa jovem estava fazendo no Pavilhão de Esportes?

Ele olhou comedidamente para Mademoiselle Blanche. Seria uma coisa boa talvez saber um pouco mais sobre ela. Sutil e deliberadamente, seu jeito mudou. Era ainda respeitoso, mas nem tanto. Ele permitiu que seus olhos lhe dissessem que ela era uma moça atraente.

— Você deve achar um pouco enfadonho, às vezes, trabalhar em uma escola para garotas, senhorita — observou ele.

— Não me diverte muito, não.

— Ainda assim — disse Adam —, suponho que tenha o seu tempo livre, não tem?

Houve uma pequena pausa. Era como se ela estivesse num debate interno. Então ele sentiu certo arrependimento, já que a distância entre eles estava deliberadamente ficando maior.

— Oh, sim — disse ela —, eu tenho um tempo livre adequado. As condições de emprego aqui são excelentes. — Ela assentiu discretamente para ele. — Bom dia. — E partiu em direção à casa.

— Você aprontou alguma coisa — disse Adam para si mesmo — no Pavilhão de Esportes.

Ele esperou até que ela estivesse fora do campo de visão, depois deixou seu trabalho, foi até o Pavilhão de Esportes e olhou lá dentro. Mas nada que pudesse ver estava fora do lugar.

— Mesmo assim — repetiu a si mesmo —, ela estava aprontando alguma coisa.

Quando ele voltou para o lado de fora, se deparou inesperadamente com Ann Shapland.

— Você sabe onde está Miss Bulstrode? — perguntou ela.

— Eu acho que ela voltou para a casa, senhorita. Ela estava falando com Briggs agorinha mesmo.

Ann fez uma careta.

— O que você está fazendo no Pavilhão de Esportes?

Adam foi pego de surpresa. "Que mente malvada e desconfiada *ela* tem", pensou. E disse, com uma leve insolência na voz:

— Só fiquei com vontade dar uma olhada. Não há mal nenhum em dar uma olhada, há?

— Você não deveria estar fazendo o seu trabalho?

— Eu estou quase terminando de pregar a rede em torno da quadra de tênis. — Ele se virou, olhando para o prédio atrás de si. — Isso é novo, não é? Deve ter custado um dinheirão. As jovens aqui têm do bom e do melhor, não?

— Elas pagam por isso — disse Ann secamente.

— Pagam uma fortuna, eu ouvi dizer — concordou Adam.

Sentiu um desejo, que ele mesmo pouco entendia, de ferir ou incomodar essa mulher. Ela era tão equilibrada sempre, tão autossuficiente. Ele realmente gostaria de vê-la com raiva.

Mas Ann não lhe deu essa satisfação. Ela simplesmente disse:

— Melhor você terminar de pregar a rede. — E retornou para a casa.

Na metade do caminho, afrouxou o passo e olhou para trás. Adam se ocupava com a rede da quadra de tênis. Ela olhou para ele e para o Pavilhão de Esportes de um jeito intrigado.

Capítulo 8

Assassinato

Numa noite de plantão na Delegacia de Polícia de Hurst St. Cyprian, o Sargento Green bocejou. O telefone tocou, e ele atendeu. Um instante depois, seus modos tinham mudado completamente. Ele começou a rabiscar depressa em um bloco.

— Sim? Meadowbank? Sim... E o nome? Soletre, por favor. S-P-R-I-N-G... G de goiaba? E-R. Springer. Sim. Sim, por favor, entenda que não é incômodo algum. Alguém estará aí muito em breve.

Rápida e metodicamente, ele então seguiu para pôr em prática os vários procedimentos necessários.

— Meadowbank? — perguntou o Detetive Inspetor Kelsey quando chegou seu turno. — É a escola para meninas, não é? Quem é que foi assassinada?

— A morte de uma professora de educação física — disse Kelsey, pensativo. — Parece o título de um livro de suspense à venda em estações de trem.

— Quem poderia tê-la matado, quem você acha? — perguntou o sargento. — Não parece natural.

— Mesmo as professoras de educação física devem ter vida amorosa — comentou o Detetive Inspetor Kelsey. — Onde disseram que o corpo foi encontrado?

— No Pavilhão de Esportes. Eu suponho que esse seja um nome chique para o ginásio.

— Pode ser — disse Kelsey. — A morte de uma professora de educação física no ginásio. Soa como um crime altamente atlético, não? Você disse que ela levou um tiro?
— Sim.
— A pistola foi encontrada?
— Não.
— Interessante — disse o Detetive Inspetor Kelsey, e, tendo reunido sua comitiva, partiu para cumprir seus deveres.

II

A porta da frente na Meadowbank estava aberta, iluminando o lado de fora, e ali Inspetor Kelsey foi recebido pessoalmente por Miss Bulstrode. Ele a conhecia de vista, como, aliás, a maioria das pessoas na vizinhança a conhecia. Mesmo naquele momento de confusão e incerteza, Miss Bulstrode permanecia eminentemente a mesma, no comando de suas subordinadas.

— Detetive Inspetor Kelsey, senhora — apresentou-se.
— O que o senhor gostaria de fazer primeiro, Inspetor Kelsey? Gostaria de ir ao Pavilhão de Esportes ou prefere ouvir os detalhes completos?
— O médico veio comigo — disse Kelsey. — Se a senhora puder dizer a ele e a meus dois homens onde o corpo está, eu gostaria de conversar um pouco com a senhora.
— Certamente. Venha até minha sala. Miss Rowan, você mostra ao doutor e aos outros o caminho? Uma pessoa da minha equipe está lá para garantir que nada seja perturbado.
— Obrigada, senhora.

Kelsey seguiu Miss Bulstrode até a sala de estar.
— Quem encontrou o corpo?
— A governanta, Miss Johnson. Uma das meninas estava com dor de ouvido e Miss Johnson estava cuidando dela.

Enquanto fazia isso, notou que as cortinas não estavam fechadas corretamente e, ao puxá-las, reparou em uma luz que não deveria estar acesa no Pavilhão de Esportes à uma da manhã — concluiu Miss Bulstrode secamente.

— Certo — disse Kelsey. — Onde está Miss Johnson agora?

— Ela está aqui, se o senhor quiser vê-la.

— Em breve. Pode continuar, senhora.

— Então Miss Johnson acordou outra pessoa da minha equipe, Miss Chadwick. Elas decidiram sair para investigar. Quando estavam saindo pela porta lateral, ouviram um tiro e correram o mais rápido que puderam em direção ao Pavilhão de Esportes. Ao chegar lá...

O inspetor interrompeu.

— Obrigada, Miss Bulstrode. Se, como a senhora diz, Miss Johnson está disponível, gostaria de ouvir dela a próxima parte. Mas primeiro, talvez, poderia me dizer algo sobre a mulher assassinada?

— Seu nome é Grace Springer.

— Ela estava com vocês por muito tempo?

— Não. Chegou este período. Minha antiga professora de educação física foi ocupar um cargo na Austrália.

— E o que a senhora sabe sobre essa Miss Springer?

— Tinha referências excelentes — disse Miss Bulstrode.

— A senhora não a conhecia pessoalmente antes disso?

— Não.

— A senhora tem alguma ideia, mesmo a mais vaga, do que pode ter precipitado essa tragédia? Ela estava descontente? Algum envolvimento infeliz?

Miss Bulstrode sacudiu a cabeça, negando.

— Nada de que eu saiba. Posso dizer que isso me parece muito improvável. Ela não era esse tipo de mulher.

— A senhora ficaria surpresa — observou Inspetor Kelsey soturnamente.

— Gostaria que eu fosse buscar Miss Johnson agora?

— Por favor. Quando eu ouvir a história dela, irei para o ginásio ou... como vocês o chamam... Pavilhão de Esportes?

— É uma adição recém-construída na escola este ano — disse Miss Bulstrode. — Foi construído ao lado da piscina e compreende uma quadra de squash e outros atributos. As raquetes, os tacos de lacrosse e de hóquei estão guardados lá, e há uma sala de secagem para os trajes de banho.

— Havia alguma razão para Miss Springer estar no Pavilhão de Esportes à noite?

— Nenhuma, de modo algum — respondeu Miss Bulstrode.

— Muito bem, Miss Bulstrode. Gostaria de conversar com Miss Johnson agora.

Miss Bulstrode deixou a sala e retornou trazendo a governanta. Miss Johnson havia bebido uma considerável dose de conhaque para voltar a si depois da descoberta do corpo. O resultado era uma loquacidade adicional leve.

— Este é o Detetive Inspetor Kelsey — disse Miss Bulstrode. — Recomponha-se, Elspeth, e conte a ele exatamente o que aconteceu.

— É horrível! — exclamou Miss Johnson. — É realmente horrível. Nunca aconteceu nada parecido antes, em toda a minha experiência. Nunca! Eu não consigo acreditar, de verdade eu não consigo acreditar. E logo a Miss Springer!

Inspetor Kelsey era um homem perceptivo. Ele estava sempre disposto a desviar o curso rotineiro se uma observação o atingisse de forma incomum ou se valesse a continuidade.

— Parece à senhora mesmo muito estranho que Miss Springer que tenha sido assassinada?

— Bem, sim, parece, inspetor. Ela era tão... Bem, tão durona, sabe. Tão enérgica. O tipo de mulher que se pode imaginar dando conta de um ladrão sozinha, ou dois ladrões.

— Ladrões? Hmm — disse Inspetor Kelsey. — Havia alguma coisa para se roubar no Pavilhão de Esportes?

— Bem, não, na verdade eu não consigo ver o que poderia haver. Trajes de banho, é claro, parafernália esportiva.

— O tipo de coisa que um ladrão xereta poderia ter levado — concordou Kelsey. — Dificilmente algo que valesse a pena invadir para roubar, eu deveria ter pensado nisso. A porta estava arrombada, aliás?

— Bem, na verdade, eu nunca pensei em conferir — respondeu Miss Johnson. — Quero dizer, a porta estava aberta quando nós chegamos lá e...

— Não foi arrombada — afirmou Miss Bulstrode.

— Entendo — disse Kelsey. — Uma chave foi utilizada. — Ele olhou para Miss Johnson. — Miss Springer era benquista?

— Bem, na verdade, eu não poderia dizer. Quer dizer, afinal de contas, ela está morta.

— Então, você não gostava dela — disse Kelsey perceptivamente, ignorando o decoro de Miss Johnson.

— Eu acho que ninguém gostava muito dela — disse Miss Johnson. — Ela tinha um jeito muito determinado, sabe. Nunca se importava em contradizer as pessoas de um modo maçante. Ela era muito eficiente e levava o trabalho muito a sério, devo dizer, não é mesmo, Miss Bulstrode?

— Certamente — disse Miss Bulstrode.

Kelsey voltou do caminho indireto que estava seguindo.

— Agora, Miss Johnson, vamos ouvir o que aconteceu.

— Jane, uma das nossas pupilas, teve dor de ouvido. Ela acordou com uma crise forte e veio me procurar. Eu peguei alguns remédios e, quando a levei de volta para a cama, vi que as cortinas da janela estavam balançando e pensei que talvez fosse melhor se sua janela não ficasse aberta à noite, já que estava entrando bastante vento. É claro, as meninas sempre dormem com as janelas abertas. Nós temos dificuldades, às vezes, com as estrangeiras, mas eu sempre insisto que...

— Isso realmente não importa agora — interrompeu Miss Bulstrode. — Nossa regra geral de higiene não interessa ao Inspetor Kelsey.

— Não, não, é claro que não — disse Miss Johnson. — Bem, como eu ia dizendo, fui fechar a janela e qual não foi a minha surpresa ao ver uma luz no Pavilhão de Esportes. Era bem distinta, eu não podia estar enganada. Parecia estar se movendo.

— Quer dizer que não era a luz elétrica ligada, mas a luz de uma tocha ou de uma lanterna?

— Sim, sim, é isso que deve ter sido. Eu pensei na hora: "Nossa, o que alguém estaria fazendo àquela hora da noite?". É claro que não pensei em ladrões. Essa teria sido uma ideia bem imaginativa, como o senhor disse agora mesmo.

— O que você pensou? — perguntou Kelsey.

Miss Johnson deu uma olhada para Miss Bulstrode e de volta para o inspetor.

— Bem, na verdade, eu não sei se tive nenhuma ideia em particular. Quero dizer, bem... Bem, na verdade, quero dizer, eu não poderia pensar...

Miss Bulstrode interrompeu:

— Devo imaginar que Miss Johnson tenha pensado que uma das pupilas poderia ter ido lá para ter um encontro com alguém. Correto, Elspeth?

Miss Johnson arfou.

— Bem, sim, a ideia passou pela minha cabeça por um momento. Uma das nossas garotas italianas, talvez. As estrangeiras são tão mais precoces do que as inglesas.

— Não seja tão bairrista — disse Miss Bulstrode. — Nós tivemos muitas meninas inglesas tentando marcar encontros impróprios. Foi um pensamento muito natural de ter ocorrido à senhora, e provavelmente o que teria ocorrido a mim.

— Continue — pediu Inspetor Kelsey.

— Então eu pensei que a melhor coisa — continuou Miss Johnson — era chamar Miss Chadwick e pedir que ela fosse comigo ver o que estava acontecendo.

— Por que Miss Chadwick? — perguntou Kelsey. — Alguma razão particular para escolher essa professora?

— Bem, eu não queria incomodar Miss Bulstrode — disse Miss Johnson —, e receio que seja um hábito nosso de sempre procurar Miss Chadwick, quando não queremos incomodar Miss Bulstrode. Sabe, Miss Chadwick está aqui faz muito tempo e tem muita experiência.

— De todo modo — disse Kelsey —, a senhora foi até Miss Chadwick e acordou-a. Correto?

— Sim. Ela concordou comigo que nós deveríamos ir até lá imediatamente. Não nos preocupamos em nos vestir ou qualquer coisa, apenas colocamos nossos pulôveres e casacos e saímos pela porta lateral. E foi então, quando já estávamos no caminho, que ouvimos um tiro vindo do Pavilhão de Esportes. Então corremos o mais rápido que pudemos. Meio estúpido que não tenhamos levado uma lanterna conosco, estava difícil enxergar para onde estávamos indo. Nós tropeçamos uma ou duas vezes, mas chegamos lá bem rápido. A porta estava aberta. Nós acendemos a luz e...

Kelsey interrompeu:

— Estava tudo escuro, então, quando vocês chegaram lá. Nem uma tocha ou lanterna?

— Não. O lugar estava na escuridão. Nós acendemos a luz e lá estava ela. Ela...

— Está bem — disse Inspetor Kelsey gentilmente —, a senhora não precisa descrever nada. Eu devo ir até lá agora ver por mim mesmo. A senhora não encontrou ninguém no caminho até lá?

— Não.

— Ou ouviu alguém fugindo?

— Não. Nós não ouvimos nada.

— Alguém mais ouviu o tiro no prédio da escola? — perguntou Kelsey, olhando para Miss Bulstrode.

Ela sacudiu a cabeça.

— Não. Não que eu saiba. Ninguém disse que ouviu o tiro. O Pavilhão de Esportes é um tanto distante e eu duvido um pouco que fosse ser audível.

— Talvez de um dos quartos do lado da casa que dá para o Pavilhão de Esportes?

— Dificilmente, acho, a menos que alguém estivesse tentando ouvir alguma coisa. Eu tenho certeza de que não seria alto o suficiente para acordar uma pessoa.

— Bem, obrigada — disse Inspetor Kelsey. — Eu vou até o Pavilhão de Esportes agora.

— Eu vou com o senhor — disse Miss Bulstrode.

— O senhor quer que eu vá também? — perguntou Miss Johnson. — Eu vou se o senhor quiser. Quer dizer, não é bom se esquivar das coisas, é? Eu sempre sinto que temos que encarar o que quer que aconteça e...

— Obrigado — disse Inspetor Kelsey —, não há necessidade, Miss Johnson. Eu não pensaria em submetê-la a mais tensão.

— Tão horrível — comentou Miss Johnson —, o pior é sentir que eu não gostava muito dela. Inclusive, nós tivemos um desentendimento na noite passada na Sala Comum. Eu resolvi dizer que treino físico em demasia era ruim para algumas meninas, as mais delicadas. Miss Springer disse que era bobagem, que eram bem essas as que mais precisavam. Que as tonificava e as transformava em novas mulheres, ela disse. Eu disse a ela que, na verdade, ela não sabia de tudo, embora pensasse que sim. Afinal de contas, fui treinada profissionalmente e sei muito mais sobre delicadeza e doenças do que Miss Springer sabe... sabia, embora não tenha dúvidas de que Miss Springer soubesse tudo sobre barras paralelas e saltos a cavalos e jogo de tênis. Mas, meu Deus, agora que penso no que aconteceu, gostaria de não ter dito bem o que disse. Suponho que sempre nos sentimos assim depois que algo terrível acontece. Eu realmente me culpo.

— Agora, sente-se, querida — disse Miss Bulstrode, ajeitando-a no sofá. — Apenas sente-se e descanse, e não preste atenção nesses pequenos desentendimentos que vocês podem ter tido. A vida seria muito enfadonha se nós concordássemos em todos os assuntos.

Miss Johnson se sentou sacudindo a cabeça, depois bocejou. Miss Bulstrode seguiu Kelsey até a entrada.

— Eu dei a ela um pouco de conhaque demais — confessou a diretora, se desculpando. — Isso fez com que ela ficasse um pouco volúvel. Mas não confusa, o senhor acha?

— Não — disse Kelsey. — Ela fez um relato bem claro do que aconteceu.

Miss Bulstrode o conduziu até a porta lateral.

— É esse o caminho pelo qual Miss Johnson e Miss Chadwick saíram?

— Sim. Veja que leva diretamente à aleia dos rododendros que vai dar no Pavilhão de Esportes.

O inspetor tinha uma poderosa lanterna, e ele e Miss Bulstrode logo chegaram ao prédio onde as luzes agora estavam acesas.

— Um belo prédio — comentou Kelsey, olhando para ele.

— Nos custou um bom dinheiro — disse Miss Bulstrode —, mas conseguimos bancar — completou ela serenamente.

A porta aberta levava a uma sala de tamanho razoável. Lá dentro havia armários etiquetados com os nomes de várias garotas. No final da sala, havia uma estante para raquetes de tênis e outra para tacos de lacrosse. A porta lateral dava para os chuveiros e os vestiários. Kelsey hesitou antes de entrar. Dois de seus homens haviam trabalhado bastante. O fotógrafo tinha acabado, e outro homem, que estava ocupado tirando impressões digitais, olhou para cima e disse:

— Pode passar reto por aqui, senhor. Vai ficar bem. Ainda não terminamos este lado.

Kelsey caminhou até onde o médico da polícia estava ajoelhado ao lado do corpo e ergueu os olhos quando Kelsey se aproximou.

— Ela foi baleada a uma distância de cerca de um metro — disse ele. — A bala penetrou no coração. A morte deve ter sido instantânea.

— Sim. Há quanto tempo?

— Digamos que uma hora, por aí.

Kelsey assentiu. Olhou em volta na sala e observou a figura alta de Miss Chadwick, que estava parada sombriamente, como um cão de guarda, encostada em uma parede. Por volta de 55 anos, ele julgou, uma boa testa, boca obstinada, cabelo grisalho desarrumado, sem traços de histeria. "O tipo de mulher", ele pensou, "em que se podia confiar em um momento de crise, embora pudesse ser desconsiderada na vida ordinária do dia a dia."

— Miss Chadwick?

— Sim.

— A senhora veio com Miss Johnson e descobriu o corpo?

— Sim. Ela estava exatamente como agora. Estava morta.

— E a hora?

— Eu olhei meu relógio quando Miss Johnson me acordou. Eram dez para a uma.

Kelsey assentiu. Aquilo estava de acordo com a hora que Miss Johnson lhe tinha informado. Ele baixou a cabeça e olhou pensativo para a mulher morta. Seu brilhante cabelo ruivo era cortado curto. Tinha a cara sardenta, com um queixo que se sobressaía, e um corpo bem atlético. Ela usava uma saia de tweed e um pulôver escuro e grosso. Estava usando sapatos masculinos, sem meias.

— Algum sinal da arma? — perguntou Kelsey.

Um dos seus homens sacudiu a cabeça.

— Nenhum sinal, senhor.

— E da lanterna?

— Há uma lanterna ali no canto.

— Alguma impressão digital nela?

— Sim. As da mulher morta.

— Então era ela quem estava com a lanterna — disse Kelsey, pensativo. — Ela veio até aqui com uma lanterna. Por quê? — perguntou parcialmente a si mesmo, parcialmente aos seus homens, parcialmente a Miss Bulstrode e Miss Chadwick. Enfim pareceu se concentrar na última. — Alguma ideia?

Miss Chadwick sacudiu a cabeça.

— Nenhuma. Eu suponho que ela possa ter deixado alguma coisa aqui. Esquecido algo mais cedo, e tenha vindo buscar. Mas parece muito improvável no meio da noite.

— Devia ser alguma coisa muito importante para ela fazer isso — disse Kelsey.

Ele olhou em torno de si. Nada parecia perturbado, exceto a estante de raquetes no fim da sala. Parecia ter sido puxada violentamente para a frente. Diversas raquetes estavam no chão.

— É claro — disse Miss Chadwick —, ela pode ter visto uma luz aqui, como Miss Johnson viu mais tarde, e ter vindo investigar. Isso parece o mais provável para mim.

— Eu acho que a senhora está certa — observou Kelsey. — Só tem um pequeno problema. Ela teria vindo sozinha?

— Sim — respondeu Miss Chadwick, sem hesitação.

— Miss Johnson — Kelsey lembrou — foi acordar a senhora.

— Eu sei — disse Miss Chadwick —, e é isso que eu teria feito se tivesse visto uma luz. Eu teria acordado Miss Bulstrode, ou Miss Vansittart, ou alguém. Mas Miss Springer não. Ela teria sido muito confiante... De fato, teria preferido pegar o intruso sozinha.

— Uma outra questão — disse o inspetor. — A senhora saiu pela porta lateral com Miss Johnson. A porta estava destrancada?

— Sim, estava.

— Presumivelmente deixada assim por Miss Springer?

— Essa parece a conclusão natural — disse Miss Chadwick.

— Assim presumimos — argumentou Kelsey — que Miss Springer tenha visto uma luz aqui no ginásio... Pavilhão de Esportes, seja lá como vocês o chamam... e saiu para investigar, e quem quer que estivesse aqui atirou nela. — Ele se virou para Miss Bulstrode, enquanto ela estava imóvel na soleira da porta. — Isso parece correto para a senhora?

— Não parece correto de forma alguma — respondeu Miss Bulstrode. — Eu admito a primeira parte. Digamos que Miss Springer tenha visto uma luz aqui e saído para investigar sozinha. Isso é perfeitamente provável. Mas que a pessoa que ela encontrou aqui tenha atirado nela... isso me parece completamente fora de propósito. Se alguém que não devesse estar aqui estivesse, seria mais provável que fugisse ou tentasse. Por que alguém viria a este lugar a essa hora da noite com uma pistola? É ridículo, é o que eu acho. Ridículo! Não há nada aqui que valha a pena roubar, certamente nada pelo que valeria a pena matar.

— A senhora acha mais provável que Miss Springer tenha perturbado um encontro de algum tipo?

— Essa é a explicação natural e mais provável — afirmou Miss Bulstrode. — Mas não explica o assassinato, explica? As meninas da minha escola não carregam pistolas e parece muito improvável que qualquer rapaz que pudessem estar encontrando carregasse.

Kelsey concordou.

— Ele teria no máximo um canivete. Há uma alternativa — prosseguiu ele. — Digamos que Miss Springer tenha vindo até aqui para se encontrar com um homem...

Miss Chadwick riu repentinamente.

— Oh, não. Não Miss Springer.

— Não quero dizer necessariamente um encontro amoroso — corrigiu o inspetor secamente. — Estou sugerindo que o assassinato tenha sido planejado, que alguém tinha a intenção de matar Miss Springer, que marcou um encontro com ela e a matou.

Capítulo 9

Um gato entre os pombos

Carta de Jennifer Sutcliffe para sua mãe:

Querida mamãe,
   Tivemos um assassinato na noite passada. Miss Springer, a professora de ginástica. Aconteceu no meio da noite, e a polícia foi chamada, e essa manhã estão fazendo perguntas a todas.
   Miss Chadwick nos disse para não comentar sobre isso com ninguém, mas pensei que você gostaria de saber.
   Com amor,
   Jennifer

II

Meadowbank era um estabelecimento de importância suficiente para merecer a atenção pessoal do Chefe de Polícia. Enquanto as investigações de rotina avançavam, Miss Bulstrode não ficou parada. Ela telefonou para um magnata da imprensa e para o Secretário de Assuntos Internos, ambos amigos pessoais dela. Como resultado dessas manobras, muito pouco do acontecimento saiu nos jornais. Uma professora de educação física tinha sido encontrada morta no ginásio da escola. Levou um tiro, se por acidente ou não, ainda não havia sido determinado. A maior parte das notícias do acontecimento tinha em si um tom quase apologético, como se fosse uma completa falta de tato uma professora levar um tiro em tais circunstâncias.

Ann Shapland teve um dia agitado escrevendo cartas para os pais. Miss Bulstrode não se deu ao trabalho de dizer às suas alunas para manterem segredo sobre o acontecimento. Ela sabia que seria uma perda de tempo. Relatos mais ou menos sinistros com certeza seriam escritos para os pais e responsáveis ansiosos. Ela pretendia que seu próprio relato equilibrado e sensato da tragédia os alcançasse ao mesmo tempo.

Depois, naquela tarde, ela se sentou num conclave com Mr. Stone, o chefe de polícia, e o Inspetor Kelsey. A polícia aceitou perfeitamente que a imprensa ficasse ao máximo de fora do assunto. Isso permitia que prosseguissem com as investigações silenciosamente e sem interferência.

— Eu sinto muito por isso, Miss Bulstrode, muito mesmo — disse o chefe de polícia. — Suponho que seja... Bem, algo ruim para a senhora.

— Assassinato é algo ruim para qualquer escola, sim — respondeu Miss Bulstrode. — Não é bom ficar pensando nisso agora, no entanto. Devemos aguentar, sem dúvidas, como aguentamos outras tempestades. Tudo o que espero mesmo é que o problema seja esclarecido *rapidamente*.

— Não vejo por que não deveria ser, não é? — comentou Stone, e olhou para Kelsey.

— Se conseguirmos o histórico dela, pode ajudar — afirmou o inspetor.

— O senhor acha isso mesmo? — perguntou Miss Bulstrode, secamente.

— Alguém poderia ter algum problema com ela — sugeriu Kelsey.

Miss Bulstrode não respondeu.

— A senhora acha que está ligado a este lugar? — perguntou o Chefe de Polícia.

— O Inspetor Kelsey realmente acha — disse Miss Bulstrode. — Ele só está tentando poupar meus sentimentos, suponho.

— Eu acho que tem ligação com Meadowbank — afirmou o inspetor lentamente. — Afinal de contas, Miss Springer tinha suas folgas como todos os outros membros da equipe. Ela poderia ter arranjado um encontro com alguém se tivesse essa intenção em qualquer lugar que escolhesse. Por que escolher o ginásio aqui no meio da noite?

— A senhora não tem nenhuma objeção a uma busca ser feita nas premissas da escola, Miss Bulstrode? — perguntou o Chefe de Polícia.

— De forma alguma. Estão procurando a pistola, ou revólver, ou o que quer que seja, suponho?

— Sim. Foi uma pistola pequena de fabricação estrangeira.

— Estrangeira — repetiu Miss Bulstrode, pensativa.

— É do seu conhecimento que alguém da sua equipe ou alguma das alunas esteja em posse de algo como uma pistola?

— Certamente não é do meu conhecimento — disse Miss Bulstrode. — Eu tenho quase certeza de que nenhuma das alunas tem algo desse tipo. Suas posses são tiradas da mala para elas quando chegam e algo assim teria sido visto e notado, e teria, eu devo dizer, despertado comentário considerável. Mas, por favor, Inspetor Kelsey, faça exatamente como o senhor desejar a esse respeito. Eu vejo que seus homens fizeram busca nas dependências hoje.

O inspetor assentiu.

— Sim. E eu também gostaria de entrevistar os outros membros da sua equipe. Alguém pode ter ouvido algum comentário feito por Miss Springer que vá nos dar uma pista. Ou talvez tenha observado alguma estranheza de comportamento da parte dela. — Ele fez uma pausa, depois continuou: — O mesmo pode se aplicar às alunas.

— Eu planejei fazer um pequeno pronunciamento às meninas hoje à noite — disse Miss Bulstrode —, depois das preces. Pediria que, se alguma delas tivesse qualquer conhecimento que possivelmente possa ter relação com a morte de Miss Springer, me contasse.

— Uma ideia muito sensata — respondeu o Chefe de Polícia.

— Mas o senhor deve se lembrar de que — acrescentou Miss Bulstrode — uma ou outra das garotas pode desejar parecer importante e exagerar algum incidente, ou mesmo inventar algo. Garotas fazem coisas muito estranhas, mas eu imagino que o senhor esteja acostumado a lidar com essa forma de exibicionismo.

— Eu já me deparei com isso — disse Inspetor Kelsey. — Agora — acrescentou —, por favor, dê-me uma lista da sua equipe, e também dos empregados.

III

— Eu olhei em todos os armários no Pavilhão, senhor.

— E encontrou algo? — perguntou Kelsey.

— Não, senhor, nada importante. Coisas engraçadas em alguns deles, mas nada que nos sirva.

— Nenhum deles tem tranca, certo?

— Não, senhor, podem ser trancados. Havia chaves nas portas, mas nenhum estava trancado.

Kelsey olhou o chão ao redor, pensativo. As raquetes de tênis e os tacos de lacrosse tinham sido reorganizados em suas estantes.

— Oh, bem — disse ele. — Vou subir até a casa agora e ter uma conversa com a equipe.

— O senhor não acha que foi obra de alguém de dentro, senhor?

— Poderia ter sido — respondeu Kelsey. — Ninguém tem álibi, exceto aquelas duas professoras, Chadwick e Johnson, e a menina Jane, que teve dor de ouvido. Teoricamente, todas as outras pessoas estavam na cama dormindo, mas não há ninguém para comprovar isso. As meninas todas têm quartos individuais e naturalmente a equipe também. Qualquer uma delas, inclusive a própria Miss Bulstrode, poderia ter saído para encontrar Springer aqui ou tê-la seguido até aqui. Então, depois que ela levou o tiro, quem quer que fosse poderia ter voltado silenciosamente por entre os arbustos até a porta lateral e estar muito bem de volta à cama novamente quando o alarme foi dado. É a motivação que é difícil. Sim — disse Kelsey —, é a motivação. A menos que algo esteja acontecendo aqui, sobre o qual nós nada sabemos, não parece *haver* nenhuma motivação.

Ele saiu do Pavilhão e fez o caminho de volta à casa lentamente. Embora fosse depois do horário do expediente, o velho Briggs, o jardineiro, estava empenhando algum trabalho num canteiro de flores e se levantou quando o inspetor passou.

— O senhor trabalha bastante — disse Kelsey, sorrindo.

— Ah — disse Briggs. — Os jovens não entendem nada de jardinagem. Chegam às oito e caem fora às cinco... é assim que eles acham que é. A gente tem que estudar o tempo, alguns dias pode muito bem não vir ao jardim e outros dias pode trabalhar das sete da manhã às oito da noite. Isso se você adorar o lugar e tiver orgulho de sua aparência.

— Você deve se orgulhar disto aqui — comentou Kelsey. — Eu nunca vi um lugar tão bem cuidado nos últimos tempos.

— Nos últimos tempos com certeza. Mas eu tenho sorte, tenho, sim. Consegui um companheiro jovem e forte para trabalhar para mim. Uns garotos também, mas eles não são muito bons. A maioria desses garotos e jovens não vão vir para fazer esse tipo de trabalho. Todos querendo trabalhar em fábrica ou ser funcionário administrativo e trabalhar em um escritório. Não gostam de sujar as mãos com um pouco de terra honesta. Mas eu tenho sorte, como disse. Eu tenho um bom homem trabalhando para mim, que veio e se ofereceu por conta própria.

— Recentemente? — perguntou Inspetor Kelsey.

— No início do período letivo. Adam é o nome dele. Adam Goodman.

— Eu acho que não o vi por aí.

— Foi que ele pediu para tirar o dia de folga hoje — disse Briggs. — Eu concordei. Não parecia ter muito o que fazer com vocês andando de lá para cá sem parar.

— Alguém deveria ter me contado sobre ele — disse Kelsey rispidamente.

— O que quer dizer, contar ao senhor sobre ele?

— Ele não está na minha lista — explicou o inspetor. — De pessoas empregadas aqui, quero dizer.

— Ah, bem, o senhor pode vê-lo amanhã — disse Briggs. — Não que ele tenha algo a lhe dizer, eu não acho.

— Nunca se sabe — concluiu o inspetor.

Um jovem forte que se ofereceu para trabalhar no início do período? Pareceu a Kelsey que ali estava a primeira coisa que havia encontrado que poderia ser um pouco fora do comum.

IV

As garotas fizeram fila no saguão para as preces naquela noite, como sempre, e depois Miss Bulstrode atrasou a partida delas ao erguer a mão.

— Eu tenho algo a dizer a vocês todas. Miss Springer, como sabem, foi morta com um tiro na noite passada no Pavilhão de Esportes. Se alguma de vocês ouviu ou viu qualquer coisa na semana passada... qualquer coisa que tenha lhes intrigado em relação a Miss Springer, qualquer coisa que Miss Springer possa ter dito ou que outra pessoa possa ter dito a respeito dela que lhes pareça significativo, eu gostaria de saber. Vocês podem vir até mim, na minha sala a qualquer momento hoje à noite.

— Oh! — Julia Upjohn suspirou, enquanto as garotas deixavam a fila. — Como eu queria que *soubéssemos* de algo! Mas não sabemos, sabemos, Jennifer?

— Não — disse Jennifer —, é claro que não sabemos.

— Miss Springer sempre pareceu tão comum — comentou Julia tristemente —, comum demais para ser assassinada de um jeito misterioso.

— Eu não acho que tenha sido tão misterioso — argumentou Jennifer. — Apenas um ladrão.

— Querendo roubar nossas raquetes de tênis, suponho — disse Julia com sarcasmo.

— Talvez alguém a estivesse chantageando — sugeriu uma das outras garotas, esperançosamente.

— Que tal? — perguntou Jennifer.

Mas ninguém podia pensar em nenhuma razão para chantagear Miss Springer.

V

Inspetor Kelsey começou suas entrevistas da equipe com Miss Vansittart. "Mulher bonita", ele pensou, resumindo-a. Possivelmente de quarenta anos ou um pouco mais; alta, forte, cabelo grisalho arrumado com bom gosto. "Tinha dignidade e compostura, com certo senso", ele pensou, "de sua própria importância." Ela o fazia lembrar um pouco de Miss Bulstrode: era do tipo certo para uma diretora de escola. "No entanto", ele refletiu, "Miss Bulstrode tinha algo que aquela

Miss Vansittart não tinha. Miss Bulstrode tinha uma qualidade do inesperado." Ele não sentia que Miss Vansittart jamais seria de algum modo inesperada.

Perguntas e respostas seguiram a rotina. De fato, Miss Vansittart não tinha visto nada, não tinha notado nada, não tinha ouvido nada. Miss Springer fora excelente em seu trabalho. Sim, seu jeito era talvez um pouco brusco, mas não, ela achava, desnecessariamente. Ela talvez não tivesse uma personalidade muito atraente, mas isso não era mesmo essencial em uma professora de educação física. Era melhor, na verdade, *não* ter professoras com personalidades atraentes. Não era bom deixar as meninas emotivas em relação à professora. Miss Vansittart, não tendo contribuído com nada de valor, saiu.

— Não vê o mal, não ouve o mal, não pensa no mal. Como os macacos — observou Sargento Percy Bond, que estava ajudando Inspetor Kelsey na tarefa.

Kelsey sorriu.

— É quase isso mesmo, Percy.

— Tem alguma coisa nessas professoras que me irrita — observou Sargento Bond. — Tenho pavor delas desde criança. Conheci uma que era um total pavor. Tão falsa e tudo mais que nunca se sabia o que estava tentando te ensinar.

A próxima professora a aparecer foi Eileen Rich. "Feia que nem um pecado", foi a primeira reação do Inspetor Kelsey. Depois, ele repensou, ela exercia certa atração. Ele começou sua rotina de perguntas, mas as respostas não foram tão rotineiras quanto esperava. Depois de dizer que não, ela não tinha ouvido nem notado nada de especial que qualquer outra pessoa tenha dito sobre Miss Springer ou que a própria Miss Springer tenha dito, a resposta seguinte de Eileen Rich não foi a que ele previa.

— Não há ninguém que a senhorita saiba que tivesse algum ressentimento pessoal contra ela?

— Oh, não — disse Eileen Rich rapidamente. — Ninguém. Eu acho que foi essa a tragédia dela, sabe? Que ela não era uma pessoa que se pudesse odiar jamais.

— Agora, o que você quer dizer com isso, Miss Rich?

— Quero dizer que ela não era uma pessoa que alguém pudesse querer destruir. Tudo o que ela fazia e era estava na superfície. Ela incomodava. As pessoas quase sempre tinham palavras afiadas contra ela, mas não de verdade. Nada profundo. Eu tenho certeza de que não foi morta por *culpa dela mesma,* se entende o que quero dizer.

— Não posso afirmar com todas as letras que entendo, Miss Rich.

— Quero dizer, se fosse um roubo de banco, ela poderia facilmente ser a operadora do caixa que leva um tiro, mas apenas por ser a operadora de caixa, e não por ser Grace Springer. Ninguém a adorava ou odiava o bastante para querer acabar com ela. Eu acho que ela devia sentir isso intuitivamente, e por essa razão era tão intrometida. Esse negócio de encontrar a culpa, sabe, e reforçar as regras e descobrir se as pessoas estavam fazendo o que não deviam, e dedurando.

— Xeretando? — perguntou Kelsey.

— Não, não exatamente xeretando. — Eileen Rich considerou. — Ela não ficava andando na ponta dos pés aí pelos cantos ou qualquer coisa do tipo. Mas se descobrisse algo acontecendo que fugisse ao seu entendimento, ela ficava bastante determinada a ir até o fim. E *chegava* até o fim.

— Entendo. — Ele ficou sem silêncio por um momento. — A senhora mesma não gostava muito dela, gostava, Miss Rich?

— Eu acho que nunca pensei sobre ela. Ela era só a professora de educação física. Oh! Que coisa horrível de se dizer de alguém! Só isso; só aquilo! Mas era assim que *ela* se sentia em relação ao próprio trabalho. Era um trabalho que se orgulhava em fazer bem. Ela não achava divertido. Não ficava contente quando encontrava uma garota que poderia ser realmente boa no tênis ou que fosse muito bem em alguma forma de atletismo. Ela não se regozijava ou triunfava.

Kelsey olhou para ela com curiosidade. "Que jovem estranha, essa", ele pensou.

— Você parece ter sua opinião sobre a maioria das coisas, Miss Rich — observou ele.

— Sim. Sim, suponho que tenho.

— Há quanto tempo está na Meadowbank?

— Somente há um ano e meio.

— Nunca houve problema antes?

— Na Meadowbank? — Ela ficou perplexa.

— Sim.

— Oh, não. Tudo esteve bastante bem até este período letivo.

Kelsey se adiantou:

— O que houve de errado neste período? Não está falando do assassinato, está? Quer dizer outra coisa...

— Eu não... — Ela ficou em silêncio. — Sim, talvez eu queira, mas é tudo muito nebuloso.

— Continue.

— Miss Bulstrode não estava feliz ultimamente — disse Eileen devagar. — Tem isso. Ninguém diria. Acho que ninguém notou. Mas eu notei. E ela não era a única que estava infeliz. Mas não é isso que você quer saber, é? Isso é só uma sensação. O tipo de coisa que se percebe quando se está enclausurado e se pensa demais numa coisa. Você está querendo saber se havia alguma coisa que não estava certa neste período letivo. É isso, não é?

— Sim — disse Kelsey, olhando para ela curiosamente —, sim, é isso. Bem, e o que me diz?

— Eu acho que *tem* algo errado aqui — respondeu Eileen Rich devagar. — É como se houvesse alguém entre nós que não pertencesse a este lugar. — Ela olhou para ele, sorriu, quase deu risada e disse: — Um gato entre os pombos, é essa a sensação. Nós somos os pombos, todas nós, e o gato está entre nós. Mas nós não conseguimos *ver* o gato.

— Isso é muito vago, Miss Rich.

— Sim, não é? Soa até um pouco idiota. Eu mesma percebo isso. O que quero dizer de verdade, suponho, é que tem havido algo, algo pequeno que notei, mas não sei o que é que notei.

— Sobre alguém em particular?

— Não, eu lhe disse, é só isso. Eu não sei quem é. A única maneira que posso resumir é dizer que há *alguém* aqui que está, de algum modo, errado! Há uma pessoa aqui, eu não sei quem, que nos deixa desconfortáveis. Não quando estou olhando para ela, mas quando ela me olha, porque é quando ela me olha que ela aparece, o que quer que seja. Oh, estou sendo mais incoerente do que nunca. E, de qualquer forma, é só uma sensação. Não é o que você quer. Não é uma evidência.

— Não — disse Kelsey —, não é uma evidência. Ainda não. Mas é interessante e, se suas sensações ficarem mais definidas, Miss Rich, eu ficaria contente em ouvi-las.

Ela assentiu.

— Sim, porque é sério, não é? Quero dizer, alguém foi assassinado, nós não sabemos por quê, e o assassino pode estar a quilômetros de distância ou, por outro lado, o assassino pode estar bem aqui na escola. E, nesse caso, aquela pistola ou revólver ou o que quer que seja deve estar aqui também. Esse não é um pensamento muito agradável, é?

Ela saiu da sala com um leve assentir de cabeça. Sargento Bond disse:

— Louca... Ou você não acha?

— Não — disse Kelsey. — Eu não acho que ela seja louca. Eu acho que é o que chamamos de sensitiva. Sabe, como as pessoas que sabem quando há um gato na sala muito antes de vê-lo. Se ela tivesse nascido em uma tribo africana, poderia ser uma curandeira.

— Ficam por aí farejando o mal, não é? — perguntou o sargento Bond.

— Isso mesmo, Percy — disse Kelsey. — E é exatamente o que eu mesmo estou tentando fazer. Ninguém cruzou com qualquer fato concreto, então eu tenho que continuar por aí farejando coisas. A próxima que vamos chamar é a francesa.

Capítulo 10

História fantástica

Mademoiselle Angèle Blanche tinha por volta de 35 anos, supõe-se. Nada de maquiagem, cabelo castanho-escuro num penteado bem-arrumado, mas feio. Um casaco e uma saia austeros.

Era o primeiro período letivo de Mademoiselle Blanche na Meadowbank, ela explicou. Não tinha certeza de que gostaria continuar por mais um período.

— Não é bom estar numa escola onde assassinatos acontecem — disse ela em desaprovação.

Também não parecia haver alarmes contra ladrões em qualquer lugar da casa, e isso é perigoso.

— Não há nada de grande valor aqui, Mademoiselle Blanche, para atrair ladrões.

Mademoiselle Blanche deu de ombros.

— Como é que o senhor sabe? Essas garotas que vêm para cá, algumas delas têm pais muito ricos. Elas podem ter algo de grande valor. Um ladrão fica sabendo disso, talvez, e ele vem aqui porque pensa que é um lugar fácil para assaltar.

— Se uma garota tivesse algo de valor, não estaria no ginásio.

— Como o senhor sabe? — perguntou Mademoiselle. — Elas têm armários com chave lá, não têm, as garotas?

— Somente para guardar seus apetrechos de esporte e coisas do tipo.

— Ah, sim, supostamente. Mas uma garota poderia esconder qualquer coisa no fundo do sapato de ginástica, ou enrolada em algum pulôver velho, ou em um lenço.

— Que tipo de coisa, Mademoiselle Blanche?

Mas Mademoiselle Blanche não tinha ideia de que tipo de coisa.

— Nem os pais mais indulgentes dão a suas filhas colares de diamante para trazer à escola — observou o inspetor.

Novamente Mademoiselle Blanche deu de ombros.

— Talvez seja algo de um tipo diferente de valor: um escaravelho, digamos, ou alguma coisa pela qual um colecionador daria um monte de dinheiro. Uma das garotas tem um pai que é arqueólogo.

Kelsey sorriu.

— Eu realmente não acho que isso seja provável, sabe, Mademoiselle Blanche.

Ela voltou a dar de ombros.

— Oh, bem, eu só faço sugestões.

— Você já lecionou em alguma outra escola inglesa, Mademoiselle Blanche?

— Uma no norte da Inglaterra algum tempo atrás. Em maior parte, lecionei na Suíça ou na França. Também na Alemanha. Achei que viria para a Inglaterra para melhorar meu inglês. Eu tenho uma amiga aqui. Ela ficou doente e disse que eu podia ocupar sua vaga nesta escola, que Miss Bulstrode ficaria contente de encontrar alguém tão rapidamente. Então eu vim. Mas não gosto muito. Como lhe disse, acho que não ficarei.

— Por que você não gosta daqui? — insistiu Kelsey.

— Eu não gosto de lugares onde há tiroteios — disse Mademoiselle Blanche. — E onde as crianças não são respeitosas.

— Elas não são bem crianças, são?

— Algumas delas se comportam como bebês, outras poderiam até ter vinte e cinco anos. Há de todos os tipos aqui.

Elas têm muita liberdade. Eu prefiro estabelecimentos com mais rotina.

— Você conhecia bem Miss Springer?

— Eu quase não a conhecia. Ela era mal-educada e eu conversava com ela o mínimo possível. Ela era toda ossos e sardas e tinha uma voz alta e feia. Era como a caricatura de uma mulher inglesa. Era rude comigo com frequência e eu não gostava disso.

— Ela era rude com o quê?

— Ela não gostava que eu fosse ao Pavilhão de Esportes. Parece que é assim que ela se sente, ou melhor, se sentia, que era o Pavilhão de Esportes *dela*! Eu fui lá um dia, porque estava interessada. Nunca tinha entrado lá e o prédio é novo. É muito bem organizado e planejado e eu estava apenas olhando. Então Miss Springer chegou e disse: "O que você está fazendo aqui? Não tem nada da sua conta aqui". Ela diz isso para mim... *para mim*, uma professora da escola! O que ela acha que eu sou, uma aluna?

— Sim, sim, muito irritante, tenho certeza — disse Kelsey, de maneira tranquilizante.

— Os modos de uma porca, é isso que ela tinha. E depois ela me chamou a atenção: "Você não pode ir embora com a chave na mão". Ela me irritava. Quando eu abri a porta, a chave caiu e eu peguei. Esqueci de colocar de volta, porque ela me ofendeu. E então ela gritou nas minhas costas como se pensasse que eu quisesse roubá-la. A chave *dela*, suponho, bem como o Pavilhão de Esportes *dela*.

— Isso parece um pouco estranho, não parece? — questionou Kelsey. — Que ela se sentisse assim sobre o ginásio, quero dizer. Como se fosse sua propriedade privada, como se ela tivesse medo de que as pessoas descobrissem algo que tinha escondido lá. — Ele se fez de desentendido de propósito, mas Angèle Blanche apenas riu.

— Esconder alguma coisa lá... O que se poderia esconder num lugar daqueles? Acha que ela escondia cartas de amor lá? Tenho certeza de que ela nunca recebeu nem uma carta de amor! As outras professoras, elas são ao menos educadas. Miss Chadwick, ela é antiquada e reclama muito. Miss Vansittart, ela é boa, *grande dame*, tem compaixão. Miss Rich, ela é um pouco doida, eu acho, mas simpática. E as professoras mais jovens são bastante agradáveis.

Angèle Blanche foi dispensada depois de mais algumas perguntas desimportantes.

— Melindrosa — disse Bond. — Todas as francesas são melindrosas.

— Mesmo assim, é intrigante — observou Kelsey. — Miss Springer não gostava das pessoas rondando *seu* ginásio... Pavilhão de Esportes... eu não sei como chamar o tal lugar. Agora, *por quê?*

— Talvez ela pensasse que a francesa estivesse a espionando — sugeriu Bond.

— Bem, mas *por que* ela pensaria isso? Quero dizer, ela só se importaria que Angèle Blanche a espionasse caso houvesse algo que ela temesse que Angèle Blanche descobrisse. Quem ainda falta?

— As duas professoras mais jovens, Miss Blake e Miss Rowan, e a secretária de Miss Bulstrode.

Miss Blake era jovem e prudente com um rosto redondo de boa natureza. Ela lecionava botânica e física. Não tinha muito a dizer que poderia ajudar. Tinha visto muito pouco Miss Springer e não fazia ideia do que poderia ter causado a morte.

Miss Rowan, como convinha a alguém formada em psicologia, tinha pontos de vista a expressar. Era altamente provável, segundo ela, que Miss Springer tivesse cometido suicídio.

Inspetor Kelsey ergueu as sobrancelhas.

— Por que ela faria isso? Era infeliz de algum modo?

— Ela era agressiva — disse Miss Rowan, se inclinando para a frente e espiando avidamente pelas lentes grossas. — Muito agressiva. Eu considero isso muito significativo. Era um mecanismo de defesa, para esconder um sentimento de inferioridade.

— Tudo o que eu ouvi até agora — disse Inspetor Kelsey — aponta para ela ser muito segura de si.

— Segura *demais* — retrucou Miss Rowan obscuramente. — E várias das coisas que ela dizia levantam minhas suspeitas.

— Tais como?

— Ela insinuava que pessoas "não eram o que pareciam". Ela mencionava que na última escola onde esteve empregada, tinha "desmascarado" alguém. A diretora, entretanto, tinha sido preconceituosa, recusando-se a ouvir o que a funcionária tinha descoberto. Diversas das outras professoras também haviam ficado, como ela dizia, "contra ela". O senhor entende o que isso significa, inspetor? — Miss Rowan quase caiu da cadeira quando se inclinou para a frente, instigada. Fios de cabelo escuros e lisos voaram para seu rosto. — O início de um complexo de perseguição.

Inspetor Kelsey disse educadamente que Miss Rowan talvez estivesse certa em suas suposições, mas que ele não poderia aceitar a teoria do suicídio, a menos que Miss Rowan pudesse explicar como Miss Springer teria conseguido atirar em si mesma de uma distância de ao menos um metro, e ainda sumido com a pistola depois.

Miss Rowan retorquiu acidamente que a polícia era bem conhecida por ter preconceitos com a psicologia.

Ela então deu lugar a Ann Shapland.

— Bem, Miss Shapland — disse Inspetor Kelsey, observando com gosto sua aparência asseada e profissional —, que luz você pode lançar sobre o assunto?

— Absolutamente nenhuma, receio. Tenho a minha própria sala e não vejo muito a equipe. Tudo isso é inacreditável.

— De que modo é inacreditável?

— Bem, primeiro que Miss Springer tenha levado um tiro e morrido. Dizer que alguém invadiu o ginásio e ela foi ver quem era. Isso tudo bem, suponho, mas quem iria querer invadir um ginásio?

— Garotos, talvez, alguns jovens locais que quisessem se servir de algum equipamento de um tipo ou outro, ou que o fizessem por diversão.

— Se é assim, não posso deixar de pensar que o que Miss Springer teria dito seria: "Mas, agora, o que vocês estão fazendo aqui? Caiam fora, vocês". E eles obedeceriam.

— Alguma vez pareceu a você que Miss Springer tenha adotado alguma atitude particular em relação ao Pavilhão de Esportes?

Ann Shapland pareceu confusa.

— Atitude?

— Quero dizer, se ela o considerava como uma área especial e não gostava que outras pessoas fossem lá?

— Não que eu saiba. Por que ela faria isso? Era apenas um dos prédios da escola.

— Você mesma não notou nada? Não achou que se você fosse lá ela se ressentiria da sua presença... ou algo do tipo?

Ann Shapland sacudiu a cabeça.

— Eu mesma não estive lá mais do que duas vezes. Não tenho tempo. Fui até lá uma ou duas vezes com um recado de Miss Bulstrode para uma das garotas. Só isso.

— Você não sabia que Miss Springer tinha objeções com relação a Mademoiselle Blanche estar lá?

— Não, eu não soube de nada disso. Ah, sim, eu acho que ouvi falar. Mademoiselle Blanche estava meio atravessada com alguma coisa um dia, mas ela é um pouco sensível, sabe? Houve algo sobre ela entrar numa aula de desenho um dia e se ressentir de algo que a professora disse a ela. Claro que ela não tem muito o que fazer... Mademoiselle Blanche, quero dizer. Ela só leciona uma matéria, francês, e tem muito tempo disponível. Eu acho que... — ela hesitou — acho que talvez ela seja uma pessoa bastante inquisitiva.

— Você acha provável que, quando foi até o Pavilhão de Esportes, ela tenha bisbilhotado em algum dos armários?

— Os armários das meninas? Bem, eu não descartaria isso dela. Ela poderia se divertir desse jeito.

— Miss Springer tem um armário para si lá?

— Sim, é claro.

— Se Mademoiselle Blanche fosse pega bisbilhotando o armário de Miss Springer, então eu posso imaginar que Miss Springer *ficaria* incomodada?

— Certamente ficaria!

— Você não sabe nada sobre a vida privada de Miss Springer?

— Eu acho que ninguém sabe — disse Ann. — Será que tinha vida privada, eu me pergunto?

— E não há mais nada, nada que se conecte ao Pavilhão de Esportes, por exemplo, que você não tenha me contado?

— Bem... — Ann hesitou.

— Sim, Miss Shapland, vamos logo!

— Não é nada, na verdade — disse Ann lentamente. — Mas um dos jardineiros, não Briggs, o jovem. Eu o vi saindo do Pavilhão de Esportes um dia, e ele não tinha nada que estar lá de jeito nenhum. É claro que era provavelmente só curiosidade da parte dele, ou talvez uma desculpa para folgar um pouco do trabalho. Era pra ele estar pregando a rede da quadra de tênis. Suponho que não tenha nada de mais mesmo nisso.

— Ainda assim, você se lembrou disso — destacou Kelsey. — Agora, por quê?

— Eu acho... — Franziu a testa. — Sim, porque seus modos eram um pouco estranhos. Insolentes. E... ele desdenhou de todo o dinheiro que foi gasto ali para as meninas.

— Isso é uma má postura... eu entendo.

— Eu suponho que não haja nada nisso, na verdade.

— Provavelmente não... Mas eu vou fazer uma observação sobre a questão mesmo assim.

— Ciranda, cirandinha, vamos todos cirandar — disse Bond quando Ann Shapland foi embora. — A mesma coisa repetidamente! Pelo amor de Deus, vamos esperar que tiremos algo dos empregados.

Mas eles conseguiram muito pouco dos empregados.

— Não adianta me perguntar nada, meu jovem — disse Mrs. Gibbons, a cozinheira. — Primeiro porque eu não consigo ouvir o que você fala, e segundo porque eu não sei nada. Eu fui me deitar na noite passada e dormi excepcionalmente pesado. Não ouvi nada de todo o alvoroço que houve. Ninguém me acordou nem me disse nada a respeito. — Ela soou injuriada. — Foi só essa manhã que eu soube.

Kelsey gritou poucas perguntas e conseguiu poucas respostas que não ajudaram nada.

Miss Springer era nova nesse período letivo e não era tão querida como Miss Jones, a professora antes dela. Miss Shapland era nova também, mas era uma jovem muito boa, Mademoiselle Blanche era como todas as afrancesadas: pensava que as outras estavam contra ela e deixava as senhoritas a tratarem de modo chocante em aula.

— Não é do tipo que grita, no entanto — admitiu Mrs. Gibbons. — Em algumas escolas em que estive, as professoras de francês costumavam gritar coisas horríveis!

A maioria dos funcionários domésticos era diarista. Havia apenas uma empregada que dormia no local, e ela se mostrou igualmente pouco informativa, embora capaz de ouvir o que lhe era dito. Ela não tinha o que falar, tinha certeza. Não sabia de nada. Miss Springer era um pouco rude em seu jeito. Ela não sabia nada sobre o Pavilhão de Esportes nem o que guardavam lá e nunca tinha visto algo como uma pistola em lugar algum.

Essa enxurrada de informações negativas foi interrompida por Miss Bulstrode.

— Uma das meninas gostaria de falar com o senhor, Inspetor Kelsey.

Kelsey ergueu os olhos abruptamente.

— Mesmo? Ela sabe de alguma coisa?

— Quanto a isso, eu tenho minhas dúvidas — disse a Miss Bulstrode —, mas é melhor o senhor mesmo falar com ela. É uma de nossas meninas estrangeiras. Princesa Shaista, sobrinha do Emir Ibrahim. Ela tende a pensar, talvez, que é muito mais importante do que realmente é. O senhor entende?

Kelsey assentiu, compreendendo. Então, Miss Bulstrode saiu e uma garota de pele um pouco escura e altura mediana entrou.

Ela olhou para eles, olhou amendoados e modestos.

— Vocês são da polícia?

— Sim — disse Kelsey, sorrindo —, somos da polícia. Queira se sentar e me conte o que sabe sobre Miss Springer.

— Sim, eu vou contar.

Ela se sentou, inclinando-se para a frente, e baixou a voz dramaticamente.

— Há pessoas vigiando este lugar. Ah, eles não se mostram claramente, mas estão aqui!

Ela assentiu devagar, cheia de significados.

Inspetor Kelsey entendeu o que Miss Bulstrode tinha dito. Essa garota estava fazendo drama em torno de si mesma... e gostando disso.

— E por que deveriam estar vigiando a escola?

— Por *minha* causa! Querem me sequestrar.

O que quer que Kelsey esperava, não era isso. Suas sobrancelhas se ergueram.

— Por que iam querer te sequestrar?

— Para exigir um resgate, é claro. Então fariam meus parentes pagarem muito dinheiro.

— Hmm, bem... talvez — disse Kelsey, duvidoso. — Mas, hmm... supondo que seja isso mesmo, o que isso tem a ver com a morte de Miss Springer?

— Ela deve ter descoberto algo sobre eles. Talvez tenha contado que descobriu algo. Talvez tenha feito ameaças. Então talvez tenham prometido que lhe pagariam se ela não dissesse nada. E ela acreditou neles. Então foi até o Pavilhão de Esportes, onde tinham dito que iam entregar a ela o dinheiro, e aí atiraram nela.

— Mas certamente Miss Springer nunca teria aceitado uma chantagem por dinheiro.

— O senhor acha que é divertido ser professora, professora de ginástica? — Shaista foi desdenhosa. — O senhor não acha que seria melhor ter dinheiro para viajar, para fazer o que se quer? Especialmente alguém como Miss Springer, que não era bonita, para quem os homens nunca olhavam! O senhor não acha que dinheiro a atrairia mais do que poderia atrair outras pessoas?

— Bem, hmm... eu não sei muito bem o que dizer. — Esse ponto de vista não tinha sido apresentado a ele antes. — Isso é apenas, hmm... uma ideia sua própria? Miss Springer nunca lhe disse nada?

— Miss Springer nunca dizia nada exceto "alongue", "contraia", e "mais rápido", e "não enrolem" — disse Shaista com ressentimento.

— Sim, é isso. Bem, você não acha que pode ter imaginado todas essas coisas sobre sequestro?

Shaista ficou imediatamente incomodada.

— O senhor não entende *mesmo*! Meu primo era o Príncipe Ali Yusuf de Ramat. Ele foi morto em uma revolução, ou ao menos por fugir de uma revolução. Estava subentendido que, quando eu crescesse, me casaria com ele. Então entenda que eu sou uma pessoa importante. Talvez sejam os comunistas que vieram aqui. Talvez não seja sequestro. Talvez queiram me assassinar.

Inspetor Kelsey olhou ainda mais incrédulo.

— Isso é meio exagerado, não é?

— O senhor acha que essas coisas não acontecem? Eu digo que podem acontecer. Eles são muito, muito perversos, os comunistas! Todos sabem disso.

Como ele ainda parecia duvidar, ela continuou:

— Talvez eles achem que eu sei onde estão as joias!

— Que joias?

— Meu primo tinha joias. O pai dele também. Minha família sempre tem uma reserva em joias. Para emergências, o senhor compreende.

Ela fez parecer uma questão muitíssimo óbvia.

Kelsey ficou olhando para ela.

— Mas o que tudo isso tem a ver com você ou com Miss Springer?

— Mas eu já lhe contei! Eles pensam que talvez eu saiba onde as joias estão. Então vão me levar como prisioneira e me forçar a dizer.

— Você *sabe* onde estão as joias?

— Não, claro que não sei. Elas desapareceram na Revolução. Talvez comunistas perversos as tenham pego. Mas, por outro lado, talvez não.

— A quem elas pertencem?

— Agora que meu primo está morto, elas pertencem a mim. Não há mais homens na família. Sua tia, minha mãe, está morta. Ele gostaria que as joias ficassem comigo. Se ele não estivesse morto, eu me casaria com ele.

— Esse era o combinado?

— Eu teria que me casar com ele. Ele é meu primo, entende?

— E você ganharia as joias quando se casasse com ele?

— Não, eu teria joias novas. Da Cartier, em Paris. Essas ainda ficariam guardadas para emergências.

Inspetor Kelsey piscou, tentando absorver esse esquema oriental de seguro para emergências.

Shaista continuou dizendo com grande animação:

— Eu acho que foi isso que aconteceu. Alguém tirou as joias de Ramat. Talvez uma pessoa boa, talvez uma pessoa má. A pessoa boa as traria para mim e diria: "São suas", e eu deveria lhe recompensar.

Ela assentiu majestosamente, em seu personagem.

"Que bela atrizinha", pensou o inspetor.

— Mas se fosse uma pessoa má, guardaria as joias para vendê-las. Ou viria até mim dizer: "O que você me pode me dar como recompensa se eu lhe trouxer as joias?". E se valesse a pena, ele as traria. Do contrário, não!

— Mas, na realidade, ninguém disse nada de nada a você?

— Não — admitiu Shaista.

Inspetor Kelsey se decidiu.

— Eu acho, sabe — disse ele agradavelmente —, que você está mesmo falando um monte de bobagem.

Shaista lançou um olhar furioso para ele.

— Estou lhe contando o que eu sei, isso é tudo — completou ela, zangada.

— Sim... Bem, é muito gentil de sua parte, e eu vou manter isso em mente.

Ele se levantou e abriu a porta para ela sair.

— Não perde em nada para as noites da Arábia! — exclamou ele, quando voltou para a mesa. — Sequestro e joias fabulosas! E depois o que mais?

Capítulo 11

Conferência

Quando Inspetor Kelsey voltou para a delegacia, o sargento de plantão disse:

— Adam Goodman está aqui esperando, senhor.

— Adam Goodman? Ah, sim. O jardineiro.

Um jovem se levantou em sinal de respeito. Era alto, bronzeado e de boa aparência. Usava calças manchadas de veludo cotelê, e frouxamente seguradas por um cinto velho, e uma camisa azul berrante de gola aberta.

— O senhor queria me ver, pelo que fiquei sabendo.

Sua voz era rouca e, como as de tantos jovens da época, levemente truculenta.

Kelsey disse apenas:

— Sim, venha até a minha sala.

— Eu não sei de nada sobre o assassinato — afirmou Adam Goodman, zangado. — Não tem nada a ver comigo. Eu estava em casa e na cama, na noite passada.

Kelsey apenas assentiu, evasivo.

Ele se sentou em sua escrivaninha e apontou para o jovem a cadeira em frente. Um jovem policial à paisana os tinha seguido sem chamar atenção e se sentou um pouco distante.

— Então — disse Kelsey —, você é Goodman. — Ele olhou para uma anotação em sua mesa. — Adam Goodman.

— Certo, senhor. Mas, antes, eu gostaria de mostrar isso.

Os modos de Adam mudaram. Não havia mais truculência ou aborrecimento. Eram quietos e reverentes. Ele pegou algo do bolso e colocou do outro lado da mesa. As sobrancelhas do Inspetor Kelsey se ergueram levemente enquanto ele estudava o item. Então ele ergueu o rosto.

— Eu não vou precisar de você, Barber — disse ele.

O discreto jovem policial se levantou e saiu. Tentou não ficar surpreso, mas estava.

— Ah — disse Kelsey. Ele olhou para Adam com interesse especulativo. — Então esse é você? E que diabos, eu gostaria de saber, está fazendo...

— Numa escola para garotas? — O jovem concluiu. Sua voz ainda era reverente, mas ele sorria. — É certamente a primeira vez que tenho uma missão desse tipo. Eu não pareço mesmo um jardineiro?

— Não nessas redondezas. Jardineiros são em geral bem mais velhos. Você sabe alguma coisa de jardinagem?

— Bastante. Minha mãe era uma dessas que adora jardinagem. Especialidade inglesa. Ela cuidou para que eu fosse um bom assistente para ela.

— E o que exatamente está acontecendo na Meadowbank... para que você esteja lá?

— Nós não sabemos, realmente, se há alguma coisa acontecendo na Meadowbank. Meu serviço é de natureza observatória. Ou era... até a noite passada. Quando do assassinato da professora de educação física. Não faz parte exatamente do programa da escola.

— Pode acontecer — disse Inspetor Kelsey. Ele suspirou. — Qualquer coisa pode acontecer em qualquer lugar. Eu aprendi isso. Mas vou admitir que é um pouco fora dos trilhos. O que está por trás de tudo isso?

Adam contou a ele. Kelsey ouviu com interesse.

— Eu cometi uma injustiça com aquela garota — ele observou. — Mas você tem que admitir que soa fantástico demais para ser verdade. Pedras preciosas que valem entre meio milhão e um milhão de libras? A quem você acha que pertencem?

— Essa é uma bela questão. Para responder, você teria que ter um bando de advogados internacionais trabalhando, e eles provavelmente discordariam. Seria possível argumentar o caso de várias maneiras. Elas pertenciam, há três meses, à Sua Alteza o Príncipe Ali Yusuf de Ramat. Mas agora? Se elas tivessem aparecido em Ramat, seriam propriedade do governo atual, eles teriam se certificado disso. Ali Yusuf pode tê-las deixado para alguém. Muito dependeria então de onde o testamento foi executado e se poderia ser provado. Elas podem pertencer à família dele. Mas a verdadeira essência da questão é que, se acontecesse de eu ou você pegá-las na rua e colocá-las no bolso, para todos os efeitos práticos, elas pertenceriam a nós. Ou seja, duvido que exista algum dispositivo legislatório que pudesse tirá-las de nós. Eles poderiam tentar, é claro, mas as complexidades do direito internacional são bastante intrincadas...

— Quer dizer que, em resumo, achado não é roubado? — perguntou Inspetor Kelsey. E sacudiu a cabeça, desaprovando. — Isso não é bom — disse, de um modo afetado.

— Não — disse Adam com firmeza. — Não é bom. Tem mais do que um grupo atrás delas também. Nenhum deles tem escrúpulos. As notícias correm, entende? Pode ser boato, pode ser verdade, mas a história é que elas saíram de Ramat um pouco antes da confusão. Há uma dúzia de versões diferentes que contam *como*.

— Mas por que Meadowbank? Por causa da pequena princesa toda-certinha?

— Princesa Shaista, prima de primeiro grau de Ali Yusuf. Sim. Alguém pode tentar entregar as mercadorias a ela ou se comunicar com ela. Há alguns personagens questionáveis, no nosso ponto de vista, andando pela vizinhança. Uma tal de Mrs. Kolinsky, por exemplo, hospedada no Grand Hotel. Membro bastante proeminente do que se pode descrever como a Ralé Ltda. Nada na linha *dela*, sempre estritamente dentro da lei, tudo perfeitamente respeitável, mas uma grandiosa leva e traz de informações importantes. Depois há uma mulher que estava lá em Ramat, dançando num cabaré. Ela relatou estar trabalhando para certo governo internacional. Onde ela está agora, eu não sei, nem sabemos qual é sua aparência, mas há rumores de que ela *pode* estar nesta parte do mundo. Parece, não é mesmo, que tudo estava concentrado em torno da Meadowbank? E na noite passada, Miss Springer é assassinada.

Kelsey assentiu, pensativo.

— Uma baita confusão — observou ele. Teve dificuldades para lidar com seus conflituosos por um instante. — Você vê esse tipo de coisa na TV... exagerada... é isso que você pensa... não pode acontecer. E não acontece, não no curso normal dos eventos.

— Agentes secretos, roubo, violência, assassinato, traição — concordou Adam. — Tudo absurdo... mas esse lado da vida existe.

— Mas não na Meadowbank! — As palavras saíram constritas do Inspetor Kelsey.

— Eu entendo o que diz — falou Adam. — Lesa-majestade.

Houve um silêncio, e então Inspetor Kelsey perguntou:

— O que *você* acha que aconteceu na noite passada?

Adam esperou um instante, depois disse devagar:

— Springer estava no Pavilhão de Esportes, no meio da noite. Por quê? Temos que começar por aí. Não adianta nos perguntarmos quem a matou até sabermos por que ela estava lá, no Pavilhão de Esportes, naquela hora da noite. Nós podemos dizer que, apesar de sua vida irrepreensível e atlética, ela não estava dormindo bem, se levantou, olhou pela janela e viu uma luz no Pavilhão de Esportes. A janela dela fica mesmo para aquele lado?

Kelsey assentiu.

— Sendo uma mulher jovem, durona e destemida, ela saiu para investigar. Interrompeu alguém que estava lá... fazendo o quê? Nós não sabemos. Mas era alguém desesperado o bastante para atirar e matar.

Novamente Kelsey assentiu e disse:

— É assim que temos olhado para o caso. Mas o último ponto que você levantou é o que me tem preocupado o tempo todo. Não se atira para matar nem se vem preparado para isso, a menos que...

— A menos que se esteja atrás de algo grande? Concordo! Bem, esse é um caso que podemos chamar de Inocente Springer, morta no cumprimento do dever. Mas há outra possibilidade. Springer, como resultado de informações particulares, consegue um emprego na Meadowbank ou é contratada para isso por seus chefes, por causa de sua qualificação. Ela espera a noite certa e vai sorrateira até o Pavilhão de Esportes... de novo o nosso entrave de pergunta: *por quê*? Alguém a está seguindo, ou esperando por ela, alguém que tem uma pistola e está preparado para usá-la... Mas, de novo, por quê? Para quê? Na verdade, que diabos o Pavilhão de Esportes tem? Não é o tipo de lugar onde alguém imaginaria esconder alguma coisa.

— Não havia nada escondido lá, eu posso lhe assegurar. Nós passamos o pente fino... nos armários das meninas, no de Miss Springer. Equipamentos de esportes de vários tipos, tudo normal e justificado. *E* um prédio novíssimo! Não havia nada de joias lá.

— Seja o que fosse, pode ter sido retirado, é claro. Pelo assassino — disse Adam. — A outra possibilidade é que o Pavilhão de Esportes fosse simplesmente usado como um lugar de encontro, por Miss Springer ou por outra pessoa. É um lugar bem útil para isso. A uma distância razoável da casa principal. Não muito longe. E se alguém fosse notado indo até lá, uma resposta simples seria que quem quer que fosse teria visto uma luz etc., etc. Digamos que Miss Springer tenha saído para encontrar alguém. Houve uma discordância e ela levou um tiro. Ou, uma variação: Miss Springer notou alguém saindo da casa, seguiu a pessoa, deu de cara com algo que ela não deveria ver ou ouvir.

— Eu não a conheci em vida — disse Kelsey —, mas pelo jeito que todas falam dela, fico com a impressão de que talvez fosse uma mulher enxerida.

— Eu acho que essa é a explicação mais provável. A curiosidade matou o gato. Sim, eu acho que é aí que o Pavilhão de Esportes entra.

— Mas se era um encontro… — Kelsey hesitou.

Adam assentiu vigorosamente.

— Sim. Parece que há alguém na escola que merece mais atenção nossa. Um gato entre os pombos, na verdade.

— Um gato entre os pombos — repetiu Kelsey, mexido pela frase. — Miss Rich, uma das professoras, disse algo assim hoje. — Ele refletiu por um momento. — Havia três novatas na equipe neste período letivo. Shapland, a secretária. Blanche, a professora de francês, e é claro, a própria Miss Springer. Ela está morta e fora da lista. Se há um gato entre os pombos, parece que uma das outras duas seria a aposta mais provável. — Ele olhou para Adam. — Alguma ideia, entre as duas?

Adam considerou.

— Eu encontrei com Mademoiselle Blanche vindo do Pavilhão de Esportes outro dia. Estava com um olhar culpado. Como se tivesse feito alguma coisa que não deveria. Mesmo assim, no geral, acho que apostaria na outra. Na Shapland. Ela é calma e inteligente. Eu daria uma olhada nos antecedentes dela com cuidado se fosse você. Do que diabos você está rindo?

Kelsey estava com um grande sorriso.

— *Ela* estava suspeitando de *você*. Pegou *você* saindo do Pavilhão de Esportes e pensou que tinha algo estranho no seu jeito!

— Bem, não posso acreditar! — Adam estava indignado. — A cara deslavada daquela mulher!

Inspetor Kelsey continuou de um jeito autoritário.

— A questão é que, aqui nessas bandas, nós temos muita consideração pela Meadowbank. É uma ótima escola. E Miss Bulstrode é uma ótima mulher. Quanto mais rápido chegarmos ao fim disso tudo, melhor para a escola. Queremos esclarecer as coisas e dar a Meadowbank uma ficha limpa! — Então parou, olhando pensativo para Adam. — Eu acho que teremos que contar a Miss Bulstrode quem somos. Ela vai ficar de boca calada, não se preocupe com isso.

Adam considerou por um momento. Depois assentiu.

— Sim. Sob essas circunstâncias, eu acho que é mais ou menos inevitável.

Capítulo 12

Novas lâmpadas no lugar das velhas

Miss Bulstrode tinha outra característica que demonstrava sua superioridade sobre a maioria das outras mulheres. Ela sabia ouvir.

Ouviu em silêncio ambos Inspetor Kelsey e Adam. Mal ergueu a sobrancelha. Depois pronunciou uma palavra:

— Notável.

"É você quem é notável", pensou Adam, mas não disse em voz alta.

— Bem — continuou Miss Bulstrode, indo direto ao ponto, como de costume. — O que vocês querem que eu faça?

Inspetor Kelsey pigarreou e disse:

— É o seguinte. Nós sentimos que a senhora tem que estar completamente informada... pelo bem da escola.

Miss Bulstrode assentiu.

— Naturalmente, a escola é minha primeira preocupação. Tem que ser. Eu sou responsável pelo cuidado e pela segurança das minhas alunas e, em menor grau, pela da minha equipe. E gostaria de adicionar agora que, quanto menos publicidade possível sobre a morte de Miss Springer, melhor para mim. Esse é um ponto de vista puramente egoísta, embora eu saiba que a minha escola em si tem importância, não só para mim. E bem sei que se uma divulgação completa do caso for necessária para vocês, vocês terão que prosseguir. Mas é?

— Não — disse Inspetor Kelsey. — Neste caso, eu diria que quanto menos publicidade, melhor. O inquérito será adiado e vamos deixar correr a notícia de que achamos que foi uma questão local. Jovens bandidos, ou delinquentes juvenis, como temos que chamá-los hoje em dia, estavam armados, prontos para puxar o gatilho. Normalmente são facas, mas alguns desses garotos se apossam de armas. Miss Springer os surpreendeu. Eles atiraram nela. É assim que eu gostaria de deixar que isso se espalhasse. Então podemos começar a trabalhar de forma silenciosa. Isso é o máximo que podemos fazer quanto à imprensa. Mas, é claro, Meadowbank é famosa. É notícia. E um assassinato na Meadowbank será notícia quente.

— Eu acho que posso ajudá-lo nesse ponto — disse Miss Bulstrode cuidadosamente. — Tenho as minhas influências em lugares importantes. — Ela sorriu e leu alguns nomes. Estes incluíam o Secretário de Assuntos Internos, dois barões da imprensa, um bispo e o Ministro da Educação. — Farei o possível. — Ela olhou para Adam. — Você concorda?

Adam falou rapidamente:

— Sim, de fato. Sempre gostamos das coisas bem quietas.

— Você vai continuar sendo meu jardineiro? — inquiriu Miss Bulstrode.

— Se a senhora não tiver objeção. Isso me põe onde quero estar. Posso ficar de olho nas coisas.

Dessa vez a sobrancelha de Miss Bulstrode chegou a se erguer.

— Espero que não estejamos na expectativa de mais assassinatos?

— Não, não.

— Fico contente com isso. Duvido que alguma escola possa sobreviver a dois assassinatos no mesmo período letivo.

Ela se virou para Kelsey.

— Seu pessoal terminou no Pavilhão de Esportes? Será estranho se não pudermos usá-lo.

— Sim, terminou. Está um brinco, do nosso ponto de vista, quero dizer. Seja lá qual foi a razão do assassinato, não há nada lá agora que nos sirva. É apenas um Pavilhão de Esportes com o equipamento comum.

— Nada nos armários das meninas?

Inspetor Kelsey sorriu.

— Bem, uma coisa ou outra... uma cópia de um livro francês chamado *Candide*... com, ahn... ilustrações. Livro caro.

— Ah — disse Miss Bulstrode. — Então é lá que ela guarda! Giselle d'Aubray, estou correta?

O respeito de Kelsey por Miss Bulstrode cresceu.

— A senhora não perde uma.

— Não fará mal a ela esse *Candide* — concluiu Miss Bulstrode. — É um clássico. Algumas formas de pornografia eu realmente confisco. Agora volto à minha primeira questão. Vocês aliviaram a minha cabeça com relação à publicidade conectada à escola. A escola pode ajudá-los de algum modo? *Eu* posso ajudá-los?

— Eu acho que não, no momento. A única coisa que posso perguntar é: alguma coisa causou inquietação nesse período letivo? Algum incidente? Ou alguma pessoa?

Miss Bulstrode ficou em silêncio por um momento. Depois disse, devagar:

— A resposta literalmente é: eu não sei.

Adam retrucou, às pressas:

— A senhora tem a sensação de que há algo errado?

— Sim, é isso. Não está definido. Eu não posso apontar o dedo para uma pessoa ou incidente, a menos que... — Ela ficou em silêncio por um momento e então disse: — Eu sinto... eu sentia aquele momento... que perdi alguma informação que deveria ter percebido. Deixe-me explicar.

Ela recontou brevemente o incidente com Mrs. Upjohn e a angustiante e inesperada chegada de Lady Veronica.

Adam ficou interessado.

— Deixe-me esclarecer, Miss Bulstrode. Mrs. Upjohn, olhando pela janela, essa janela que dá para a entrada, reconheceu alguém. Não há nada de estranho nisso. A senhora tem mais de cem alunas e nada é mais provável do que Mrs. Upjohn ter visto algum pai ou parente que ela conhecia. Mas a senhora definitivamente acha que ela ficou *espantada* ao reconhecer aquela pessoa... na verdade, alguém que ela *não* esperava ver na Meadowbank?

— Sim, essa é exatamente a impressão que tive.

— E então, pela janela, na direção oposta, a senhora viu a mãe de uma das alunas, num estado de intoxicação, e isso a distraiu completamente do que Mrs. Upjohn estava falando?

Miss Bulstrode assentiu.

— Ela ficou falando por alguns minutos?

— Sim.

— E quando sua atenção voltou a ela, a mulher estava falando de espionagem, de trabalho da Inteligência que tinha feito na guerra antes de se casar?

— Sim.

— Pode ter alguma conexão — concluiu Adam, pensativo. — Alguém que ela conhecia dos tempos de guerra. Um pai ou parente de uma das alunas ou até um membro do corpo docente.

— Dificilmente é um membro da minha equipe — objetou Miss Bulstrode.

— É possível.

— É melhor entrarmos em contato com Mrs. Upjohn — afirmou Kelsey. — O mais breve possível. A senhora tem o endereço dela, Miss Bulstrode?

— É claro. Mas eu acredito que ela esteja fora do país no momento. Espere... vou descobrir.

Ela apertou a campainha de sua mesa duas vezes, depois foi impacientemente até a porta e chamou uma garota que estava passando.

— Encontre Julia Upjohn para mim, por favor, Paula?
— Sim, Miss Bulstrode.
— É melhor eu ir antes que a garota chegue — disse Adam. — Não seria natural que eu estivesse presente nos interrogatórios do Inspetor Kelsey. Vamos dizer que ele me chamou aqui para saber quem eu sou. Tendo se convencido de que não há nada contra mim no momento, ele agora diz para eu me retirar.

— Retire-se e lembre-se: estou de olho em você! — rosnou Kelsey com um sorriso.

— A propósito — disse Adam, dirigindo-se a Miss Bulstrode quando parou na porta. — A senhorita se incomodaria se eu abusasse um pouco da minha posição aqui? Se eu fosse, digamos, um pouco amigável demais com alguns membros de sua equipe?

— Com quais membros da minha equipe?
— Bem... Mademoiselle Blanche, por exemplo?
— Mademoiselle Blanche? Você acha que ela...?
— Eu acho que ela está um pouco entediada aqui.
— Ah! — Miss Bulstrode pareceu contrariada. — Talvez você esteja certo. Alguém mais?

— Devo tentar por aí — disse Adam alegremente. — Se achar que alguma de suas garotas está sendo meio boba e fugindo das tarefas para o jardim, por favor, acredite que minhas intenções são estritamente investigativas, se é que essa palavra existe.

— Você acha provável que as meninas saibam de alguma coisa?

— Todo mundo sabe de alguma coisa — disse Adam. — Mesmo que não saibam que sabem.

— Você pode estar certo.

Houve uma batida na porta e Miss Bulstrode disse:
— Entre.
Julia Upjohn apareceu sem fôlego.
— Entre, Julia.

Inspetor Kelsey rosnou:

— Você pode ir agora, Goodman. Retire-se e continue seu trabalho.

— Eu já disse que não sei nada de nada — disse Adam zangado. E saiu resmungando: — Gestapo dos infernos.

— Desculpe-me por estar tão sem fôlego, Miss Bulstrode — desculpou-se Julia. — Eu corri o caminho todo desde a quadra de tênis.

— Tudo bem. Eu só queria perguntar a você o endereço da sua mãe. Isto é, como posso entrar em contato com ela?

— Ah! A senhora terá que escrever para tia Isabel. Mamãe está no exterior.

— Eu tenho o endereço da sua tia. Mas preciso entrar em contato com a sua mãe pessoalmente.

— Eu não sei como — disse Julia, franzindo a testa. — Mamãe foi para Anatólia de ônibus.

— De *ônibus?* — questionou Miss Bulstrode, surpresa.

Julia assentiu vigorosamente.

— Ela gosta desse tipo de coisa. E é claro que é extremamente barato. Um pouco desconfortável, mas mamãe não se importa com isso. Grosso modo, eu acho que ela iria chegar a Vã em cerca de três semanas, ou quase isso.

— Entendo. Me diga, Julia, sua mãe alguma vez mencionou a você ter visto alguém aqui que ela conhecia dos tempos de seu serviço na guerra?

— Não, Miss Bulstrode, eu acho que não. Não, tenho certeza de que não disse nada.

— Sua mãe fazia trabalho de Inteligência, não fazia?

— Ah, sim. Mamãe amava aquilo. Não que pareça muito instigante para mim. Ela nunca explodiu nada. Ou foi pega pela Gestapo. Ou teve suas unhas arrancadas. Ou qualquer coisa assim. Ela trabalhava na Suíça, eu acho... ou em Portugal? — Julia completou, desculpando-se: — A gente fica um pouco entediada com toda aquela coisa de guerra; e eu receio que nem sempre tenha prestado muita atenção.

— Bem, obrigada, Julia. Isso é tudo.

— Sinceramente! — disse Miss Bulstrode, quando Julia partiu. — Foi para Anatólia de ônibus! A menina diz isso bem como se sua mãe tivesse pegado o ônibus 73 para Marshall e Snelgrove.

II

Jennifer se afastou da quadra de tênis meio de mau humor, sacudindo sua raquete. A quantidade de duplas faltas que ela fizera essa manhã a deprimira. Não, é claro, que pudesse sacar com força com aquela raquete, de toda forma. Mas ela parecia ter perdido o controle de seu saque nos últimos tempos. Sua mão esquerda, no entanto, tinha definitivamente melhorado. O treino de Springer tinha ajudado. Em muitos sentidos, era uma pena que Springer estivesse morta.

Jennifer levava o tênis muito a sério. Era uma das coisas sobre as quais ela pensava.

— Com licença...

Jennifer olhou para cima, surpresa. Uma mulher bem vestida, com cabelos dourados, carregando um pacote comprido e achatado, estava parada a alguns centímetros de distância no caminho. Jennifer ficou pensando por que será que não tinha visto aquela mulher vindo em sua direção antes. Não ocorreu a ela que a mulher pudesse estar escondida atrás de uma árvore ou nos arbustos de rododendros e apenas ter aparecido de repente. Tal ideia não teria ocorrido a Jennifer, mesmo por que, qual seria o motivo de uma mulher se esconder atrás de arbustos e aparecer de repente?

Falando com um leve sotaque americano, a mulher disse:

— Eu gostaria de saber se você pode me dizer onde eu poderia encontrar uma garota chamada — ela consultou um pedaço de papel — Jennifer Sutcliffe.

Jennifer ficou surpresa.

— Eu sou Jennifer Sutcliffe.

— Não! Que ridículo! *Que* coincidência! Que numa escola tão grande como essa eu estivesse procurando por uma garota e acontecesse de perguntar justamente à própria. E dizem que coisas assim não acontecem.

— Eu acho que acontecem às vezes — disse Jennifer, sem interesse.

— Eu vim almoçar com algumas amigas aqui hoje — continuou a mulher —, e em um coquetel ontem por acaso mencionei que estava vindo, e sua tia... ou foi sua madrinha? Tenho uma memória terrível. Ela me disse o nome e eu também esqueci. Mas, de todo modo, ela perguntou se eu poderia passar aqui e deixar uma raquete de tênis nova para você. Ela disse que você tinha pedido.

O rosto de Jennifer ficou radiante. Parecia um milagre, nada menos que um milagre.

— Deve ter sido minha madrinha, Mrs. Campbell. Eu a chamo de tia Gina. Não pode ter sido tia Rosamond. Ela nunca me dá nada, a não ser uns míseros dez xelins no Natal.

— Sim, agora me lembro. Era *esse* o nome. Campbell.

O pacote foi entregue. Jennifer pegou-o avidamente. Estava embalado de um jeito bem frouxo. Jennifer soltou uma exclamação de prazer quando a raquete emergiu de seu embrulho.

— Ah, é formidável! — exclamou. — Muito *boa*. Eu estava querendo uma nova raquete. Não dá para jogar decentemente sem uma raquete decente.

— Ora, eu acho que é isso mesmo.

— Muito obrigada por trazer — disse Jennifer, agradecida.

— Não foi problema algum. Só confesso que fiquei com um pouco de vergonha. Escolas sempre fazem eu me sentir um pouco envergonhada. Tantas garotas. Ah, a propósito, me pediram para levar de volta a sua raquete velha.

Ela pegou a raquete que Jennifer tinha deixado cair.

— Sua tia... quer dizer, sua madrinha disse que ia mandar trocar as cordas. Precisa muito, não é?

— Eu não acho que valha a pena — disse Jennifer, mas sem prestar muita atenção.

Ela ainda estava experimentando voleios e equilíbrio com seu novo tesouro.

— Mas uma raquete extra é sempre útil — disse sua nova amiga. — Ah, meu Deus! — Ela olhou seu relógio. — É muito mais tarde do que pensei. Eu preciso correr.

— Precisa... quer um táxi? Eu poderia chamar...

— Não, obrigada, querida. Meu carro está bem ali no portão. Eu o deixei lá para não ter que manobrar em um espaço tão estreito. Adeus. Muito prazer em conhecê-la. Espero que goste da raquete.

A mulher literalmente correu pela estrada em direção ao portão. Jennifer gritou para ela mais uma vez:

— *Muito* obrigada.

Depois, exultante, saiu à procura de Julia.

— Olha! — Ela floreou a raquete dramaticamente.

— O quê! Onde você conseguiu isso?

— Minha madrinha mandou para mim. Tia Gina. Ela não é minha tia, mas eu a chamo de tia. Ela é podre de rica. Eu acredito que mamãe tenha contado a ela que reclamei da minha raquete. Ela *é* formidável, não é? Eu *preciso* me lembrar de escrever para agradecê-la.

— Acho bom, mesmo! — disse Julia virtuosamente.

— Bem, você sabe como a gente se esquece dessas coisas às vezes. Mesmo de coisas que se tem a intenção de fazer de verdade. Olha, Shaista — completou ela enquanto esta última vinha na direção delas. — Eu ganhei uma raquete nova. Não é uma beleza?

— Deve ter sido muito cara — disse Shaista, passando os olhos respeitosamente. — Eu queria jogar tênis bem.

— Você sempre tromba na bola.

— Eu pareço nunca saber onde a bola vai parar — disse Shaista vagamente. — Antes de ir para casa, vou mandar fazer bons shorts em Londres. Ou um vestido de tênis, como o que a campeã americana Ruth Allen usa. Acho muito elegante. Talvez eu mande fazer os dois. — Ela sorriu com prazerosa expectativa.

— Shaista nunca pensa em nada a não ser no que vestir — disse Julia com desdém, enquanto as duas amigas iam adiante. — Você acha que *nós* vamos ser assim algum dia?

— Suponho que sim — disse Jennifer, triste. — Será uma grande chatice.

Elas entraram no Pavilhão de Esportes, agora oficialmente desocupado pela polícia, e Jennifer botou sua raquete cuidadosamente dentro da capa.

— Não é adorável? — perguntou, passando a mão carinhosamente.

— O que você fez com a velha?

— Ah, ela a levou.

— Quem?

— A mulher que trouxe essa. Ela encontrou tia Gina num coquetel e tia Gina pediu que ela viesse me trazer essa aqui, como ela vinha aqui hoje, e tia Gina disse para levar a minha velha para reencordoá-la.

— Ah, entendo... — Mas Julia estava com a testa franzida.

— O que a Valentona queria com você? — perguntou Jennifer.

— A Valentona? Oh, nada de mais. Só queria o endereço da minha mãe. Mas não tive como ajudar, porque minha mãe está num ônibus. Em algum lugar da Turquia. Jennifer, olha só. A sua raquete não *precisava* de encordoamento.

— Ah, precisava, Julia. Estava que nem uma esponja.

— Eu sei. Mas era a *minha* raquete. Quer dizer, nós trocamos. Era a *minha* raquete que precisava ser reencordoada. A sua, a que está comigo agora, *foi* reencordoada antes de você viajar para o exterior.

— Sim, é verdade. — Jennifer pareceu um pouco perplexa. — Ah, bem, suponho que essa mulher... seja lá quem era, eu tinha que ter perguntado o nome dela, mas estava tão arrebatada... Ela só deve ter visto que a raquete precisava de reencordoamento.

— Mas você disse que *ela* disse que foi sua *tia Gina* quem disse que precisava. E a sua tia Gina não teria pensado que precisava de reencordoamento se não precisava.

— Oh, bem. — Jennifer parecia impaciente. — Suponho, eu suponho que...

— Supõe o quê?

— Que talvez tia Gina só tenha pensado que eu queria uma nova raquete porque a velha precisava ser reencordoada. De todo modo, o que isso importa?

— Suponho que não tenha importância — disse Julia, devagar. — Mas eu acho estranho, Jennifer. É como... como novas lâmpadas no lugar das velhas. Aladim, sabe?

Jennifer riu.

— Quer esfregar a minha raquete velha... a sua raquete velha, quero dizer, e fazer aparecer um gênio! Se você esfregasse uma lâmpada e um gênio aparecesse, o que pediria, Julia?

— Um monte de coisas. — Julia suspirou em êxtase. — Uma câmera filmadora e um pastor-alemão ou talvez um dogue alemão, e cem mil libras, e um vestido de festa de cetim preto, e, ah!, muitas coisas... O que você pediria?

— Eu não sei mesmo — disse Jennifer. — Agora que eu tenho essa raquete formidável, não quero mais nada, na verdade.

Capítulo 13

Catástrofe

O terceiro final de semana depois do início do período letivo seguia seu plano normal. Era o primeiro final de semana no qual os pais podiam tirar as alunas da escola para passeios. O resultado foi que Meadowbank ficou quase deserta.

Naquele domingo específico, só havia vinte garotas para a refeição do meio-dia. Algumas pessoas da equipe tinham folga no fim de semana, retornando tarde no domingo à noite ou na segunda bem cedo pela manhã. Nessa ocasião particular, a própria Miss Bulstrode estava fora para o fim de semana. Isso era bem incomum, já que não era um hábito dela deixar a escola durante o período letivo. Mas ela tinha suas razões. Ia ficar hospedada com a Duquesa em Welsham, em Welsington Abbey. A duquesa fez questão de acrescentar e ressaltou que Henry Banks estaria lá. Henry Banks era o Líder dos Governadores. Era um importante industrial e tinha sido um dos patrocinadores originais da escola. O convite era, portanto, quase da natureza de uma ordem. Não que Miss Bulstrode se deixasse comandar contra sua vontade. Mas, naquela ocasião, aceitou o convite de bom grado. Não era de forma alguma indiferente às duquesas, e a Duquesa de Welsham era influente, suas filhas tinham estudado na Meadowbank. E a diretora também estava especialmente feliz por ter a oportunidade de conversar com Henry Banks sobre o futuro da escola e ainda apresentar seu próprio relato da recente ocorrência trágica.

Devido às influentes conexões na Meadowbank, o assassinato de Miss Springer havia sido minimizado com muito tato na imprensa. Tinha se tornado uma triste fatalidade, mais do que um misterioso assassinato. A impressão que foi dada, embora não dita, foi a de que, possivelmente, alguns bandidos jovens tinham invadido o Pavilhão de Esportes e que a morte de Miss Springer tinha sido mais acidental do que planejada. Foi vagamente relatado que vários jovens tinham sido chamados à delegacia para "ajudar a polícia". Miss Bulstrode, pessoalmente, estava ansiosa para mitigar qualquer impressão desagradável que pudesse ter sido passada a esses dois influentes patronos da escola. Ela sabia que eles queriam discutir a pista velada que ela havia lançado sobre sua aposentadoria iminente. Tanto a duquesa quanto Henry Banks estavam ansiosos para persuadi-la a permanecer. Aquela era a hora, Miss Bulstrode sentiu, de dar destaque à indicação de Eleanor Vansittart, de mostrar que pessoa esplêndida ela era e o quanto estava preparada para levar adiante as tradições da Meadowbank.

No sábado pela manhã, Miss Bulstrode estava terminando sua correspondência com Ann Shapland quando o telefone tocou. Ann atendeu.

— É o Emir Ibrahim, Miss Bulstrode. Ele chegou no Claridge's e gostaria de buscar Shaista amanhã.

Miss Bulstrode pegou o telefone da mão dela e teve uma conversa breve com o estribeiro do Emir. Shaista estaria pronta a partir das onze e meia no domingo pela manhã, ela disse. A garota precisa estar de volta à escola até as oito da noite.

— Eu queria que os orientais às vezes fossem mais organizados. Foi combinado que Shaista sairia com Giselle d'Aubray amanhã. Agora isso terá que ser cancelado. Terminamos todas as cartas? — disse ela, depois de desligar.

— Sim, Miss Bulstrode.

— Bom, então eu posso sair com uma consciência limpa. Datilografe-as e envie-as, e depois você também está livre para o fim de semana. Eu não vou precisar de você até a hora do almoço na segunda-feira.

— Obrigada, Miss Bulstrode.

— Aproveite bem, minha querida.

— Eu vou — disse Ann.

— Um rapaz?

— Bem... sim. — Ann corou um pouco. — Nada sério, no entanto.

— Pois é melhor ser. Se você quer se casar, não deixe para muito tarde.

— Oh, é apenas um velho amigo. Nada animador.

— Animação — disse Miss Bulstrode em tom de aviso — não é sempre uma boa fundação para o matrimônio. Chame Miss Chadwick para mim, por favor?

Miss Chadwick adentrou.

— O Emir Ibrahim, tio de Shaista, vai vir pegá-la amanhã, Chaddy. Se ele vier pessoalmente, diga a ele que ela está progredindo bem.

— Ela não é muito esperta — retrucou Miss Chadwick.

— Ela é imatura intelectualmente — concordou Miss Bulstrode. — Mas tem uma mente de maturidade notável de outras maneiras. Às vezes, conversando, ela parece uma mulher de vinte e cinco anos. Suponho que seja por causa da vida sofisticada que levava. Paris, Teerã, Cairo, Istambul e todo o resto. Neste país, ficamos inclinadas a manter nossas filhas jovens demais. Nós achamos que é um mérito quando dizemos: "Ela é uma criança ainda". Não é mérito. É um defeito grave na vida.

— Eu não sei se concordo muito com a senhorita nesse ponto, querida — disse Miss Chadwick. — Eu vou avisar Shaista sobre o tio. Você vá para seu final de semana e não se preocupe com nada.

— Ah! Pode deixar. É uma boa oportunidade, na verdade, de deixar Eleanor Vansittart no comando e ver como ela se sai. Com você e ela no comando, nada pode dar errado.

— Eu espero mesmo. Vou procurar Shaista.

Shaista ficou surpresa e nada satisfeita ao ouvir que seu tio tinha chegado a Londres.

— Ele quer me pegar amanhã? — resmungou ela. — Mas, Miss Chadwick, está tudo organizado para eu sair com Giselle d'Aubray e a mãe dela.

— Receio que terá que fazer isso uma outra hora.

— Mas eu prefiro sair com Giselle — disse Shaista, com irritação. — Meu tio não é nada divertido. Ele come e depois ronca, e isso é muito enfadonho.

— Você não deve falar assim. Não é educado. Seu tio só ficará na Inglaterra por uma semana, eu entendo que, naturalmente, ele queira vê-la.

— Talvez ele tenha arranjado um novo casamento para mim — disse Shaista, seu rosto acendendo. — Se for isso, será divertido.

— Se for isso, ele sem dúvida vai dizer a você. Mas você ainda é jovem demais para se casar. Deve primeiro terminar sua educação.

— Educação é muito chato — disse Shaista.

II

A manhã de domingo clareou brilhante e serena... Miss Shapland tinha partido logo depois de Miss Bulstrode no sábado. Miss Johnson, Miss Rich e Miss Blake saíram no domingo de manhã.

Miss Vansittart, Miss Chadwick, Miss Rowan e Mademoiselle Blanche foram deixadas no comando.

— Eu espero que as garotas não comentem muito — disse Miss Chadwick, duvidosa. — Sobre a pobre Miss Springer, quero dizer.

— Esperamos — acrescentou Eleanor Vansittart — que o assunto todo seja logo esquecido. Se quaisquer pais tentarem falar *comigo* sobre isso, vou desencorajá-los. Será melhor, eu acho, fazer a linha firme.

As garotas foram à igreja às dez horas, acompanhadas por Miss Vansittart e Miss Chadwick. Quatro garotas que eram católicas romanas foram acompanhadas por Angèle Blanche a um estabelecimento religioso rival. Depois, por volta de onze e meia, os carros começaram a surgir pela entrada. Miss Vansittart, graciosa, preparada e digna, ficou na entrada. Cumprimentava as mães sorrindo, aprontava suas filhas e habilmente se desviava de quaisquer referências indesejadas à recente tragédia.

— Terrível — dizia —, sim, muito terrível, mas a senhora entende, *nós não falamos sobre isso aqui*. Todas essas mentes jovens... Seria uma pena para elas ficar pensando nisso.

Chaddy estava se destacando muito, cumprimentando velhos amigos entre pais, discutindo planos para as férias e falando afetuosamente das várias filhas.

— Eu realmente penso que tia Isabel poderia vir *me* pegar — disse Julia, que, junto com Jennifer, estava parada com o nariz pressionado na janela de uma das salas de aula, observando o vaivém da entrada de carros lá fora.

— Mamãe vai me pegar no próximo final de semana — disse Jennifer. — Papai tem algo importante neste, então ela não pode vir hoje.

— Lá vai Shaista, toda na beca, para Londres. Ui! Olha só o salto dos sapatos dela. Eu aposto que a velha Johnson não gosta daqueles sapatos.

Um motorista de libré abriu a porta de um grande Cadillac. Shaista subiu e foi embora.

— Você pode vir comigo no fim de semana que vem, se quiser — disse Jennifer. — Eu disse à mamãe que tenho uma amiga e que queria trazê-la.

— Eu adoraria. Olhe a Vansittart fazendo seu trabalho.

— Terrivelmente graciosa, não é? — comentou Jennifer.

— Eu não sei por quê — disse Julia —, mas de algum modo me dá vontade de dar risada. É tipo uma cópia da Miss Bulstrode, não é? Uma boa cópia, mas meio como Joyce Grenfell ou outra pessoa fazendo uma imitação.

— Lá está a mãe de Pam — observou Jennifer. — Ela trouxe os garotinhos. Como eles todos conseguem entrar naquele minúsculo Morris Minor, eu não sei.

— Eles vão fazer um piquenique. Olhe todas aquelas cestas.

— O que você vai fazer essa tarde? — perguntou Jennifer. — Eu acho que não preciso escrever para mamãe essa semana, já que vou vê-la na semana que vem. O que você acha?

— Você sempre enrola para escrever cartas, Jennifer.

— Eu nunca consigo pensar em nada para dizer.

— Eu consigo — disse Julia —, consigo pensar em um monte de coisas para dizer. — Ela completou pesarosamente: — Mas não há ninguém para quem escrever agora.

— E a sua mãe?

— Eu contei a você, ela foi para Anatólia de ônibus. Não se pode escrever cartas para pessoas que vão para Anatólia de ônibus. Ao menos não o tempo todo.

— Para onde você escreve quando escreve?

— Ah, consulados. Ela me deixou uma lista. Istambul é o primeiro e depois Ankara e depois uns nomes engraçados. — Ela completou: — Eu fico pensando por que a Valentona queria tanto entrar em contato com a minha mãe? Ela pareceu bem incomodada quando eu disse para onde ela tinha ido.

— Não deve ter a ver com você — disse Jennifer. — Você não fez nada horrível, fez?

— Não que eu saiba — respondeu Julia. — Talvez ela queira lhe contar sobre Springer.

— Por que deveria? Eu acho que ela deveria ficar feliz que ao menos há uma mãe que *não* sabe sobre Springer.

— Quer dizer que as mães poderiam pensar que suas filhas iam ser assassinadas também?

— Eu não acho que a minha chegue a tanto — disse Jennifer. — Mas ela ficou bem agitada com isso.

— Se quer saber — comentou Julia, meditativa —, eu acho que há muitas coisas que eles não nos contaram sobre Springer.

— Que tipo de coisas?

— Bem, coisas estranhas parecem estar acontecendo. Como a sua nova raquete de tênis.

— Ah, eu estava querendo te contar — disse Jennifer. — Escrevi para agradecer tia Gina, e essa manhã recebi uma carta dela dizendo que estava muito contente por minha raquete nova, mas que não foi ela quem mandou.

— Eu falei que esse negócio da raquete era bem peculiar! — exclamou Julia, triunfante. — E você também teve um roubo na sua casa, não teve?

— Sim, mas não levaram nada.

— Isso deixa tudo ainda mais interessante — observou Julia. — Eu acho — completou, pensativa — que nós provavelmente teremos um segundo assassinato em breve.

— Ah, sério Julia, por que um segundo assassinato?

— Bem, nos livros em geral há um segundo assassinato. O que eu acho, Jennifer, é que *você* tem que tomar muito cuidado para não acabar sendo a vítima.

— Eu? — perguntou Jennifer, surpresa. — Por que alguém iria me matar?

— Porque de algum modo você está envolvida em tudo isso — disse Julia. Ela completou, atenciosa: — Nós precisamos tentar tirar mais algumas informações da sua mãe na semana que vem, Jennifer. Talvez alguém tenha dado a ela papéis secretos em Ramat.

— Que tipo de papéis?

— Ah, como eu vou saber? Planos ou fórmulas para uma nova bomba atômica. Esse tipo de coisa.

Jennifer não parecia convencida.

III

Miss Vansittart e Miss Chadwick estavam na sala das professoras quando Miss Rowan entrou e disse:

— Onde está Shaista? Não consigo encontrá-la em lugar nenhum. O carro do Emir acabou de chegar para buscá-la.

— O quê? — Chaddy ficou surpresa. — Deve haver um engano. O carro do Emir veio buscá-la há uns quarenta e cinco minutos. Eu mesma a vi entrar no carro e ir embora. Ela foi uma das primeiras a partir.

Eleanor Vansittart deu de ombros.

— Suponho que tenham chamado dois carros ou algo assim.

Ela foi até lá e falou com o motorista.

— Deve ter havido um engano. A senhorita já partiu para Londres há quarenta e cinco minutos.

O motorista ficou surpreso.

— Suponho que deva haver algum engano mesmo, senhora. Eu definitivamente recebi instruções para vir a Meadowbank e pegar a senhorita.

— Suponho que houve alguma confusão em algum momento — disse Miss Vansittart.

O motorista parecia imperturbável e nada surpreso.

— Acontece o tempo todo — disse ele. — Mensagens telefônicas recebidas, anotadas e esquecidas. Todo esse tipo de coisa. Mas em nossa empresa temos orgulho de *não* cometer erros. Claro, se posso dizer assim, nunca se sabe com esses cavalheiros orientais. Às vezes, eles têm uma grande comitiva ao redor, e os pedidos são feitos duas e até três vezes. Imagino que é isso o que deve ter acontecido neste caso. — Ele virou seu grande carro com alguma destreza e foi embora.

Miss Vansittart pareceu um pouco na dúvida por um momento, mas decidiu que não havia com o que se preocupar e começou a ansiar com satisfação por uma tarde de paz.

Depois do almoço, as poucas garotas que permaneceram escreviam cartas ou caminhavam pelo terreno da escola. Jogaram um pouco de tênis, e a piscina foi bem aproveitada. Miss Vansittart levou sua caneta tinteiro e seu bloco de anotação para a sombra de um cedro. Quando o telefone tocou às quatro e meia, foi Miss Chadwick que atendeu.

— Escola Meadowbank? — A voz de um rapaz inglês bem educado falou. — Ah, Miss Bulstrode está?

— Miss Bulstrode não está aqui hoje. Aqui é Miss Chadwick falando.

— Ah, é sobre uma de suas alunas. Estou ligando do Claridge's, da suíte do Emir Ibrahim.

— Ah, sim? Quer dizer Shaista?

— Sim. O Emir está bastante incomodado por não ter recebido nenhuma mensagem de qualquer tipo.

— Mensagem? Por que ele deveria ter recebido uma mensagem?

— Bem, para avisar que Shaista não viria.

— Não viria! Quer dizer que Shaista não chegou?

— Não, não, ela certamente não chegou. Ela saiu da Meadowbank, então?

— Sim. Um carro veio buscá-la esta manhã... Ah, por volta das onze e meia, eu acho, e foi embora.

— Isso é estranho, porque não há nem sinal dela... É melhor eu ligar para a firma que fornece os carros do Emir.

— Ah, meu Deus — disse Chadwick —, espero que não tenha acontecido nenhum acidente.

— Ah, não vamos presumir o pior — disse o jovem alegremente. — Eu acho que a senhora já saberia, digo, se fosse um acidente. Ou nós saberíamos. Se eu fosse a senhora, não me preocuparia.

Mas Miss Chadwick se preocupou.

— Parece muito estranho para mim — disse ela.

— Suponho... — O jovem hesitou.

— Sim? — disse Miss Chadwick.

— Bem, não é bem o tipo de coisa que eu gostaria de sugerir ao Emir, mas, só entre nós, não há... ahn... Bem, algum namorado rondando por aí, há?

— Certamente que não — respondeu Miss Chadwick com dignidade.

— Não, não, bem, era o que eu pensava, mas nunca se sabe com garotas, não é? A senhora ficaria surpresa com algumas das coisas de que fico sabendo.

— Eu posso assegurá-lo — disse Miss Chadwick — de que qualquer coisa desse tipo é praticamente impossível.

Mas era mesmo impossível? Dá para saber com garotas?

Ela colocou o telefone no gancho e foi meio sem vontade à procura de Miss Vansittart. Não havia razões para acreditar que Miss Vansittart fosse de qualquer maneira lidar melhor com a situação do que ela mesma, mas sentiu a necessidade de consultar alguém. Miss Vansittart perguntou logo:

— O segundo carro?

Elas se olharam.

— Você acha — disse Chaddy devagar — que devemos relatar isso à polícia?

— Não à *polícia* — respondeu Eleanor Vansittart com uma voz chocada.

— Ela falou mesmo, sabe — disse Chaddy —, que alguém poderia tentar sequestrá-la.

— Sequestrá-la? Bobagem! — disse Miss Vansittart bruscamente.

— Você não acha... — Miss Chadwick foi persistente.

— Miss Bulstrode me deixou no comando aqui — disse Eleanor Vansittart —, e eu certamente não vou sancionar nada desse tipo. Nós não queremos mais nenhum problema com a polícia.

Miss Chadwick olhou para ela sem afeição. Pensou que Miss Vansittart estava sendo míope e tola. Voltou para a casa e fez uma ligação para a casa da Duquesa de Welsham. Infelizmente, todos estavam fora.

Capítulo 14

Miss Chadwick não prega os olhos

Miss Chadwick estava inquieta. Ela virava de um lado para outro em sua cama, contando carneirinhos e empregando outros métodos tradicionais para invocar o sono. Em vão.

Às oito horas em ponto, quando Shaista não havia retornado e não havia notícias dela, Miss Chadwick tomou as rédeas da situação e ligou para o Inspetor Kelsey. Ela ficou aliviada ao notar que ele não levou o assunto tão a sério. Poderia deixar tudo com ele, garantiu. Seria fácil checar um possível acidente. Depois disso, ele entraria em contato com Londres. Tudo o que fosse necessário seria feito. Talvez a garota estivesse mesmo matando aula. Ele aconselhou Miss Chadwick a dizer o mínimo possível na escola. Deixe que pensem que Shaista passou a noite com seu tio no Claridge's.

— A última coisa que a senhora quer, ou que Miss Bulstrode iria querer, é mais atenção — disse Kelsey. — É bem improvável que a garota tenha sido sequestrada. Então não se preocupe, Miss Chadwick. Deixe conosco.

Mas Miss Chadwick se preocupou.

Deitada na cama, sem sono, sua mente foi de um possível sequestro até assassinato.

Assassinato na Meadowbank. Era terrível! Inacreditável! *Meadowbank*. Miss Chadwick amava Meadowbank. Talvez, mais do que Miss Bulstrode, embora de um jeito diferente. Tinha sido um empreendimento tão arriscado e corajoso. Seguindo Miss Bulstrode fielmente no arriscado compromisso, ela enfrentou o pânico mais de uma vez. Supondo que tudo iria fracassar. Elas realmente não tinham muito capital. Se não obtivessem sucesso... Se seu apoio financeiro fosse retirado... Miss Chadwick tinha uma mente ansiosa e sempre podia entabular inúmeros "se". Miss Bulstrode gostava da aventura, do perigo de tudo, mas Chaddy não. Às vezes, em uma apreensão agoniante, ela implorava que Meadowbank fosse administrada numa linha mais convencional. Seria *mais seguro*, ela insistia. Mas Miss Bulstrode não estava interessada em segurança. Tinha sua visão do que uma escola deveria ser e havia perseguido essa visão sem medo. E tinha acertado em sua audácia. Mas, ah, o alívio que foi para Chaddy quando o sucesso foi um *fait accompli*. Quando Meadowbank estava estabilizada, seguramente estabilizada, como uma ótima instituição inglesa. Foi então que seu amor pela Meadowbank fluiu mais completamente. Dúvidas, medos, ansiedades, tudo isso se foi. Paz e prosperidade tomaram o lugar. Ela se deleitou na prosperidade da Meadowbank como um gato malhado ronronando.

Ficou bastante chateada quando Miss Bulstrode começou a falar em aposentadoria. Aposentar-se *agora*... quando tudo estava bem? Que loucura! Miss Bulstrode falava em viagens, em todas as coisas para ver no mundo. Chaddy não se impressionava. Nada, nenhum lugar poderia ser nem metade do que era Meadowbank! Parecia a ela que nada poderia afetar o bem-estar da Meadowbank. Mas então... Assassinato!

Uma palavra tão feia e violenta... vinda do mundo externo como uma horrível tempestade de vento. Assassinato... uma palavra associada por Miss Chadwick apenas a delinquentes com canivetes ou mentes doentias de médicos envenenando suas esposas. Mas assassinato ali, na escola... E não em qualquer escola, na Meadowbank. Inacreditável.

Sinceramente, Miss Springer — pobre Miss Springer, naturalmente não foi sua *culpa* —, mas, ilogicamente, Chaddy sentia que devia ter sido culpa dela de algum modo. Ela não conhecia as tradições da Meadowbank. Uma mulher sem tato. De algum modo deve ter convidado o assassino. Miss Chadwick se revirava, afofava o travesseiro, pensava: "Eu não devo continuar pensando nisso tudo. Talvez seja melhor me levantar e tomar uma aspirina. Vou só tentar contar até cinquenta...".

Antes que chegasse aos cinquenta, sua mente estava fora dos trilhos novamente. Preocupações. "Será que tudo isso... e talvez sequestro também... fica registrado? Será que os pais, ao lerem os documentos, se apressarão em levar suas filhas embora...".

Oh, Deus, ela *precisava* se acalmar e dormir. Que horas eram? Ela acendeu a luz e olhou o relógio. Apenas quinze para a meia-noite. Quase a mesma hora que a pobre Miss Springer... Não, ela *não* pensaria mais nisso. E que estúpido da parte de Miss Springer ter saído sozinha daquele jeito sem acordar ninguém.

— Oh, Deus — disse Miss Chadwick. — Vou ter que tomar uma aspirina.

Ela saiu da cama e foi até o lavatório. Tomou duas aspirinas e um copo de água. No caminho de volta, puxou a cortina para o lado e espiou lá fora. Ela o fez para se tranquilizar, mais do que qualquer outra coisa. Queria sentir que, é claro, jamais haveria novamente uma luz acesa no Pavilhão de Esportes no meio da noite.

Mas havia.

Em um minuto Chaddy partiu para a ação. Enfiou os pés em sapatos robustos, vestiu um casaco grosso, pegou sua lanterna e saiu de seu quarto correndo escada abaixo. Ela culpara Miss Springer por não ter procurado ajuda antes de sair para investigar, mas nunca lhe ocorreu fazer o mesmo. Estava apenas afoita para chegar ao pavilhão e descobrir quem era o intruso. Fez uma pausa para pegar uma arma, talvez não uma boa arma, mas uma arma de algum tipo, e depois saiu pela porta lateral e seguiu rapidamente pela aleia.

Ela estava sem fôlego, mas completamente resoluta. Só que quando enfim chegou à porta, relaxou e teve o cuidado de se mover devagar. E a porta estava entreaberta. Ela abriu um pouco mais e olhou lá dentro.

II

Mais ou menos na mesma hora em que Miss Chadwick se levantava da cama em busca de uma aspirina, Ann Shapland, com um visual muito atraente em um vestido de baile preto, estava sentada à mesa no Le Nid Sauvage, comendo frango supreme e sorrindo para o jovem sentado à sua frente. "Querido Dennis", pensou Ann, "sempre tão exatamente igual. É o que eu simplesmente não poderia suportar se me casasse com ele. Ele meio que *é* como um bichinho de estimação, sempre igual." Em voz alta, ela observou:

— Que divertido, Dennis. Uma *mudança* gloriosa.

— Como está o trabalho novo? — perguntou Dennis.

— Bem, na verdade eu estou até gostando.

— Não me parece muito o seu tipo de coisa.

Ann riu.

— Eu teria dificuldades em dizer qual é o meu tipo de coisa. Gosto de variedade, Dennis.

— Eu nunca consegui entender por que você desistiu do seu trabalho com o velho Sir Mervyn Todhunter.

— Bem, principalmente por causa de Sir Mervyn Todhunter. A atenção que ele outorgava a mim estava começando a incomodar sua esposa. E é parte da minha política nunca incomodar esposas. Elas podem nos prejudicar muito, sabe?

— Gatas ciumentas — comentou Dennis.

— Ah, não, não mesmo — disse Ann. — Estou mais do lado das esposas. De todo modo, eu gostava de Lady Todhunter muito mais do que do velho Mervyn. Por que você está surpreso com meu trabalho atual?

— Ah, uma escola. Você não tem uma mente escolar de jeito nenhum, eu diria.

— Eu odiaria *lecionar* em uma escola. Odiaria ser colocada num cercado. Arrebanhada com um monte de mulheres. Mas o trabalho de secretária de uma escola como a Meadowbank é até divertido. É mesmo um lugar único, sabe? E Miss Bulstrode é única. Ela extraordinária, de verdade, posso te dizer. Seus olhos cinza-aço passam por você e veem seus segredos mais íntimos. E ela mantém a gente na linha. Eu odiaria cometer um erro em qualquer carta que redigi para ela. Ela é certamente extraordinária.

— Eu queria que você se cansasse desses trabalhos — disse Dennis. — Já está na hora, sabe, Ann, de você parar todo esse vaivém de empregos aqui e acolá e... se acomodar.

— Você é tão doce, Dennis — comentou Ann de um jeito evasivo.

— Nós poderíamos nos divertir bastante, sabe.

— Eu aposto que sim, mas ainda não estou pronta. E, de todo modo, você sabe, tem a minha mãe.

— Sim, eu... ia falar sobre isso.

— Sobre a minha mãe? O que você ia dizer?

— Bem, Ann, você sabe, eu acho que você é maravilhosa. O jeito que você pega esses trabalhos interessantes e depois larga tudo e vai para casa cuidar dela.

— Bem, eu tenho que fazer isso, de vez em quando, quando ela tem algum ataque muito ruim.

— Eu sei. Como eu disse, acho maravilhoso da sua parte. Mas mesmo assim há lugares, você sabe, bons lugares hoje em dia, onde... Onde pessoas como a sua mãe são bem cuidadas e todo o tipo de coisa. Não caixotes de malucos.

— E que custam uma fortuna — disse Ann.

— Não, não, não necessariamente. Porque, mesmo sob o Sistema de Saúde...

Uma nota de amargor se arrastou na voz de Ann.

— Sim, eu ouso dizer que um dia será isso mesmo. Mas, por enquanto, eu tenho um velho gatinho bondoso que mora com a minha mãe e que lida com ela normalmente. A mãe é bem razoável na maior parte do tempo. E quando não é, eu volto e dou uma ajuda.

— Ela é... Ela não é... Ela nunca...?

— Você vai dizer violenta, Dennis? Você tem uma imaginação extremamente vívida. Não. Minha querida mamãe *nunca* é violenta. Ela só fica confusa. Esquece onde está e quem é e quer dar longas caminhadas e depois talvez pegue um trem ou um ônibus e parta para algum lugar e... Bem, é tudo muito difícil, entende? Às vezes é demais para uma pessoa lidar com isso. Mas ela é bem feliz, mesmo quando *está* confusa. E às vezes leva isso com bom humor. Eu me lembro dela dizendo: "Ann, querida, é mesmo muito embaraçoso. Eu sabia que estava indo para o Tibete e lá estava eu sentada naquele hotel em Dover sem a menor ideia de como chegar lá. Então pensei: 'Por que estou indo para o Tibete?'. E pensei que seria melhor voltar para casa. Então eu não conseguia lembrar quanto tempo fazia que eu tinha saído de casa. É muito embaraçoso, querida, quando não conseguimos lembrar das coisas". Mamãe era sempre muito engraçada quanto a isso tudo, sabe. Eu quero dizer que ela até vê o lado bem-humorado de si mesma.

— Eu nunca cheguei a conhecê-la — começou Dennis.

— Eu não encorajo as pessoas a conhecê-la — disse Ann. — Essa é a única coisa que eu acho que *posso* fazer pela minha família. Protegê-la... bem, da curiosidade e da pena.

— Não é curiosidade, Ann.

— Não, não acho que seria isso da sua parte. Mas seria pena. Eu não quero isso.

— Entendo o que você quer dizer.

— Mas se você acha que me importo de desistir de empregos de tempos em tempos e ir para casa por um período indefinido, saiba que não é o caso — disse Ann. — Eu nunca quis ficar enrolada em nada muito profundamente. Nem mesmo quando assumi meu primeiro emprego depois do treinamento de secretária. Eu só queria ficar muito boa no trabalho. Depois, quando se é muito boa, pode escolher suas vagas. Conhecer lugares diferentes e diferentes tipos de vida. No momento, estou conhecendo a vida escolar. A melhor escola da Inglaterra vista de dentro! Eu devo ficar lá, espero, por volta de um ano e meio.

— Você nunca se envolve mesmo nas coisas, se envolve, Ann?

— Não — disse Ann atenciosamente —, acho que não. Eu acho que sou uma daquelas pessoas que nasceu para observar. Mais como uma comentadora de rádio.

— Você é tão desapegada — disse Dennis de modo lúgubre. — Não se importa com nada nem ninguém.

— Eu penso que um dia me importarei — disse Ann encorajadoramente.

— Eu até entendo mais ou menos como você pensa e sente.

— Duvido — respondeu Ann.

— De todo modo, não acho que vai durar um ano. Você vai se encher de todas aquelas mulheres — disse Dennis.

— Tem um jardineiro muito bonito — disse Ann. Ela riu quando viu a expressão de Dennis. — Não fique assim, só estou tentando te fazer ciúmes.

— O que é aquela história sobre uma das professoras ter sido assassinada?

— Ah, aquilo. — O rosto de Ann ficou sério e pensativo. — Aquilo é estranho, Dennis. Muito estranho, na verdade. Foi a professora de educação física. Você conhece o tipo. Eu-sou-uma-simples-professora-de-educação-física. Eu acho que tem muito mais por trás disso para aparecer ainda.

— Bem, não vá se envolver com coisas desagradáveis.

— Isso é fácil. Nunca tive a menor chance de mostrar meus talentos investigativos. Eu acho que até *posso* ser boa nisso.

— Por favor, Ann.

— Querido, eu não vou rastrear criminosos perigosos. Só vou... bem, fazer algumas deduções lógicas. Quem e por quê. E com que propósito. Esse tipo de coisa. Eu me deparei com uma informação que é bem interessante.

— Ann!

— Não fique tão agoniado. Não parece ter a ver com nada — disse Ann, pensativa. — Até um ponto, tudo se encaixa muito bem. E depois, de repente, não se encaixa mais. — Ela completou animadamente: — Talvez haja um segundo assassinato, e ele vai esclarecer um pouco as coisas.

Foi nesse exato momento que Miss Chadwick abriu a porta do Pavilhão de Esportes.

Capítulo 15

O assassinato se repete

— Venha comigo — disse Inspetor Kelsey, entrando na sala com uma cara sombria. — Aconteceu outro.

— Outro o quê? — Adam olhou para cima bruscamente.

— Outro assassinato — disse Inspetor Kelsey.

Ele saiu da sala primeiro e Adam o seguiu. Eles estavam sentados na referida sala, bebendo cerveja e discutindo as várias possibilidades, quando Kelsey foi chamado ao telefone.

— Quem é? — perguntou Adam, enquanto seguia Inspetor Kelsey descendo as escadas.

— Outra professora, Miss Vansittart.

— Onde?

— No Pavilhão de Esportes.

— De novo o Pavilhão de Esportes — disse Adam. — O que tem nesse Pavilhão de Esportes?

— É melhor *você* examiná-lo dessa vez — afirmou Inspetor Kelsey. — Talvez as suas técnicas de busca possam ter mais sucesso do que as nossas tiveram. Deve haver *alguma coisa* nesse Pavilhão de Esportes, senão por que as pessoas seriam mortas lá?

Ele e Adam entraram no carro.

— Eu acho que o médico vai chegar lá antes da gente. Ele não está muito longe.

Era, pensou Kelsey, como se um sonho ruim se repetisse quando ele entrou no brilhantemente iluminado Pavilhão de Esportes. Lá, mais uma vez, estava um corpo com um médico ajoelhado a lado. Mais uma vez, o médico desdobrou os joelhos e se ergueu.

— Morta há cerca de meia hora. Quarenta minutos no máximo.

— Quem a encontrou? — perguntou Kelsey.

— Miss Chadwick — respondeu um dos homens.

— Essa é a mais velha, não é?

— Sim. Ela viu uma luz e veio para cá, e a encontrou morta. Voltou à casa cambaleando e ficou um pouco histérica. Quem telefonou foi a governanta, Miss Johnson.

— Certo — disse Kelsey. — Como ela foi morta? Tiro de novo?

O médico balançou a cabeça.

— Não. Golpeada na parte de trás da cabeça, dessa vez. Pode ter sido com um cassetete ou saco de areia. Algo do tipo.

Um taco de golfe com ponta de aço estava caído perto da porta. Foi a única coisa que pareceu remotamente fora de ordem no lugar.

— E aquilo? — questionou Kelsey, apontando. — Poderia ter sido com aquilo?

O médico sacudiu a cabeça.

— Impossível. Não há marcas nela. Não, foi definitivamente um cassetete pesado de borracha ou um saco de areia, algo desse tipo.

— Algo... profissional?

— Provavelmente sim. Quem quer que tenha sido, não quis fazer barulho algum dessa vez. Veio por trás dela e a golpeou na nuca. Ela caiu para a frente e provavelmente nem chegou a ver quem a acertou.

— O que ela estava fazendo?

— Provavelmente ajoelhada — disse o médico. — Ajoelhada na frente deste armário.

O inspetor foi até lá e olhou o armário.

— Esse é o nome da garota que o ocupa, presumo. Shaista... Deixe-me ver, esse é o... Esse é o nome da garota egípcia, não é? Sua Alteza, a Princesa Shaista. — Ele se virou para Adam. — Parece ter ligação, não é? Espere um minuto... essa é a garota que foi dada como desaparecida esta noite?

— Isso mesmo, senhor — disse o Sargento. — Um carro a pegou aqui, supostamente tendo sido enviado por seu tio, que está hospedado no Claridge's, em Londres. Ela entrou no carro e foi embora.

— Chegou alguma informação?

— Ainda não, senhor. Temos uma rede de trabalho lá fora. E a Yard também está investigando.

— Uma simples e bela maneira de sequestrar alguém — disse Adam. — Sem dificuldade nem gritos. Você só precisa saber que a garota está esperando um carro vir buscá-la e procura um chofer de alta classe para chegar antes. A garota sem dúvidas vai entrar e você pode ir embora sem que ela suspeite de nada do que está acontecendo.

— Algum carro abandonado em algum lugar? — perguntou Kelsey.

— Não tivemos notícia — disse o Sargento. — A Yard está trabalhando nisso agora, como eu disse, e a Divisão Especial.

— Isso pode significar de certa forma uma confusão política — comentou o Inspetor. — Eu não acho nem por um minuto que eles conseguirão tirá-la do país.

— O que eles querem com esse sequestro então? — perguntou o médico.

— Só Deus sabe — disse Kelsey soturnamente. — Ela me contou que estava com medo de ser sequestrada e eu fico constrangido de dizer que pensei que ela estivesse apenas se exibindo.

— Eu pensei o mesmo quando você me relatou — disse Adam.

— O problema é que não sabemos o suficiente — afirmou Kelsey. — Há pontas soltas demais. — Ele olhou em volta. — Bem, não parece ter mais nada que eu possa fazer aqui. Comece logo o procedimento de rotina, fotografias, impressões digitais etc. É melhor eu seguir para a casa.

Na casa, ele foi recebido por Miss Johnson. Ela estava abalada, mas preservou o autocontrole.

— É terrível, Inspetor. Duas de nossas professoras assassinadas. A pobre Miss Chadwick está num estado deplorável.

— Eu gostaria de vê-la assim que possível.

— O doutor deu algum remédio e ela está muito mais calma agora. Posso levá-lo até ela?

— Sim, já, já. Primeiro de tudo, apenas me diga o que lembra da última vez que viu Miss Vansittart.

— Eu não a vi o dia todo — disse Miss Johnson. — Estive fora. Cheguei de volta aqui um pouco antes das onze horas e fui direto para o meu quarto. Fui para a cama.

— Não aconteceu de você olhar pela janela para o Pavilhão de Esportes?

— Não. Não, nunca me passou pela cabeça. Eu tinha passado o dia com minha irmã, que eu não via fazia bastante tempo, e minha cabeça estava cheia de novidades de casa. Tomei um banho, fui para cama e li um livro, e apaguei a luz para dormir. Foi quando Miss Chadwick invadiu o quarto, branca como uma folha de papel e toda tremendo.

— Miss Vansittart esteve ausente hoje?

— Não, ela estava aqui. Estava no comando. Miss Bulstrode estava fora.

— Quem mais estava aqui, das professoras, quero dizer?

Miss Johnson pensou um momento.

— Miss Vansittart, Miss Chadwick, a professora de francês Mademoiselle Blanche, Miss Rowan.

— Entendo. Bem, eu acho melhor ir falar com Miss Chadwick agora.

Miss Chadwick estava sentada em uma cadeira no quarto. Embora fosse uma noite amena, o aquecedor elétrico estava ligado e um cobertor, enrolado em seus joelhos. Ela virou o rosto distorcido pela dor para o Inspetor Kelsey.

— Ela está morta... Ela *está* morta? Não há chances de... de ela voltar?

Kelsey sacudiu a cabeça lentamente.

— É tão horrível — disse Miss Chadwick —, com Miss Bulstrode fora. — E desatou a chorar. — Isso vai arruinar a escola. Isso vai arruinar Meadowbank. Eu não posso suportar, realmente não posso suportar.

Kelsey se sentou ao lado dela.

— Eu sei — disse ele com compaixão —, eu sei. Foi um choque terrível para a senhora, mas eu quero que seja corajosa, Miss Chadwick, e me conte tudo que sabe. Quanto mais cedo pudermos descobrir quem fez isso, menos problemas e menos notícias haverá.

— Sim, sim, eu entendo. Veja, eu... Eu fui para a cama cedo, porque pensei que seria bom, ao menos uma vez, ter uma noite longa. Mas não consegui dormir. Estava preocupada.

— Preocupada com a escola?

— Sim. E com o fato de Shaista estar desaparecida. Então comecei a pensar em Miss Springer e se... se seu assassinato afetaria os pais, e se talvez eles não mandassem suas filhas de volta para cá no próximo período. Eu estava tão terrivelmente chateada por Miss Bulstrode. Quero dizer, ela *fez* este lugar. É uma conquista tão boa.

— Eu sei. Agora continue me contando... a senhora estava preocupada e não conseguiu dormir?

— Não, eu contei carneirinhos e tudo. Então, me levantei para tomar uma aspirina e, ao tomá-la, aconteceu de eu abrir as cortinas da janela. Eu não sei por quê. Suponho que porque estive pensando em Miss Springer. Depois, veja, eu vi... Eu vi uma luz lá.

— Que tipo de luz?

— Bem, um tipo de luz dançante. Quero dizer... eu acho que deve ter sido uma lanterna. Era bem como a luz que Miss Johnson e eu vimos antes.

— Era a mesma, não era?

— Sim. Sim, eu acho que sim. Talvez um pouco mais fraca, mas eu não sei.

— Sim. E depois?

— E depois — disse Miss Chadwick, sua voz de repente ficando ressonante —, eu estava determinada a, *dessa* vez, ver quem estava lá e o que estava fazendo. Então me levantei, peguei meu casaco e meus sapatos, e corri para fora da casa.

— A senhora não pensou em chamar alguém para ir junto?

— Não. Não, eu não pensei. Entenda que eu tinha tanta pressa em chegar lá, eu tinha tanto medo que a pessoa... quem quer que fosse... fosse embora.

— Sim. Continue, Miss Chadwick.

— Então fui o mais rápido que pude. Saí pela porta e um pouco antes de chegar lá eu andei pé ante pé para que... para que eu pudesse espiar lá dentro sem que ninguém me ouvisse chegando. Eu cheguei lá. A porta não estava fechada, apenas entreaberta, e eu empurrei-a muito de leve para abrir. Eu olhei em volta e... e lá estava ela. Caída de cara no chão, *morta*...

Ela começou a se tremer toda.

— Sim, sim, Miss Chadwick, está certo. A propósito, havia um taco de golfe lá. Você o tirou do lugar? Ou foi Miss Vansittart?

— Um taco de golfe? — indagou Miss Chadwick vagamente. — Eu não consigo lembrar... Ah, sim, eu acho que o peguei na entrada. Eu o levei comigo para o caso de... bem, para o caso de ter que usá-lo. Quando vi Eleanor, suponho que deixei-o cair. Então, quando voltei para casa, de algum modo encontrei Miss Johnson. Oh! Eu não posso suportar. Eu não posso suportar... Isso vai acabar com a Meadowbank...

A voz de Miss Chadwick se transformou em um grito histérico. Miss Johnson chegou, dizendo:

— Descobrir dois assassinatos é tensão demais para uma pessoa. Certamente para alguém da idade dela. O senhor não quer fazer mais perguntas, quer?

Inspetor Kelsey balançou a cabeça.

Enquanto descia as escadas, ele notou uma pilha de sacos de areia antiquados com baldes em uma alcova. Datados da guerra, talvez, mas ocorreu a ele o pensamento inquietante de que não tinha sido necessariamente um profissional com um cassetete quem golpeou Miss Vansittart. Alguém no prédio, alguém que não queria arriscar o som de um tiro pela segunda vez e que, muito provavelmente, tinha se livrado da pistola do crime depois do último assassinato, poderia ter se servido de uma arma aparentemente inocente, ainda que letal. E talvez até a recolocado no lugar depois!

Capítulo 16

O enigma do Pavilhão de Esportes

"Minha cabeça está sangrando, mas está firme", disse Adam a si mesmo.

Ele olhava para Miss Bulstrode. Nunca tinha, pensou, admirado tanto uma mulher. Ela estava sentada, fria e impassível, com sua vida profissional desmoronando na própria cabeça.

De tempos em tempos, tocava o telefone anunciando que mais uma aluna estava sendo retirada da escola.

Finalmente, Miss Bulstrode havia tomado sua decisão. Pedindo licença para sair aos policiais, ela chamou Ann Shapland e ditou uma breve declaração. A escola seria fechada até o final do período letivo. Pais que achassem inconveniente ter suas filhas em casa, eram bem-vindos a deixá-las sob seus cuidados e a educação delas não seria interrompida.

— Você tem a lista dos nomes e endereços dos pais? E seus números de telefones?

— Sim, Miss Bulstrode.

— Então comece pelo telefone. Depois disso, cuide para que uma nota escrita chegue a todos.

— Sim, Miss Bulstrode.

Ao sair da sala, Ann Shapland parou perto da porta.

Ela corou e suas palavras saíram com pressa.

— Desculpe-me, Miss Bulstrode. Não é da minha conta... mas não é uma pena que... que seja tão prematuro? Quero dizer, depois do primeiro pânico, quando as pessoas tiverem tempo para pensar, certamente não vão querer tirar as meninas da escola. Serão sensatas e pensarão melhor.

Miss Bulstrode olhou para ela com entusiasmo.

— Você acha que estou aceitando a derrota fácil demais?

Ann corou.

— Eu sei, a senhora acha que é um atrevimento. Mas... Mas, bem, já que perguntou, sim, é o que acho.

— Você é uma lutadora, minha filha, fico contente em saber. Mas está um tanto errada. Eu não estou aceitando a derrota. Estou usando meu conhecimento da natureza humana. Apressar as pessoas a retirarem suas filhas, forçá-las a isso... vai fazer com que não queiram tanto assim. Elas vão inventar razões para deixá-las ficar. Ou, na pior das hipóteses, decidirão deixá-las voltar no próximo período letivo. Se houver um próximo período — acrescentou sombriamente. Olhou para o Inspetor Kelsey. — Isso é com o senhor. Esclareça esses assassinatos, pegue o responsável, e estaremos todas bem.

Inspetor Kelsey parecia descontente.

— Estamos fazendo o nosso melhor.

Ann Shapland saiu.

— Garota competente — disse Miss Bulstrode. — E leal. — O comentário teve a natureza de um parêntese. Ela preparava seu ataque. — O senhor não tem absolutamente *nenhuma* ideia de quem matou duas das minhas professoras no Pavilhão de Esportes? Deveria ter, a essa altura. E esse sequestro ainda por cima. Nisso, eu me culpo. A garota falou sobre alguém querer sequestrá-la. Eu pensei, Deus me perdoe, que ela estava se fazendo de importante. Vejo agora que devia haver algo por trás. Alguém deve ter dado alguma pista ou avisado... não se sabe se um ou outro... — Ela concluiu: — Não tem novidades de nenhum tipo?

— Ainda não. Mas não acho que a senhora precise se preocupar demais com isso. Foi passado para o Departamento de Investigação Criminal. A Divisão Especial está trabalhando nisso também. Eles devem encontrá-la em vinte e quatro horas, trinta e seis no máximo. Há vantagens em sermos uma ilha. Todos os portos, aeroportos etc. estão em alerta. E a polícia de todos os distritos está em vigília. Na verdade, é bem fácil sequestrar alguém, o problema é manter esse alguém escondido. Ah, nós vamos encontrá-la.

— Eu espero que vocês a encontrem viva — disse Miss Bulstrode, soturna. — Parece que estamos lutando contra alguém que não tem escrúpulos em relação à vida humana.

— Eles não teriam se incomodado em sequestrá-la se quisessem acabar com ela — disse Adam. — Poderiam ter feito isso aqui com bastante facilidade.

Ele sentiu que as últimas palavras foram infelizes. Miss Bulstrode deu uma olhada para ele.

— Pelo visto, sim — disse ela secamente.

O telefone tocou. Miss Bulstrode atendeu.

— Sim?

Ela foi até o Inspetor Kelsey.

— É para o senhor.

Adam e Miss Bulstrode observaram-no enquanto ele atendia a chamada. Ele grunhiu, rabiscou algumas anotações e, finalmente, disse:

— Entendo. Alderton Priors. É em Wallshire. Sim, vamos cooperar. Sim, Superintendente. Eu continuo daqui então. — Ele pôs o telefone no gancho e ficou perdido em pensamentos um momento. Depois olhou para cima. — Sua Excelência recebeu uma nota de resgate essa manhã. Datilografada numa nova Corona. Selo postal de Portsmouth. Aposto que é um disfarce.

— Onde e como? — perguntou Adam.

— Cruzamento a três quilômetros ao Norte de Alderton Priors. Aquilo é meio que uma charneca vazia. Envelope contendo dinheiro a ser deixado na caixa postal em nome de A.A., às duas horas da manhã de amanhã.

— Quanto?

— Vinte mil. — Ele sacudiu a cabeça. — Está me cheirando a amadorismo.

— O que o senhor vai fazer? — perguntou Miss Bulstrode. Inspetor Kelsey olhou para ela. Era um homem diferente agora. A postura oficial de discrição lhe cobriu feito um manto.

— A responsabilidade não é minha, senhora. Nós temos nossos métodos.

— Eu espero que obtenham sucesso — disse Miss Bulstrode.

— Deve ser fácil — disse Adam.

— Amadorismo? — perguntou Miss Bulstrode, pegando uma palavra que eles tinham usado. — Eu fico pensando... — Depois disse repentinamente: — E a minha equipe? O que resta dela, pode-se dizer? Devo confiar nelas, ou não? — Enquanto Inspetor Kelsey hesitava, ela disse: — O senhor tem medo de que, se me disser quem *não* está limpa, eu vá acabar deixando que percebam, através das minhas maneiras. O senhor está errado. Eu não vou.

— Eu não acho que a senhora vai fazer isso. Mas não posso arcar com qualquer risco. Não parece, a princípio, que alguém de sua equipe *possa* ser a pessoa que estamos procurando. Isto é, não até onde conseguimos verificá-las. Prestamos atenção especial àquelas que são novas neste período letivo. Ou seja, Mademoiselle Blanche, Miss Springer e sua secretária, Miss Shapland. O passado de Miss Shapland é totalmente corroborado. Ela é filha de um general aposentado, ocupou os cargos que diz ter ocupado e seus antigos empregadores atestam por ela. Além disso, tem um álibi para a noite passada. Quando Miss Vansittart foi morta, Miss Shapland estava com Mr. Dennis Rathbone em um bar. Ambos são bem conhecidos lá, e Mr. Rathbone tem um excelente caráter. Os antecedentes de Mademoiselle Blanche também foram verificados. Ela lecionou em uma escola no Norte da Inglaterra e em duas escolas na Alemanha, com excelente reputação. Diz-se que é uma professora de primeira classe.

— Não para os nossos padrões — fungou Miss Bulstrode.

— Sua experiência na França também foi conferida. Quanto a Miss Springer, as coisas não são tão conclusivas. Ela fez seu treinamento onde disse, mas há algumas lacunas, já que seus períodos de trabalhos não foram completamente registrados. Já que, de todo modo, ela foi assassinada — completou o Inspetor —, isso parece eximi-la.

— Eu concordo — disse Miss Bulstrode secamente — que tanto Miss Springer quanto Miss Vansittart estão *hors de combat* como suspeitas. Vamos dizer a verdade. Mademoiselle Blanche, apesar de sua irrepreensível experiência, ainda é suspeita simplesmente porque está viva?

— Ela *poderia* ter cometido os dois assassinatos. Estava aqui, no prédio, na noite passada — disse Kelsey. — Ela *diz* que foi para a cama cedo e que dormiu e que não ouviu nada até que o alarme fosse dado. Não há evidências do contrário. Não temos nada contra ela. Mas Miss Chadwick definitivamente diz que ela é dissimulada.

Miss Bulstrode rejeitou a hipótese impacientemente.

— Miss Chadwick sempre acha as professoras de francês dissimuladas. Ela tem um problema com elas. — Olhou para Adam. — O que *você* acha?

— Eu acho que ela é intrometida — disse Adam devagar. — Pode ser apenas uma curiosidade natural. Pode ser algo mais. Não consigo me decidir. A mim, ela não *parece* uma assassina, mas como vamos saber?

— É bem isso — concordou Kelsey. — *Há* um assassino aqui, um assassino impiedoso que matou duas vezes… mas é muito difícil acreditar que seja alguém da equipe. Miss Johnson estava com a irmã dela na noite passada, em Limeston on Sea, e, de todo modo, ela trabalha aqui com a senhora há sete anos. Miss Chadwick está com a senhora desde o começo. As duas, de qualquer forma, estão absolvidas da morte de Miss Springer. Miss Rich está com a senhora há mais de um ano e estava na noite passada no Alton Grange Hotel, a trinta quilômetros daqui, Miss Blake estava com amigos, em

Littleport, Miss Rowan está com a senhora há um ano e tem bons antecedentes. Quanto aos empregados, francamente, eu não consigo ver nenhum deles como assassino. Eles são todos locais, também...

Miss Bulstrode assentiu de modo agradável.

— Eu concordo com seu pensamento. Não sobra muito, sobra? Então... — Ela parou e fixou um olhar acusatório em Adam. — Parece mesmo... que deve ser *você*.

A boca dele se abriu em espanto.

— No lugar certo — matutou ela. — Livre para ir e vir... Boa história para justificar sua presença aqui. Antecedentes em dia, mas você *poderia* ser um agente duplo, sabe?

Adam se recuperou.

— De verdade, Miss Bulstrode — disse ele, admirado —, eu tiro meu chapéu. A senhora pensa em *tudo*!

II

— Santa Mãe de Deus! — gritou Mrs. Sutcliffe na mesa do café da manhã. — Henry!

Ela tinha acabado de desdobrar o jornal.

A largura da mesa era o que havia entre ela e seu marido, já que seus hóspedes do final de semana ainda não tinham aparecido para a refeição.

Mr. Sutcliffe, que tinha o seu jornal aberto na página das finanças e estava absorto nos movimentos imprevistos de algumas ações, não respondeu.

— *Henry*!

O berro de trombeta o atingiu. Ele ergueu o rosto surpreso.

— Qual é o problema, Joan?

— O problema? Outro assassinato! Na Meadowbank! Na escola da Jennifer.

— O quê? Aqui, deixe-me ver!

Desconsiderando a observação que sua mulher fez, de que aquilo estaria também no jornal dele, Mr. Sutcliffe se debruçou na mesa e arrancou a folha de sua esposa.

— Miss Eleanor Vansittart... Pavilhão de Esportes... mesmo ponto em que Miss Springer, a professora de educação física... Hmm... Hmm...

— Eu não acredito! — Mrs. Sutcliffe se lamentava. — Meadowbank. Uma escola tão exclusiva. Realeza lá e tudo...

Mr. Sutcliffe amassou o jornal e jogou-o na mesa.

— Só há uma coisa a se fazer —disse. — Vá até lá agora e tire Jennifer da escola.

— Quer dizer, tirá-la da escola... completamente?

— É isso mesmo.

— Não acha que seria um pouco drástico demais? Depois de Rosamond ter sido tão boa e conseguido colocá-la lá?

—Você não será a única a tirar a filha de lá! Haverá muitas vagas logo, logo, na sua preciosa Meadowbank.

— Ah, Henry, você acha?

— Sim, eu acho. Há algo muito errado lá. Tire Jennifer hoje mesmo.

— Sim, é claro... Suponho que você esteja certo. O que faremos com ela?

— Mande-a para um secundário moderno em algum lugar acessível. Nesses lugares não há muitos assassinatos.

— Oh, Henry, mas há. Não se lembra? Houve um garoto que atirou na professora de ciência uma vez. Saiu na *News of the World* da semana passada.

— Eu não sei o que está acontecendo com a Inglaterra — disse Mr. Sutcliffe.

Enjoado, ele jogou seu guardanapo na mesa e saiu da sala a passos largos.

III

Adam estava sozinho no Pavilhão de Esportes... Seus dedos hábeis reviravam o conteúdo dos armários. Era improvável que encontrasse qualquer coisa em que a polícia tinha falhado, mas, afinal de contas, impossível ter certeza. E, como disse Kelsey, a técnica de cada departamento variava um pouco.

O que estava ligando esse prédio moderno e caro com mortes repentinas e violentas? A ideia de um encontro marcado estava descartada. Ninguém escolheria marcar encontro uma segunda vez no mesmo lugar em que ocorreu um assassinato. A questão voltava a ser, então, que havia algo ali que alguém estava procurando. Dificilmente um esconderijo de joias. Isso parecia descartado. Não poderia haver esconderijo secreto, gavetas falsas, fechaduras etc. E o conteúdo dos armários era lamentavelmente simples. Continuam com seus segredos, mas eram os segredos da vida escolar. Pôsteres de heróis, maços de cigarros, vez ou outra um livro barato de conteúdo indecente. Ele voltou especialmente ao armário de Shaista. Foi quando se debruçou nele que Miss Vansittart foi morta. O que Miss Vansittart esperava encontrar ali? Será que encontrou? Seu assassino tirou esse objeto de sua mão morta e depois se esgueirou para fora do prédio no exato momento em que quase era descoberto por Miss Chadwick?

Nesse caso, não adiantaria nada procurar. O que quer que fosse, teria sumido.

O som de passos lá fora o tirou de seus pensamentos. Ela estava em pé, acendendo um cigarro no meio do ginásio quando Julia Upjohn apareceu na porta, um pouco hesitante.

— Quer alguma coisa, senhorita? — perguntou Adam.

— Queria saber se posso pegar a minha raquete de tênis.

— Não vejo por que não — respondeu Adam. — O chefe da polícia me deixou aqui — explicou ele, mentindo. — Teve que voltar à delegacia para alguma coisa. Me disse para ficar aqui enquanto ele estivesse fora.

— Para ver se ele voltava, suponho — disse Julia.

— O chefe da polícia?

— Não. Quero dizer, o assassino. Eles voltam, não voltam? Voltam para a cena do crime. Eles não têm escolha. É uma compulsão.

— Você pode estar certa — disse Adam. Ele olhou para cima para as fileiras seriadas de raquetes em suas capas. — Onde está a sua?

— No U. Bem lá no final. Nossos nomes estão escritos nelas — explicou ela, apontando para a fita adesiva enquanto ele entregava a raquete a ela.

— Usou bastante — comentou Adam. — Mas já foi uma boa raquete.

— Pode me passar a de Jennifer Sutcliffe também? — perguntou Julia.

— Nova — observou Adam, apreciando enquanto entregava a raquete a ela.

— Novinha em folha — disse Julia. — A tia mandou para ela outro dia.

— Garota sortuda.

— Ela precisava mesmo de uma boa raquete. É muito boa no tênis. Sua mão esquerda tem melhorado neste período. — Ela olhou ao redor. — Você não acha que ele *vai* voltar?

Adam ficou um momento tentando entender.

— Ah, o assassino? Não, acho improvável. Um pouco arriscado, não seria?

— Você não acha que assassinos sentem que *têm* que voltar?

— Não, a menos que tenham deixado algo para trás.

— Quer dizer, uma pista? Eu gostaria de achar uma pista. A polícia encontrou alguma?

— Eles não me diriam.

— Não. Suponho que não... você está interessado no crime?

Ela olhou para ele de forma inquisidora. Ele retornou o olhar. Ainda não havia nada de mulher nela. Devia ser da mesma idade que Shaista, mas seus olhos não tinham nada mais do que investigação interessada.

— Bem, suponho que... até certo ponto... todos nós estamos.

Julia assentiu.

— Sim. Eu acho que sim também... eu consigo pensar em todo o tipo de solução, mas a maioria delas é muito extraordinária. É mais engraçado, no entanto.

— Você não gostava muito de Miss Vansittart?

— Eu nunca liguei muito para ela. Ela era ok. Um pouco como a Búfala, Miss Bulstrode, mas não igual. Mais como uma aluna num teatro. Eu não quero dizer que é engraçado ela estar morta. Sinto muito sobre isso.

Ela saiu segurando as duas raquetes.

Adam ficou no pavilhão, olhando ao redor.

— Que diabos pode haver aqui? — resmungou consigo mesmo.

IV

— Minha nossa — disse Jennifer, permitindo que a ofensiva de direita de Julia passasse por ela. — Lá está mamãe.

As duas garotas se viraram para olhar a figura agitada de Mrs. Sutcliffe, arrebanhada por Miss Rich, rapidamente chegando e gesticulando, como sempre fazia.

— Mais confusão, suponho — disse Jennifer resignadamente. — É o assassino. Você *tem* sorte, Julia, que sua mãe esteja segura em um ônibus no Cáucaso.

— Mas tem tia Isabel.

— Tias não pensam da mesma forma.

— Olá, mamãe — disse Jennifer, enquanto Mrs. Sutcliffe chegava.

— Você precisa vir e fazer suas malas, Jennifer. Eu vou te levar de volta comigo.

— Para casa?

— Sim.

— Mas... não de vez? Para sempre?

— Sim, é isso.

— Mas você não pode... É sério. Meu tênis melhorou como nunca. Eu tenho chances muito boas de ganhar algumas partidas, e Julia e eu *podemos* ganhar como dupla, embora acho que seja improvável.

— Você vem para casa hoje.

— Por quê?

— Não faça perguntas.

— Suponho que seja por causa de Miss Springer e Miss Vansittart terem sido mortas. Mas ninguém está assassinando nenhuma das meninas. Eu tenho certeza de que não iriam querer isso. E o Dia do Esporte é dentro de algumas semanas. Eu *acho* que posso ganhar em salto a distância e tenho boas chances na corrida com obstáculos.

— Não discuta comigo, Jennifer. Você vai vir comigo hoje. Seu pai insiste.

— Mas, mamãe...

Discutindo persistentemente, Jennifer foi em direção à casa ao lado da mãe.

De repente ela se virou e correu de volta para a quadra de tênis.

— Adeus, Julia. Mamãe parece que está com a corda toda. Papai também, aparentemente. Doentio, não é? Adeus, eu vou escrever para você.

— Eu vou escrever para você também e contar tudo o que acontecer.

— Espero que não matem a Chaddy agora. Prefiro que seja Mademoiselle Blanche, você não acha?

— Sim. Ela é a mais dispensável. Eu falo, você notou o quanto Miss Rich estava brava?

— Ela não disse uma palavra. Está furiosa com a mamãe por ter vindo me buscar.

— Talvez ela a impeça. Ela é muito enérgica, não é? Não tem ninguém como ela.

— Ela me lembra alguém — disse Jennifer.

— Eu não acho que seja parecida com ninguém. Sempre pareceu bem diferente.

— Ah, sim. Ela é diferente. Eu quis dizer na aparência. Mas a pessoa que eu conheci era bem gorda.

— Eu não consigo imaginar Miss Rich gorda.

— Jennifer — chamou Mrs. Sutcliffe.

— Eu acho mesmo que os pais são cansativos — disse Jennifer, irritada. — Confusão, confusão, confusão. Eles nunca param. Eu acho até que você tem sorte de...

— Eu sei. Você já disse isso. Mas neste momento, deixa eu te dizer uma coisa, eu queria que a minha mãe estivesse bem mais perto e *não* em um ônibus na Anatólia.

— *Jennifer...*

— Estou indo...

Julia caminhou lentamente na direção do Pavilhão de Esportes. Seus passos foram ficando cada vez mais lentos até enfim pararem completamente. Ela ficou em pé ali, perdida em pensamentos.

A sineta do almoço tocou, mas quase não foi ouvida. Ela olhou para baixo, para a raquete que estava segurando, se moveu mais alguns passos pelo caminho, depois deu meia--volta e marchou determinada para a casa. Entrou pela porta da frente, o que não era permitido, e assim evitou encontrar qualquer uma das outras garotas. O corredor estava vazio. Ela correu escadas acima para o seu quartinho, olhou ao redor afoitamente, depois ergueu o colchão e enfiou a raquete debaixo dele. Depois, às pressas, arrumando os cabelos, desceu as escadas de maneira recatada até a sala de jantar.

Capítulo 17

A caverna de Aladim

As garotas foram para cama naquela noite mais silenciosamente do que o normal. Primeiro porque estavam em número reduzido. Ao menos trinta tinham ido para casa. As outras reagiram de acordo com suas várias disposições. Animação, trepidação, uma certa quantidade de puro riso nervoso, e lá estavam algumas meramente quietas e pensativas.

Julia Upjohn subiu em silêncio no meio da primeira onda. Entrou em seu quarto e fechou a porta. Ficou lá em pé, ouvindo cochichos, risadas, passos e boas-noites. Depois o silêncio se abateu... ou quase. Vozes fracas ecoavam ao longe e passos iam e voltavam do banheiro.

Não havia fechadura. Julia puxou uma cadeira e colocou-a contra a porta, com a parte de cima prendendo a maçaneta. Aquilo daria a ela algum aviso se alguém tentasse entrar. Mas era provável que ninguém tentasse. Era estritamente proibido às garotas entrar no quarto umas das outras, e a única professora que o fazia era Miss Johnson, se alguma das garotas estivesse doente ou coisa parecida.

Julia foi até a cama, ergueu o colchão e tateou embaixo. Tirou a raquete de tênis e ficou segurando-a por um momento. Decidiu examiná-la naquele momento e não depois. Uma luz aparecendo por baixo da porta de seu quarto poderia chamar atenção quando todas as luzes devessem estar apagadas. Agora era a hora, quando uma luz acesa seria normal para se despir e para ler na cama até dez e meia, se quisesse.

Ela ficou em pé olhando para a raquete. Como poderia haver algo escondido numa raquete de tênis?

— Mas deve haver — disse Julia a si mesma. — *Deve* haver. O roubo na casa da Jennifer, a mulher que veio com aquela história besta sobre uma nova raquete...

"Só Jennifer teria acreditado naquilo", pensou Julia com desdém.

Não, era o caso de "novas lâmpadas no lugar das velhas", e isso significava, como em Aladim, que havia *alguma coisa* nessa raquete específica. Jennifer e Julia nunca mencionaram a ninguém que tinham trocado, ou, ao menos, ela mesma não comentara.

Então, na verdade, *esta* era a raquete que todos estavam procurando no Pavilhão de Esportes. E ela tinha que descobrir por quê! Examinou-a cuidadosamente. Não havia nada incomum com relação à sua aparência. Era uma raquete de boa qualidade, um tanto desgastada, mas reencordoada e bastante usável. Jennifer tinha reclamado do equilíbrio.

O único lugar possível para se esconder algo em uma raquete de tênis era no cabo. Era possível, ela supôs, deixar o cabo oco para criar um esconderijo. Soava um pouco exagerado, mas era possível. E se tinham mexido no cabo, aquilo provavelmente *teria* comprometido o equilíbrio.

Havia uma tira de couro com algo escrito, as letras quase todas desgastadas. Aquilo, é claro, estava só grudado ali. E se removesse? Julia se sentou em sua escrivaninha e atacou-a com um canivete, conseguindo arrancar o couro. Dentro havia uma rodela fina de madeira. Não parecia muito certa. Havia uma junção em todo o entorno. Julia cavoucou com o canivete. A lâmina quebrou. Uma tesoura de unha seria mais eficaz. Ela conseguiu finalmente remover a madeira. Uma substância sarapintada de azul e vermelho se revelou. Julia cutucou-a e teve uma iluminação. *Massinha de modelar!* Mas é claro que cabos de raquetes de tênis em geral não continham massinha de modelar. Ela pegou a tesourinha de unha com firmeza e começou a arrancar pedaços da massa. Estavam recobrindo algo. Coisas que pareciam botões ou seixos.

Ela atacou a massa de modelar vigorosamente.

Algo rolou na mesa, e depois mais outra coisa. Enfim, várias coisas rolaram.

Julia se inclinou para trás e arfou.

Ficou encarando sem tirar os olhos...

Fogo líquido, vermelho e verde e azul-escuro e branco atordoante...

Naquele momento, Julia cresceu. Ela não era mais criança. Tornou-se uma mulher. Uma mulher olhando para joias...

Todo os tipos de pensamentos fragmentados corriam por seu cérebro. A caverna de Aladim... Marguerite e seu porta-joias... (Elas haviam sido levadas a Covent Garden para ver Fausto, na semana passada...) Pedras fatais... O diamante Hope... Romance... Ela mesma em um vestido de veludo preto com um chamativo colar no pescoço...

Ela ficou sentada, regozijou-se e sonhou... Segurou as pedras entre seus dedos e deixou-as cair em um regato de fogo, um fluxo cintilante de maravilha e deleite.

E depois alguma coisa, talvez algum som discreto, chamou de volta a si.

Julia se sentou pensativa, tentando usar o bom senso, decidindo o que deveria fazer. Aquele som leve a tinha assustado. Catou as pedras, levou-as até a pia, enfiou-as na bolsinha da esponja e guardou a esponja e a escova de unhas por cima. Depois voltou à raquete de tênis, forçou a massa de modelar de volta para dentro do cabo, recolocou a tampa de madeira e tentou colar o couro por cima outra vez. Enrolou-se, mas conseguiu arrumá-lo aplicando um esparadrapo do lado oposto até em cima, em tiras finas, e depois pressionando o couro contra as tiras.

Estava feito. A raquete parecia como antes, só o peso levemente alterado. Ela olhou para o objeto e depois atirou-o sem cuidado numa cadeira.

Olhou para sua cama, cuidadosamente ajeitada e convidativa. Mas não se despiu. Em vez disso, sentou-se ouvindo. Eram passos lá fora?

De repente e inesperadamente ela sentiu medo. Duas pessoas tinham sido mortas. Se alguém soubesse o que ela tinha encontrado, *ela* seria morta...

Havia uma cômoda de carvalho razoavelmente pesada no quarto. Ela conseguiu arrastá-la até a porta, desejando que fosse um costume da Meadowbank disponibilizar chaves nas fechaduras. Foi até a janela, puxou o caixilho de cima e o trancou. Não havia nenhuma árvore crescendo perto da janela e nenhuma trepadeira. Ela duvidava de que fosse possível alguém entrar por ali, mas não ia arriscar.

Olhou para o relógio. Dez e meia. Respirou fundo e apagou a luz. Ninguém deve notar nada incomum. Ela puxou um pouco a cortina. A lua estava cheia e ela conseguia ver a porta claramente. Depois sentou-se na beirada da cama. Em sua mão, segurava o sapato mais pesado que possuía.

— Se alguém tentar entrar — disse Julia a si mesma —, eu vou bater na parede o mais forte que conseguir. Mary King está no quarto ao lado e isso vai acordá-la. *E* eu vou gritar... o mais alto que puder. Então, se muitas pessoas vierem, vou dizer que tive um pesadelo. Qualquer um pode ter um pesadelo depois de toda as coisas que aconteceram aqui.

Ela ficou sentada e o tempo passou. Então ela ouviu algo: passos suaves pelo corredor. Ela o ouviu parar do lado de fora de sua porta. Uma longa pausa e ela viu a maçaneta girar lentamente.

Ela deveria gritar? Ainda não.

A porta foi empurrada, só uma fresta, mas a cômoda segurou. Aquilo deve ter intrigado a pessoa do lado de fora.

Outra pausa, e então houve uma batida, uma batida muito gentil à porta.

Julia segurou a respiração. Uma pausa, e então veio outra batida, ainda macia e abafada.

"Estou dormindo", disse Julia a si mesma. "Eu não ouço *nada.*"

Quem viria bater à sua porta no meio da noite? Se fosse alguém que tinha o direito de bater, teria chamado, sacudido a maçaneta, feito algum barulho. Mas essa pessoa não podia fazer barulho...

Por um longo tempo, Julia ficou sentada ali. A batida não se repetiu, a maçaneta ficou imóvel. Mas Julia ficou sentada tensa e alerta.

Ficou assim por um bom tempo. Ela mesma nunca soube por quanto tempo até que o sono a venceu. A sineta da escola finalmente a acordou, deitada encolhida e desconfortável na beirada da cama.

II

Depois do café da manhã, as garotas subiram e arrumaram suas camas, depois desceram para as preces no grande saguão e finalmente se dispersaram para várias salas de aula.

Foi durante o último exercício, quando as garotas corriam em diferentes direções, que Julia entrou em uma sala, saiu por uma porta mais distante, se juntou a um grupo que corria em torno da casa, pulou os rododendros, deu uma série de outros pulos estratégicos e chegou finalmente perto do muro do terreno, onde um limoeiro tinha crescido espesso quase até o chão do outro lado. Julia subiu na árvore com facilidade; tinha subido em árvores toda a sua vida. Completamente escondida nos galhos cheios, ela se sentou, olhando de tempos em tempo no relógio. Estava quase certa de que não notariam sua falta por algum tempo. As coisas estavam desorganizadas, com duas professoras a menos, e mais da metade das garotas fora. Aquilo significava que todas as aulas teriam que ser reorganizadas, então ninguém seria capaz de observar a ausência de Julia Upjohn até a hora do almoço, e até lá...

Julia olhou no relógio de novo, desceu com facilidade da árvore até o nível do muro e sentou-se com uma perna de cada lado do muro e pulou para o outro lado. A uns cem metros de distância, havia um ponto que deveria receber um ônibus em poucos minutos. E assim devidamente aconteceu, e Julia esticou o braço e embarcou nele, já tendo agora retirado um chapéu de feltro de dentro de seu vestido de algodão e o colocado sobre seu cabelo levemente desgrenhado. Ela desceu na estação e pegou um trem para Londres.

Em seu quarto, sobre o lavatório, deixara um bilhete endereçado a Miss Bulstrode.

Cara Miss Bulstrode,
  Não fui sequestrada nem fugi, então não se preocupe.
Eu voltarei tão logo puder.
  Atenciosamente,
  Julia Upjohn

III

Na Whitehouse Mansions, número 228, George, o imaculado valete e criado de Hercule Poirot, abriu a porta e contemplou com certa surpresa uma estudante com a cara um pouco suja.

— Posso falar com o Monsieur Hercule Poirot, por favor?

George levou um momento a mais do que o usual para responder. Achou a requerente inesperada.

— Mr. Poirot não recebe ninguém sem horário marcado.

— Receio não ter tempo para isso. Preciso mesmo vê-lo agora. É muito urgente. É sobre uns assassinatos, e um roubo, e coisas desse tipo.

— Eu vou verificar — disse George — se Mr. Poirot poderá recebê-la.

Ele a deixou no saguão e se retirou para consultar seu mestre.

— Uma senhorita, senhor, que deseja vê-lo com urgência.

— Eu aposto que sim — disse Hercule Poirot. — Mas as coisas não funcionam assim tão facilmente.

— Foi isso que eu disse a ela, senhor.

— Que tipo de senhorita?

— Bem, senhor, é mais uma garotinha.

— Uma garotinha? Uma jovem senhorita? Está se referindo a qual das opções, George? Não é a mesma coisa.

— Receio que o senhor não tenha entendido o significado, senhor. Ela é, eu deveria dizer, uma garotinha, em idade escolar, devo dizer. Mas, embora seu vestido esteja sujo e inclusive rasgado, é essencialmente uma jovem senhorita.

— Um termo social. Eu entendo.

— E ela quer falar com o senhor sobre alguns assassinatos e um roubo.

As sobrancelhas de Poirot se ergueram.

— *Alguns* assassinatos e *um roubo*. Original. Faça a garotinha, a jovem senhorita, entrar.

Julia entrou na sala com apenas um leve vestígio de timidez. Falou educadamente e com bastante naturalidade.

— Como vai, Monsieur Poirot? Eu sou Julia Upjohn. Acho que o senhor conhece uma grande amiga da mamãe, Mrs. Summerhayes. Nós ficamos hospedadas na casa dela no verão passado e ela falou muito do senhor.

— Mrs. Summerhayes... — A mente de Poirot voltou ao vilarejo que ficava sobre uma colina e a uma casa no topo daquela colina.

Ele se lembrou de um rosto sardento encantador, um sofá com molas quebradas, uma enorme quantidade de cachorros e outras coisas tanto agradáveis quanto desagradáveis.

— Maureen Summerhayes — disse ele. — Ah, sim.

— Eu a chamo de tia Maureen, mas ela não é minha tia de verdade. Ela nos contou como o senhor foi maravilhoso e salvou um homem que estava na prisão por assassinato, e como eu não sabia mais quem procurar, pensei no senhor.

— Estou honrado — disse Poirot seriamente. Ele pegou uma cadeira para ela. — Agora me conte. George, meu empregado, me disse que a senhorita queria me consultar sobre um roubo e não um, mas alguns assassinatos, então?

— Sim. Miss Springer e Miss Vansittart. E, é claro, há o sequestro também, mas isso eu não acho que seja da minha conta.

— Você me desnorteou — disse Poirot. — Onde se passaram todos esses acontecimentos emocionantes?

— Na minha escola... Meadowbank.

— Meadowbank! — exclamou Poirot. — Ah. — Ele estendeu a mão até os jornais cuidadosamente dobrados ao lado dele. Desdobrou um e olhou a primeira página, acenando com a cabeça. — Começo a compreender. Agora, conte-me, Julia, conte-me tudo desde o início.

Julia contou a ele. Era uma história bem longa e abrangente, mas ela contou claramente, com ocasional pausa para voltar a alguma coisa que tinha esquecido.

Ela trouxe a história até o momento em que examinara a raquete de tênis em seu quarto na noite anterior.

— Entenda, eu pensei que era como em Aladim... novas lâmpadas no lugar das velhas... e que devia haver algo naquela raquete de tênis.

— E havia?

— Sim.

Sem modéstia, Julia ergueu sua saia, rolou para cima a perna de sua calçola quase até a coxa e expôs o que parecia ser um cataplasma cinza preso com esparadrapo na parte de cima da perna.

Ela arrancou as tiras de esparadrapo, pronunciando um agoniado "ai" enquanto o fazia, e liberou o cataplasma, que Poirot agora percebia ser um pacote embrulhado em um pedaço de esponja plástica. Julia desfez o embrulho e, sem aviso, derramou um monte de pedras reluzentes na mesa.

— *Nom d'un nom d'un nom*! — exclamou Poirot em um sussurro assombroso. Ele as juntou, deixando-as correr por entre os dedos. — *Nom d'un nom d'un nom*! — Mas elas são *reais*. Genuínas.

Julia assentiu.

— Eu acho que devem ser. Não haveria assassinatos se não fossem, não é? Eu até consigo entender pessoas matando por *elas*!

E, de repente, como havia acontecido na noite anterior, uma mulher olhou pelos olhos da criança.

Poirot a admirou intensamente e assentiu.

— Sim, você entende... Você sente o feitiço. Elas não podem ser só brinquedos bonitos e coloridos para você ... É uma pena.

— São *joias*! — disse Julia, em tom de êxtase.

— E você as encontrou, conforme contou, em uma raquete de tênis?

Julia terminou suas considerações.

— E agora falta alguma coisa?

— Acho que não. Eu posso talvez ter exagerado um pouco aqui e ali. Eu exagero mesmo, às vezes. Agora, a Jennifer, minha melhor amiga, ela é o oposto. Ela consegue transformar as coisas mais instigantes nas mais enfadonhas. — Ela olhou novamente para o monte brilhante. — Monsieur Poirot, a quem essas pedras pertencem?

— Provavelmente é muito difícil dizer. Mas elas não pertencem nem a você, nem a mim. Nós temos que decidir o que fazer agora.

Julia olhou para ele com ansiedade.

— Você confia em mim? Que bom.

Hercule Poirot fechou os olhos.

De repente os abriu e se tornou vivaz.

— Parece que essa é uma ocasião em que não posso, como gosto de fazer, permanecer na minha cadeira. Deve haver ordem e método, mas, pelo que você me conta, não há ordem e método. E isso porque temos aqui muitos fios. Mas todos convergem e se encontram em um lugar, Meadowbank. Pessoas diferentes, com diferentes objetivos e representando diferentes interesses... todas convergem em Meadowbank. Então eu também vou à Meadowbank. E quanto a você, onde está sua mãe?

— Mamãe partiu em um ônibus para Anatólia.

— Ah, sua mãe partiu em um ônibus para Anatólia. *Il ne manquait que ça*! Eu bem vejo que ela deve ser amiga de Mrs. Summerhayes! Diga, a senhorita gostou da sua visita a Mrs. Summerhayes?

— Ah, sim, foi muito divertida. Ela tem cachorros adoráveis.

— Os cachorros, sim, eu me lembro bem.

— Eles entram e saem pelas janelas, como em uma pantomima.

— É verdade! E a comida? Gostou da comida?

— Bem, era um pouco peculiar às vezes — admitiu Julia.

— Peculiar, sim, de fato.

— Mas tia Maureen faz omeletes deliciosos.

— Ela faz mesmo omeletes deliciosos. — A voz de Poirot estava feliz. Ele suspirou. — Então, Hercule Poirot não vive em vão — ele disse. — Fui *eu* quem ensinou a sua tia Maureen a fazer omeletes.

Ele tirou o telefone do gancho.

— Nós vamos agora assegurar à sua boa diretora que a senhorita está em segurança e anunciar a minha chegada com a senhorita à Meadowbank.

— Ela sabe que estou bem. Eu deixei um bilhete dizendo que não tinha sido sequestrada.

— Mesmo assim, ela vai querer receber notícias suas.

Em algum tempo, ele foi conectado e informado de que Miss Bulstrode estava na linha.

— Ah, Miss Bulstrode? Meu nome é Hercule Poirot. Eu tenho aqui comigo sua pupila Julia Upjohn. Proponho levá-la de carro até a escola imediatamente e, para a informação do oficial de polícia encarregado do caso, um pacote de algum valor foi depositado no banco em segurança.

Ele desligou e olhou para Julia, sugerindo:

— Gostaria de um *xarope?*

— Xarope dourado? — Julia olhou duvidosa.

— Não, um xarope de suco de fruta. Cassis, framboesa, *groseille*... quer dizer, groselha vermelha?

Julia se decidiu pelo de groselha vermelha.

— Mas as pedras não estão no banco — apontou ela.

— Vão estar daqui a pouco — disse Poirot. — Mas, para o bem daqueles que têm ouvidos em Meadowbank, ou que ouvem secretamente, ou ficam sabendo, é melhor pensar que já estão lá e não mais com a senhorita. Para tirar pedras de um banco, é preciso de tempo e organização. E eu não gostaria que nada acontecesse com a senhorita, minha criança. Admito que criei uma opinião elevada da sua coragem e de seus meios.

Julia ficou satisfeita, mas envergonhada.

Capítulo 18

Consulta

Hercule Poirot tinha se preparado para enfrentar qualquer preconceito insular que uma diretora poderia ter contra estrangeiros idosos com sapatos pontudos de couro envernizado e longos bigodes. Mas ficou agradavelmente surpreso. Miss Bulstrode o saudou com um desembaraço cosmopolita. Ela também, para sua satisfação, sabia tudo sobre ele.

— Foi muito gentil de sua parte, Monsieur Poirot, ligar tão prontamente e aliviar nossa ansiedade. Ainda mais porque ela sequer tinha começado. Não sentimos sua falta no almoço, sabe, Julia — completou ela, voltando-se para a garota. — Vieram buscar tantas garotas esta manhã, e havia tantas lacunas na mesa, que metade da escola poderia não estar lá, eu acho, sem que qualquer apreensão fosse despertada. São circunstâncias incomuns — disse ela, mais uma vez para Poirot. — Garanto que não seríamos tão descuidadas normalmente. Quando recebi seu telefonema — continuou ela —, fui ao quarto de Julia e encontrei o bilhete que ela havia deixado.

— Eu não queria que a senhora pensasse que eu havia sido sequestrada, Miss Bulstrode — disse Julia.

— Eu aprecio seu gesto, mas acho, Julia, que você deveria ter me contado o que estava planejando fazer.

— Eu pensei que seria melhor não contar — disse Julia, e adicionou inesperadamente: — *Les oreilles ennemies nous écoutent.*

— Mademoiselle Blanche não parece ter feito muita coisa ainda para melhorar seu sotaque — disse Miss Bulstrode, abruptamente. — Mas eu não vou repreendê-la, Julia. — Ela olhou de Julia para Poirot. — Agora, por favor, eu gostaria de ouvir exatamente o que aconteceu.

— A senhora me permite? — perguntou Hercule Poirot. Ele cruzou a sala, abriu a porta e olhou para fora. Fez um gesto exagerado ao fechá-la. E retornou radiante. — Estamos sós — disse misteriosamente. — Podemos prosseguir.

Miss Bulstrode olhou para ele, depois para a porta, depois olhou para Poirot novamente. Suas sobrancelhas se ergueram. Ele respondeu ao olhar com firmeza. Muito lentamente, Miss Bulstrode inclinou a cabeça. Depois, retomando seu jeito brusco, ela disse:

— Então, Julia, vamos ouvir tudo o que você sabe.

Julia mergulhou em suas considerações. A troca das raquetes, a mulher misteriosa. E finalmente a descoberta do que a raquete continha. Miss Bulstrode se voltou para Poirot. Ele assentiu gentilmente.

— Mademoiselle Julia contou tudo corretamente. Eu me encarreguei do que ela me levou. Está guardado em um banco em segurança. Portanto, acho que a senhora não precisa mais esperar outros acontecimentos de natureza desagradável aqui.

— Entendo — disse Miss Bulstrode. — Sim, entendo... — Ela ficou em silêncio por um momento e então disse: — O senhor acha sensato que Julia permaneça aqui? Ou seria melhor ela ir para a casa de sua tia em Londres?

— Ah, por favor — disse Julia —, deixe-me ficar aqui.

— Você está feliz aqui então? — perguntou Miss Bulstrode.

— Eu amo a escola — respondeu Julia. — E, além disso, têm acontecido tantas coisas instigantes.

— Essa *não* é uma característica normal da Meadowbank — corrigiu Miss Bulstrode de modo seco.

— Eu acho que Julia não estará em perigo aqui agora — afirmou Hercule Poirot. E olhou novamente na direção da porta.

— Acho que entendo — disse Miss Bulstrode.

— Mas para isso — disse Poirot — deve haver discrição. A senhorita sabe ser discreta, eu imagino? — completou ele, olhando para Julia.

— Monsieur Poirot quer dizer — acrescentou Miss Bulstrode — que ele gostaria que você segurasse a língua sobre o que encontrou. Não falasse sobre isso com as outras garotas. Consegue segurar a língua?

— Sim — respondeu Julia.

— É uma história muito boa para contar às amigas — disse Poirot. — Sobre o que você encontrou em uma raquete de tênis na calada da noite. Mas há razões importantes para aconselharmos que não o faça.

— Eu entendo — disse Julia.

— Posso confiar em você, Julia? — insistiu Miss Bulstrode.

— A senhora pode confiar em mim. Juro por Deus.

Miss Bulstrode sorriu.

— Eu espero que a sua mãe esteja logo em casa — disse.

— Mamãe? Ah, eu espero mesmo.

— Eu soube pelo Inspetor Kelsey — disse Miss Bulstrode — que todos os esforços estão sendo feitos para entrarmos em contato com ela. Infelizmente, os ônibus em Anatólia estão sujeitos a atrasos inesperados e nem sempre andam no horário.

— Eu posso contar para a mamãe, não posso? — perguntou Julia.

— É claro. Bem, Julia, está tudo arranjado. É melhor você ir agora.

Julia partiu, fechando a porta ao sair. Miss Bulstrode lançou um olhar duro para Poirot.

— Eu o compreendi corretamente, se não me engano. Agora mesmo o senhor fez uma grande encenação para fechar a porta. E, na verdade, deixou-a de propósito levemente aberta.

Poirot assentiu.

— Para que o que dissemos pudesse ser ouvido?

— Sim, se houvesse alguém que quisesse ouvir. Foi uma precaução de segurança para a criança. As notícias do que ela encontrou precisam circular, com o fato de que estão seguras em um banco, e não em posse dela.

Miss Bulstrode olhou para ele por um momento, depois apertou os lábios soturnamente e disse:

— Tem que haver um fim para isso tudo.

II

— A ideia é — disse o Chefe da Polícia — que tentemos juntar nossas suposições e informações. Estamos muito contentes de tê-lo conosco, Monsieur Poirot — completou. — Inspetor Kelsey lembra-se muito bem do senhor.

— Faz muitos anos — disse Inspetor Kelsey. — O Inspetor Chefe Warrender estava no comando do caso. Eu era meramente um sargento novato, conhecendo o meu lugar.

— O cavalheiro chamado, pelo bem da conveniência por nós de Mr. Adam Goodman, não é conhecido do senhor, Monsieur Poirot, mas acredito que o senhor conheça seu... seu... ahn... chefe. Divisão Especial — completou ele.

— Coronel Pikeaway? — indagou Hercules Poirot atenciosamente.

— Ah, sim, faz um tempo que não o vejo. Ele ainda é dorminhoco como sempre foi? — perguntou a Adam.

Adam riu.

— Vejo que o conhece muito bem, Monsieur Poirot. Eu nunca o vi muito acordado. Quando o vir, saberei que ao menos uma vez ele não está prestando atenção no que está acontecendo.

— Isso é verdade, meu amigo. Muito bem observado.

— Agora — disse o Chefe da Polícia —, vamos aos fatos. Não devo me adiantar e dar minhas próprias opiniões. Estou aqui para ouvir o que os homens que realmente estão trabalhando no caso sabem e pensam. Há muitos lados nisso tudo, e uma coisa eu talvez tenha que mencionar primeiro. Digo isso como resultado de representações que me foram feitas de, ahn... vários quadrantes acima. — Ele olhou para Poirot. — Digamos que uma garotinha, uma colegial, foi até o senhor com uma bela história de algo que ela havia encontrado no cabo oco de uma raquete de tênis. Muito instigante para ela. Uma coleção, devo dizer, de pedras coloridas, artificiais, boa imitação, algo do tipo... ou até mesmo pedras semipreciosas que com frequência parecem tão atraentes quanto as mais valiosas. De qualquer forma, vamos dizer que a criança ficaria muito animada em encontrá-las. Ela pode ter exagerado nas ideias do seu valor. Isso é bem possível, não acham? — Ele olhou bem diretamente para Hercule Poirot.

— Parece bem eminentemente possível — disse Hercule Poirot.

— Bom — continuou o Chefe da Polícia. — Já que a pessoa que trouxe essas, ahn... pedras coloridas para o país fez isso sem saber e inocentemente, nós não queremos que surja qualquer questionamento sobre contrabando ilegal. Então, há a questão da nossa política estrangeira. As coisas, sou levado a entender, estão meio... delicadas no momento. Quando tudo se resume a um grande interesse em petróleo, depósitos minerais e todo esse tipo de coisa, temos que lidar com o governo que está no poder, seja qual for. Não queremos que surja nenhuma questão estranha. Não se pode manter um assassinato fora do noticiário, e o assassinato não ficou fora do noticiário. Mas não houve menção alguma a joias relacionadas ao caso. Até o presente, para quaisquer medidas, não precisa haver.

— Eu concordo — respondeu Poirot. — Deve-se sempre considerar complicações internacionais.

— Exatamente — disse o Chefe da Polícia. — Eu acho que estou certo ao dizer que o falecido regente de Ramat era considerado um amigo deste país, e que os poderes constituídos desejam que sua vontade, a respeito de qualquer propriedade sua que possa estar aqui, seja realizada. O que isso significa, suponho, ninguém sabe até o presente. Se o novo governo de Ramat está reivindicando certa propriedade que alega lhe pertencer, será muito melhor se não soubermos nada sobre tal propriedade estar neste país. Uma recusa completa seria falta de tato.

— Ninguém faz recusas completas na diplomacia — disse Hercule Poirot. — Diz-se, em vez disso, que o assunto deverá receber maior atenção, mas que no momento não se sabe de nada definido sobre qualquer pequeno… pé-de-meia, digamos, que o falecido regente de Ramat pudesse possuir. Pode ainda estar em Ramat, pode estar guardado com um amigo fiel do falecido Príncipe Ali Yusuf, pode ter sido levado do país por meia dúzia de pessoas diferentes, pode estar escondido em algum lugar na cidade de Ramat mesmo. — Ele deu de ombros. — Ninguém simplesmente sabe de nada.

O Chefe da Polícia deu um suspiro.

— Obrigado. Foi exatamente o que eu quis dizer. Monsieur Poirot, o senhor tem amigos no mais alto escalão deste país. Eles depositam muita confiança no senhor. Extraoficialmente, gostariam de deixar um certo artigo em suas mãos, se não tiver objeções.

— Eu não tenho objeções — disse Poirot. — Vamos deixar as coisas como estão. Temos coisas mais sérias para considerar, não temos? — Ele olhou para os homens ao redor.

— Ou os senhores não acham? Mas, afinal de contas, o que

são três quartos de um milhão ou algo do tipo em comparação à vida humana?

— Está certo, Monsieur Poirot — respondeu o Chefe de Polícia.

— O senhor está sempre certo — disse Inspetor Kelsey. — O que queremos é encontrar o assassino. Ficaremos contentes em saber sua opinião, Monsieur Poirot, porque é basicamente uma questão de tentativa e erro, e sua tentativa é sempre tão boa quanto a última e, às vezes, melhor. A coisa toda é como um novelo de lã emaranhado.

— Muito bem colocado — disse Poirot. — Alguém precisa lidar com o emaranhado de lã e puxar a cor que procuramos, a cor do assassino. Certo?

— Certo.

— Então me diga, se não for tedioso demais para o senhor se entregar à repetição de tudo o que é sabido até agora.

Ele se acomodou para ouvir.

Ele ouviu o Inspetor Kelsey e ouviu Adam Goodman. Ouviu o breve resumo do Chefe de Polícia. Depois se recostou, fechou os olhos e lentamente assentiu.

— Dois assassinatos — disse — cometidos no mesmo lugar e grosso modo nas mesmas condições. Um sequestro. O sequestro de uma garota que pode ser a figura central da trama. Vamos primeiro nos certificar de *por que* ela foi sequestrada.

— Eu posso contar o que ela mesma falou — disse Kelsey.

Ele fez isso, e Poirot ouviu.

— Não faz sentido — reclamou o detetive.

— Foi o que pensei na época. Na verdade, pensei que ela estivesse se fazendo de importante...

— Mas permanece o fato de ela *foi* sequestrada. Por quê?

— Houve pedidos de resgate — disse Kelsey lentamente —, mas... — Ele parou.

— Mas você acha que foram falsos? Foram enviados simplesmente para sustentar a teoria do sequestro?

— Correto. Os combinados feitos não foram mantidos.

— Então Shaista foi sequestrada por alguma razão. Que razão?

— Para que pudesse ser forçada a contar onde as... os valores estão escondidos? — sugeriu Adam em dúvida.

Poirot sacudiu a cabeça.

— Ela não sabia onde estavam escondidos. Isso, ao menos, está claro. Não, deve haver alguma coisa...

Sua voz sumiu. Ele ficou em silêncio, franzindo a testa, por um momento. Depois sentou-se ereto e fez uma pergunta.

— Os joelhos dela. Você reparou nos joelhos dela?

Adam ficou olhando atônito.

— Não. Por que eu deveria?

— Há muitas razões pelas quais um homem repara nos joelhos de uma garota — disse Poirot severamente. — Infelizmente, você não reparou.

— Havia algo estranho em seus joelhos? Uma cicatriz? Algo do tipo? Eu não saberia. Todas elas usam meia-calça a maior parte do tempo e suas saias ficam abaixo do joelho.

— Na piscina, talvez? — sugeriu Poirot, esperançoso

— Nunca a vi entrar na piscina — disse Adam. — Fria demais para ela, eu acredito. Está mais acostumada com clima quente. Onde o senhor quer chegar? Uma cicatriz? Algo do tipo?

— Não, não, nada disso. Ah, bem, é uma pena.

Ele se voltou para o Chefe da Polícia.

— Com a sua permissão, eu comunicarei ao meu velho amigo, o Préfet de Genebra. Acho que ele poderá nos ajudar.

— Com relação a algo que aconteceu quando ela estava na escola lá?

— É possível, sim. O senhor permite? Bom. É só uma pequena ideia minha. — Ele hesitou e disse: — A propósito, não saiu nada nos jornais sobre o sequestro?

— O Emir Ibrahim foi bem insistente.

— Mas eu notei uma pequena observação em uma coluna de fofoca. Sobre uma certa senhorita estrangeira que tinha deixado a escola repentinamente. Um romance florescendo, a colunista sugeriu? A ser cortado pela raiz, se possível!

— Essa era a minha ideia — disse Adam. — Parece uma boa linha a se seguir.

— Admirável. Então, agora, passamos de sequestro para algo mais sério. Assassinato. Dois assassinatos na Meadowbank.

Capítulo 19

A consulta continua

— Dois assassinatos na Meadowbank — repetiu Poirot atenciosamente.

— Nós contamos ao senhor os fatos — disse Kelsey. — Se tiver qualquer ideia...

— Por que o Pavilhão de Esportes? — indagou Poirot. — Essa era a sua pergunta, não era? — disse a Adam. — Bem, agora nós temos a resposta. Porque no Pavilhão de Esportes é que estava guardada a raquete de tênis que continha uma fortuna em joias. Alguém sabia daquela raquete. Quem? Poderia ser Miss Springer mesmo. Ela era, todos dizem, um tanto peculiar em relação ao Pavilhão de Esportes. Não gostava que as pessoas fossem lá... sem autorização, quero dizer. Ela parecia suspeitar de seus motivos. Particularmente no caso de Mademoiselle Blanche.

— Mademoiselle Blanche — disse Kelsey com atenção.

Hercule Poirot de novo falou com Adam:

— Você considerou estranhos os modos de Mademoiselle Blanche em relação ao Pavilhão de Esportes?

— Ela dava explicações — afirmou Adam. — Explicações demais. Eu nunca teria questionado seu direito de estar lá se ela não tivesse se preocupado tanto em explicar.

Poirot assentiu.

— Exatamente. Isso decerto levanta suspeitas. Mas tudo o que *sabemos* é que Miss Springer foi morta no Pavilhão de

Esportes à uma da manhã quando não tinha nada que estar lá. — Ele se virou para Kelsey. — Onde Miss Springer estava antes de ir para a Meadowbank?

— Não sabemos — disse o Inspetor. — Ela deixou seu último emprego em... — ele mencionou uma escola famosa — no verão passado. Onde esteve desde quando não sabemos.
— E completou secamente: — Não houve oportunidade de fazer perguntas antes de ela morrer. Ela não tinha parentes próximos nem, aparentemente, amigos.

— Ela *poderia* ter estado em Ramat, então — disse Poirot, pensativo.

— Eu acredito que havia um grupo de professoras lá na época da confusão — disse Adam.

— Vamos supor então que ela estivesse lá, e que de algum modo soube da raquete de tênis. Vamos presumir que, depois de esperar um tempinho para se familiarizar com sua rotina na Meadowbank, ela tenha saído uma noite para ir até o Pavilhão de Esportes. Pegou a raquete e estava prestes a remover as joias do esconderijo quando... — ele hesitou — quando *alguém* a interrompeu. Alguém que a estivesse observando? Seguindo-a naquela noite? Quem quer que seja tinha uma pistola e atirou nela, mas não teve tempo de pegar as joias ou levar a raquete embora, porque pessoas que ouviram o tiro estavam se aproximando do Pavilhão de Esportes.

Ele parou.

— O senhor acha que foi isso que aconteceu? — perguntou o Chefe de Polícia.

— Não sei — disse Poirot. — É uma possibilidade. A outra é que a pessoa com a pistola estivesse lá *antes*, e tenha sido surpreendida por Miss Springer. Alguém de quem Miss Springer já suspeitasse. Ela era, vocês disseram, esse tipo de mulher. Uma bisbilhoteira.

— E a outra mulher? — perguntou Adam.

Poirot olhou para ele. Depois, lentamente, levou o olhar para os outros dois homens.

— *Vocês* não sabem. E *eu* não sei. Poderia ter sido alguém de fora...?

Sua entonação sugeria uma questão.

Kelsey sacudiu a cabeça.

— Eu acho que não. Nós vasculhamos a vizinhança muito cuidadosamente. Em especial, é claro, no caso de estranhos. Havia uma Madame Kolinsky hospedada nas proximidades, conhecida de Adam aqui. Mas ela não poderia ser implicada em nenhum dos assassinatos.

— Então tudo se volta para Meadowbank. E há apenas um método para chegarmos à verdade: eliminação.

Kelsey suspirou.

— Sim. É a isso que se resume. Quanto ao primeiro assassinato, é um campo meio aberto. Qualquer pessoa poderia ter matado Miss Springer. As exceções são Miss Johnson e Miss Chadwick... e uma criança com dor de ouvido. Mas o segundo assassinato delimita as coisas. Miss Rich, Miss Blake e Miss Shapland estavam fora. Miss Rich estava hospedada no Alton Grange Hotel, a trinta quilômetros de distância, Miss Blake estava em Littleport on Sea, Miss Shapland estava em Londres em um bar, o Nid Sauvage, com Mr. Dennis Rathbone.

— Miss Bulstrode também estava fora, não é isso?

Adam sorriu. O Inspetor e o Chefe de Polícia pareciam chocados.

— Miss Bulstrode — disse o Inspetor severamente — estava hospedada com a Duquesa de Welsham.

— Isso elimina Miss Bulstrode então — disse Poirot, seriamente. — E nos resta... o quê?

— Dois membros da equipe doméstica que dormem no serviço, Mrs. Gibbons e uma garota chamada Doris Hogg. Eu não posso suspeitar de nenhuma das duas. Sobram Miss Rowan e Mademoiselle Blanche.

— E as alunas, é claro.

Kelsey pareceu confuso.

— Certamente o senhor não suspeita delas?

— Para dizer a verdade, não. Mas precisamos ser exatos. Kelsey não ligava para exatidão. Ele seguiu em frente.

— Miss Rowan está aqui há um ano. Ela tem bons antecedentes. Não sabemos de nada contra ela.

— Então, chegamos à Mademoiselle Blanche. É aí que a jornada termina.

Houve um silêncio.

— Não há evidências — disse Kelsey. — Suas credenciais parecem bastante genuínas.

— Teriam que ser — disse Poirot.

— Ela xeretava — afirmou Adam. — Mas xeretar não é evidência de assassinato.

— Espere um minuto — pediu Kelsey. — Tinha algo sobre uma chave. Na nossa primeira entrevista com ela... eu vou procurar... alguma coisa sobre a chave do Pavilhão estar caída no chão e ela recolher e esquecer de colocar no lugar... Saiu com a chave na mão e Springer gritou com ela.

— Quem quer que fosse que quisesse ir até lá à noite para procurar uma raquete precisaria de uma chave para entrar — observou Poirot. — Por isso seria bom tirar as impressões digitais da chave.

— Certamente — acrescentou Adam —, nesse caso, ela nunca teria mencionado o incidente da chave a você.

— Não faz sentido — disse Kelsey. — Springer deve ter mencionado o incidente da chave. E se fez isso mesmo, ela deve ter tentado abordar o assunto de forma casual.

— É uma questão a se considerar — pontuou Poirot.

— Não nos leva muito adiante — disse Kelsey.

Ele olhou melancólico para Poirot.

— Parece haver — começou Poirot —, isto é, se eu tiver sido informado corretamente, uma possibilidade. Eu soube que a mãe de Julia Upjohn reconheceu alguém lá no primeiro dia no período letivo. Alguém que ela ficou surpresa em ver. Pelo contexto, parece provável que este alguém esteja conectado com espionagem estrangeira. Se Mrs. Upjohn apontar Mademoiselle definitivamente como a pessoa que ela reconheceu, acho que nós podemos proceder com alguma segurança.

— Mais fácil falar do que fazer — disse Kelsey. — Temos tentado entrar em contato com Mrs. Upjohn, mas é uma dor de cabeça! Quando a menina disse que ela estava em um ônibus, eu pensei que quisesse dizer um ônibus apropriado, de turismo, com horários, e um grupo com tudo reservado. Mas nem perto disso. Parece que ela só está tomando ônibus locais para lugares pelos quais se interessa! Ela não fez isso por meio da Cook ou de uma agência de viagens reconhecida. Está completamente sozinha, vagando por aí. O que se pode fazer com uma mulher assim? Ela pode estar em qualquer lugar. A Anatólia é muito grande!

— Isso dificulta, sim — concluiu Poirot.

— Tantos bons ônibus de turismo — disse o inspetor em uma voz ofendida. — Tudo facilitado para o cliente, onde vai parar e o que vai ver, com todas as taxas inclusas, para que saiba exatamente onde está.

— Mas claramente esse tipo de viagem não tem apelo para Mrs. Upjohn.

— E nesse meio-tempo, *nós* estamos aqui — continuou Kelsey. — Presos! Aquela francesa pode ir embora a qualquer momento que quiser. Não temos nada que possa segurá-la.

Poirot sacudiu sua cabeça.

— Ela não vai fazer isso.

— O senhor não pode ter certeza.

— Eu tenho certeza. Uma pessoa que cometeu um assassinato não vai querer fazer nada fora do comum, que possa chamar atenção. Mademoiselle Blanche vai permanecer quieta até o fim do período letivo.

— Eu espero que esteja certo.

— Tenho certeza de que estou. E, lembre-se, a pessoa que Mrs. Upjohn viu *não sabe que foi vista por Mrs. Upjohn*. Quando chegar a hora, a surpresa será completa.

Kelsey suspirou.

— Se isso é tudo o que temos para seguir...

— Há outras coisas. Conversas, por exemplo.

— Conversas?

— As conversas são muito valiosas. Cedo ou tarde, se alguém tem algo a esconder, esse alguém fala demais.

— Se entrega? — O Chefe de Polícia soou cético.

— Não é simples assim. As pessoas são cuidadosas com o que tentam esconder. Mas muitas vezes falam demais sobre outras coisas. E há outros usos para as conversas. Há pessoas inocentes que sabem coisas mas não estão cientes da importância do que sabem. E isso me lembra...

Ele ficou em pé.

— Peço licença. Eu preciso perguntar a Miss Bulstrode se há alguém que sabe desenhar.

— Desenhar?

— Desenhar.

— Muito bem — disse Adam assim que Poirot saiu. — Primeiro joelhos de garotas e agora técnicas de desenho! O que virá a seguir, eu me pergunto?

II

Miss Bulstrode respondeu as perguntas de Poirot sem evidenciar nenhuma surpresa.

— Miss Laurie é a nossa professora de desenho — disse ela bruscamente. — Mas não está aqui hoje. O que o senhor quer que ela desenhe? — completou ela, de modo gentil, como se para uma criança.

— Rostos — disse Poirot.

— Miss Rich é boa em esboçar pessoas. Ela é esperta em compreender aparências.

— É exatamente disso que eu preciso.

Miss Bulstrode, ele notou com aprovação, não fez perguntas sobre suas razões. Ela simplesmente deixou a sala e voltou com Miss Rich.

Depois das apresentações, Poirot perguntou:

— A senhorita consegue fazer esboços de pessoas? Rapidamente? Com um lápis?

Eileen Rich assentiu.

— Eu faço com frequência. Por diversão.

— Bom. Por favor, então faça um desenho para mim da falecida Miss Springer.

— Isso é difícil. Eu a conhecia há tão pouco tempo. Vou tentar. — Ela apertou os olhos e então começou a desenhar rapidamente.

— *Bien* — disse Poirot, pegando o desenho dela. — E agora, se puder, Miss Bulstrode, Miss Rowan, Mademoiselle Blanche e... sim, o jardineiro Adam.

Eileen Rich olhou para ele, duvidosa, depois começou a trabalhar. Ele olhava o resultado e mexia a cabeça em apreciação.

— A senhorita é boa, a senhorita é muito boa. Tão poucos traços... E ainda assim a fisionomia está aí. Agora vou pedir que faça algo mais difícil. Dê, por exemplo, a Miss Bulstrode um cabelo diferente. Mude o formato de suas sobrancelhas.

Eileen o encarou como se pensasse que ele estivesse louco.

— Não — disse Poirot. — Eu não estou louco. Estou fazendo um experimento, é só isso. Por favor, faça o que pedi.

Eu um momento, ela disse:

— Aqui está.

— Excelente. Agora faça o mesmo com Mademoiselle Blanche e Miss Rowan.

Quando ela terminou, ele alinhou os três esboços.

— Agora eu vou mostrar uma coisa. Miss Bulstrode, apesar das mudanças que você fez, continua parecendo inequivocamente Miss Bulstrode. Mas olhe para as outras duas. Como têm traços comuns e não têm a personalidade de Miss Bulstrode, elas parecem quase pessoas diferentes, não parecem?

— Eu entendo o que diz — disse Eileen Rich.

Ela olhou enquanto Poirot cuidadosamente dobrava os esboços para guardar.

— O que vai fazer com isso? — perguntou ela.

— Usá-los — disse Poirot.

Capítulo 20

Conversa

— Bem, eu não sei o que dizer — afirmou Mrs. Sutcliffe. — Eu realmente não sei o que dizer...

Ela olhou com um desgosto claro para Hercule Poirot.

— Henry, obviamente — disse ela —, não está em casa.

O significado desse pronunciamento foi levemente obscuro, mas Hercule Poirot pensou que sabia o que estava se passando na cabeça dela. A senhora sentia que Henry seria capaz de lidar com esse tipo de coisa. Henry tinha tantos negócios internacionais. Estava sempre indo de avião para o Oriente Médio e para Gana e para a América do Sul e para Genebra e até, ocasionalmente, mas não com tanta frequência, para Paris.

— Tudo isso — disse Mrs. Sutcliffe — tem sido muito inquietante. Eu fiquei tão contente por Jennifer estar a salvo em casa comigo. Embora, devo dizer — completou ela, com um traço de humilhação —, tenha sido muito cansativo. Depois de ter causado uma grande confusão antes de ir a Meadowbank e estar bastante certa de que não gostaria de lá, e de dizer que era um tipo de escola esnobe que ela não queria frequentar, *agora* fica emburrada o dia todo porque a tirei de lá. É ruim demais, de verdade.

— Inegavelmente é uma escola muito boa — disse Hercule Poirot. — Muitas pessoas dizem que é a melhor da Inglaterra.

— *Era,* ouso dizer — corrigiu Mrs. Sutcliffe.

— E será novamente — disse Hercule Poirot.

— O senhor acha mesmo? — Mrs. Sutcliffe olhou para ele sem acreditar.

Os modos muito empáticos dele foram gradualmente derrubando as defesas dela. Não há nada que amenize mais o fardo da vida de uma mãe do que ser autorizada a se desvencilhar do peso das dificuldades, recusas e frustrações que sente ao lidar com sua prole. A lealdade muitas vezes derruba o silêncio resistente. Mas, para um estrangeiro como Hercule Poirot, Mrs. Sutcliffe sentia que essa lealdade não se aplicava. Não era como conversar com outra mãe.

— Meadowbank — disse Hercule Poirot — está apenas passando por uma fase infeliz.

Foi a melhor coisa que ele conseguiu dizer naquele momento. Notou sua inadequação, sobre a qual Mrs. Sutcliffe se agarrou imediatamente.

— Um pouco mais do que infeliz! Dois assassinatos! E uma garota sequestrada. Não se pode mandar a própria filha para uma escola onde professoras estão sendo assassinadas o tempo todo.

Pareceu um ponto de vista altamente sensato.

— Se os assassinatos — disse Poirot — acabam por ser obra de uma pessoa e essa pessoa é presa, isso muda tudo, não?

— Bem, suponho que sim. Sim — disse Mrs. Sutcliffe, na dúvida. — Quero dizer... O senhor quer dizer... Ah, entendo, o senhor quer dizer que é como Jack, O Estripador, ou aquele outro homem... quem era mesmo? Alguma coisa a ver com Devonshire. Cream? Neill Cream. Que saiu por aí matando um certo tipo de mulher desafortunada. Suponho que esse assassino saia por aí matando professoras! Se depois que consegue-se colocá-lo na prisão seguramente, e também enforcá-lo, eu espero, porque só se pode matar uma vez, não é? Como um cachorro com uma mordida... O que eu estava falando? Ah, sim, se ele fosse seguramente preso, bem, então suponho que *seria* diferente. É claro que não pode haver muitas pessoas assim, pode?

— Certamente se espera que não — disse Hercule Poirot.

— Mas então tem também esse sequestro — observou Mrs. Sutcliffe. — O senhor também não gostaria de mandar sua filha para uma escola onde ela poderia ser sequestrada, não é?

— Seguramente não, madame. Eu entendo quão claramente a senhora pensou em tudo. E está muitíssimo certa em tudo o que disse.

Mrs. Sutcliffe pareceu levemente satisfeita. Havia tempos ninguém falava algo assim para ela. Henry só dizia coisas como "o que você queria mandando nossa filha para Meadowbank?", e Jennifer só ficava emburrada e se recusava a conversar.

— Eu *pensei* sobre isso — disse ela. — Bastante.

— Então eu não devo deixar que o sequestro lhe preocupe, madame. *Entre nous,* se posso falar confidencialmente sobre a Princesa Shaista. Não é exatamente um sequestro. Suspeita-se de um romance...

— Quer dizer que a safada fugiu para se casar com alguém?

— Minha boca é um túmulo — disse Hercule Poirot. — A senhora compreende que não se deseja um escândalo. Isso é confidencial *entre nous.* Eu sei que a senhora não vai comentar nada.

— É claro que não — respondeu Mrs. Sutcliffe virtuosamente. Ela olhou para baixo, para a carta que Poirot trouxera, do Chefe da Polícia. — Eu não sei muito bem quem o senhor é, Monsieur, ahn... Poirot. O senhor é o que chamam nos livros de... um detetive particular?

— Eu sou um consultor — disse Hercule Poirot nobremente.

Esse sabor de Harley Street encorajou Mrs. Sutcliffe um bocado.

— Sobre o que o senhor quer conversar com Jennifer?

— Só saber de suas impressões das coisas — disse Poirot. — Ela é observadora, não é?

— Receio que não diria isso — confessou Mrs. Sutcliffe. — Ela não é o que posso considerar o tipo de criança que percebe as coisas. Quero dizer, é sempre muito objetiva.

— É melhor do que inventar coisas que nunca aconteceram de verdade.

— Oh, Jennifer não faria *esse* tipo de coisa — afirmou Mrs. Sutcliffe. Ela se levantou, foi até a janela e chamou: — Jennifer! Eu gostaria — disse a Poirot ao voltar — que o senhor tentasse botar na cabeça de Jennifer que o pai dela e eu só estamos fazendo o que é melhor para ela.

Jennifer entrou na sala com uma cara emburrada e olhou com profunda suspeita para Hercule Poirot.

— Como vai? — perguntou Poirot. — Eu sou um velho amigo de Julia Upjohn. Ela veio a Londres me procurar.

— Julia veio a Londres? — questionou Jennifer, levemente surpresa. — Por quê?

— Para me pedir conselhos — explicou Hercule Poirot.

Jennifer pareceu incrédula.

— Eu a aconselhei — disse Poirot. — Agora ela está de volta à Meadowbank.

— Então sua tia Isabel não a *levou* embora — falou Jennifer, disparando um olhar irritado para sua mãe.

Poirot olhou para Mrs. Sutcliffe e, por alguma razão, talvez porque ela estivesse no meio da lavagem de roupa quando ele chegou ou talvez por causa de alguma inexplicável compulsão, ela se levantou e deixou a sala.

— É um pouco difícil — disse Jennifer — ficar de fora de tudo o que está acontecendo lá. Toda essa confusão! Eu disse a mamãe que era besteira. Afinal de contas, nenhuma das *alunas* foi morta.

— Você tem alguma ideia sobre esses assassinatos? — perguntou Poirot.

Jennifer sacudiu a cabeça.

— Algum maluco? — sugeriu. Então completou pensativa: — Suponho que Miss Bulstrode terá que conseguir novas professoras agora.

— Provavelmente, sim — disse Poirot. — Estou interessado, Mademoiselle Jennifer, na mulher que veio lhe oferecer uma nova raquete no lugar da sua velha. Você se lembra?

— Acho que me lembro, sim. Eu até agora não descobri quem me mandou realmente. Não foi tia Gina mesmo.

— Como essa mulher era? — perguntou Poirot.

— A que me trouxe a raquete? — Jennifer fechou seus olhos para relembrar. — Bem, não sei. Ela usava um vestido meio bagunçado com uma pequena capa, eu acho. Azul, e um tipo de chapéu molenga.

— Eu quero saber não tanto das roupas dela, mas do rosto.

— Bastante maquiagem, eu acho — disse Jeniffer vagamente. — Um pouco demais para o campo, quero dizer, e cabelo claro. Eu acho que era americana.

— Você já a tinha visto antes? — perguntou Poirot.

— Ah, não — disse Jennifer. — Acho que ela não morava por lá. Ela disse que tinha ido para um almoço festivo, ou um coquetel, ou algo assim.

Poirot olhou para ela, pensativo. Ele se interessou pela completa aceitação de Jennifer de tudo o que lhe fora dito. Acrescentou, gentilmente:

— Mas ela poderia não estar falando a verdade?

— Ah — disse Jennifer. — Não, acho que não.

— E você tem certeza de que nunca a tinha visto antes? Ela não poderia ser, por exemplo, uma das garotas fantasiadas? Ou uma das professoras?

— Fantasiada? — Jennifer ficou intrigada.

Poirot colocou diante dela o esboço que Eileen Rich tinha feito de Mademoiselle Blanche.

— Não era essa mulher, era?

Jennifer olhou duvidosa para o esboço.

— É um tanto parecida... Mas não acho que seja ela.

Poirot assentiu atenciosamente.

Jennifer não pareceu reconhecer que aquele era na verdade um esboço de Mademoiselle Blanche.

— O senhor entende — disse Jennifer —, eu não olhei muito para ela. Ela era uma estranha americana, e depois me contou da raquete...

Depois daquilo ficou claro que Jennifer tinha os olhos voltados apenas para sua nova posse.

— Eu entendo — disse Poirot. — A senhorita alguma vez viu na Meadowbank alguém que teria visto em Ramat?

— Em Ramat? — Jennifer pensou. — Oh, não... Ao menos acho que não.

Poirot lançou uma pequena expressão de dúvida.

— Mas a senhorita não tem *certeza*, Mademoiselle Jennifer?

— Bem — Jennifer coçou a testa com uma expressão preocupada —, quer dizer, a gente está sempre vendo pessoas que se parecem com alguém. Não dá para lembrar bem com quem se parecem. Às vezes a gente vê pessoas que *conheceu,* mas não lembra quem são. E elas falam: "Você não se lembra de mim?", e então é terrivelmente constrangedor porque na verdade a gente não lembra. Quer dizer, a gente meio que conhece a cara delas, mas não lembra seus nomes ou onde as viu.

— Isso é verdade — disse Poirot. — Sim, isso é muito verdade. As pessoas têm essa experiência. — Ele hesitou por um momento, depois continuou, esmiuçando de modo gentil: — A Princesa Shaista, por exemplo, a senhorita provavelmente viu em Ramat.

— Oh, ela estava em Ramat?

— É bem provável. Afina de contas, ela tem relação de parentesco com a casa dos governantes. Você deve tê-la visto por lá...

— Eu acho que não a vi — disse Jennifer, fazendo careta. — De todo modo, ela não sairia por lá mostrando a cara, sairia? Quer dizer, todas elas usavam véus e coisas assim. Embora eu acredite que os tirem em Paris e no Cairo. E em Londres, é claro.

— De todo modo, a senhorita não tem nenhuma sensação de que viu na Meadowbank alguém que tenha visto antes?

— Não, tenho certeza de que não. É claro, a maioria das pessoas é parecida e a gente pode ter visto em qualquer lugar. É só quando alguém tem um tipo de rosto como o da Miss Rich que a gente nota.

— A senhorita acha que viu Miss Rich em algum outro lugar antes?

— Na verdade, não. Deve ter sido alguém parecida. Mas era alguém muito mais gorda do que ela.

— Alguém muito mais gorda — repetiu Poirot atenciosamente.

— Não dá para imaginar Miss Rich gorda — disse Jennifer com um risinho. — Ela é tão terrivelmente magra e grã-fina. E, de todo modo, Miss Rich não poderia ter estado em Ramat porque estava afastada por doença no ano passado.

— E as outras garotas? — perguntou Poirot — Viu alguma delas antes?

— Somente aquelas que eu já conhecia — disse Jennifer. — Eu conhecia uma ou outra. Afinal de contas, o senhor sabe, eu só fiquei lá três semanas e na verdade não reconheceria metade delas se as visse amanhã.

— Você deveria prestar mais atenção nas coisas — disse Poirot severamente.

— Não dá para prestar atenção em tudo — protestou Jennifer. — Se a Meadowbank continuar aberta, eu gostaria de voltar. Veja se o senhor pode fazer alguma coisa com mamãe. Embora, realmente, eu acho que o papai é que é o empecilho. É péssimo aqui no campo. Eu não tenho *nenhuma* possibilidade de melhorar meu jogo de tênis.

— Eu garanto que farei o possível — disse Poirot.

Capítulo 21

Juntando os fios

— Quero falar com você, Eileen — disse Miss Bulstrode.
Eileen Rich seguiu Miss Bulstrode até a última sala. Meadowbank estava estranhamente quieta. Cerca de vinte e cinco alunas ainda estavam lá. Alunas cujos pais acharam difícil ou indesejável buscá-las. A onda de pânico foi, como Miss Bulstrode esperava, controlada por suas próprias táticas. Havia um sentimento geral de que, no próximo período letivo, tudo estaria esclarecido. Foi muito sensato de Miss Bulstrode, elas achavam, fechar a escola.

Ninguém da equipe tinha partido. Miss Johnson se afligia por ter tanto tempo em suas mãos. Um dia em que houvesse tão pouco a fazer não combinava com ela. Miss Chadwick, parecendo velha e miserável, vagava por ali em um tipo de coma miserável. Ela ficou bem mais abalada do que Miss Bulstrode. Miss Bulstrode, de fato, conseguiu, aparentemente sem dificuldade, continuar bem a mesma, imperturbada e sem nenhum sinal de tensão ou colapso. As duas jovens professoras não eram avessas ao lazer extra. Tomavam banhos na piscina, escreviam longas cartas para amigas e parentes e mandavam buscar guias de viagem para estudar e comparar. Ann Shapland tinha bastante tempo livre e não parecia se ressentir desse fato. Ela passava bastante daquele tempo no jardim e se devotou à jardinagem com inesperada eficiência. Talvez não fosse um fenômeno tão anormal que preferisse ser instruída por Adam, e não pelo velho Briggs.

— Sim, Miss Bulstrode? — disse Eileen Rich.

— Eu estava querendo falar com você — disse Miss Bulstrode. — Se essa escola conseguirá continuar ou não, eu não sei. O que as pessoas vão sentir é sempre incalculável, porque todas vão sentir coisas diferentes. Mas o resultado será que quem sentir com mais firmeza terminará convertendo os outros. Então, ou Meadowbank está acabada...

— Não — disse Eileen Rich, interrompendo-a —, não está acabada. — Ela quase bateu o pé, e seu cabelo imediatamente começou a se soltar. — A senhora não deve permitir que a escola acabe. Seria um pecado... um crime.

— Você fala com muita firmeza — observou Miss Bulstrode.

— Eu sinto com muita firmeza. Há tantas coisas que parecem não valer nenhum pouco a pena, mas a Meadowbank parece valer muito. Para mim vale desde o primeiro momento em que cheguei aqui.

— Você é uma lutadora — disse Miss Bulstrode. — Gosto de lutadoras, e eu lhe asseguro que não pretendo desistir sem lutar. De algum modo, vou gostar da briga. Sabe, quando tudo é fácil demais e as coisas vão bem demais, a gente fica... eu não sei a palavra exata... complacente? Entediada? Um tipo de híbrido das duas coisas. Mas não estou entediada agora, e não sou complacente, e vou lutar com toda a força que tenho e com todo o dinheiro que tenho também. Agora o que eu quero lhe dizer é o seguinte: se a Meadowbank continuar, você aceitaria ser minha sócia?

— Eu? — Eileen Rich ficou encarando-a. — Eu?

— Sim, minha querida — disse Miss Bulstrode. — Você.

— Eu não poderia — disse Eileen Rich. — Eu não tenho sabedoria suficiente. Sou nova demais. Ora, não tenho a experiência, o conhecimento que a senhorita desejaria.

— Pode deixar que eu sei muito bem o que quero — respondeu Miss Bulstrode. — Entretanto, essa não é, no presente momento desta conversa, uma boa oferta. Você provavelmente se daria melhor sozinha, em outro lugar. Mas quero lhe dizer uma coisa, e você precisa acreditar em mim. Eu já havia decidido, antes da desafortunada morte de Miss Vansittart, que você era a pessoa que eu gostaria que continuasse essa escola.

— A senhora pensou nisso antes? — Eileen Rich encarou-a.

— Mas eu achei... nós todas achamos... que Miss Vansittart...

— Não havia nenhum acordo fechado com Miss Vansittart — disse Miss Bulstrode. — Eu a tinha em mente, confesso. Eu a tive em mente nos dois últimos anos. Mas alguma coisa sempre me impedia de dizer algo definitivo a ela sobre a questão. Aposto que todas presumiram que ela seria minha sucessora. Ela própria deve ter pensado. Eu mesma pensei até muito recentemente. E então, percebi que ela não era o que eu queria.

— Mas ela era tão adequada de todas as maneiras — disse Eileen Rich. — Ela teria dado continuidade às coisas exatamente nos seus moldes, com as suas ideias exatas.

— Sim — disse Miss Bulstrode —, e é precisamente isso que teria dado errado. Não se pode ficar preso ao passado. Uma certa dose de tradição é bom, mas nunca em excesso. Uma escola é para as crianças de *hoje*. Não é para crianças de cinquenta anos atrás, ou mesmo de trinta anos atrás. Há algumas escolas em que tradição é mais importante do que outras coisas, mas não é o caso de Meadowbank. Não é uma escola com uma longa tradição. É uma criação, se posso dizer, de uma mulher. Eu mesma. Tentei certas ideias e as levei adiante da melhor maneira que minhas habilidades permitiram, embora ocasionalmente tenha sido obrigada a modificá-las, quando não produziam os resultados que eu esperava. Não é uma escola convencional, mas também não se orgulha de ser uma escola não convencional. É uma escola que tenta trazer o melhor dos dois mundos: o passado e o futuro, mas a pressão real está no presente. É assim que vai continuar, que deve continuar. Administrada por alguém com ideias, ideias dos dias atuais. Guardando o que é sábio do passado, olhando adiante para o futuro. Você tem a mesma idade que eu tinha quando comecei aqui, mas tem o que eu não posso mais ter. Você encontrará na Bíblia. *Os velhos têm sonhos e os jovens têm visões*. Não precisamos de sonhos aqui, precisamos de visão. Acredito que você tenha visão e é por isso que decidi que você era a pessoa certa, e não Eleanor Vansittart.

— Teria sido maravilhoso — disse Eileen Rich. — Maravilhoso. A coisa que eu teria gostado mais que tudo.

Miss Bulstrode ficou levemente surpresa com o tempo verbal, embora não tenha demonstrado. Em vez disso, concordou prontamente.

— Sim — disse —, teria sido maravilhoso. Mas não é maravilhoso agora? Bem, suponho que entendo.

— Não, não, não é isso que quero dizer, de modo algum — corrigiu-se Eileen Rich. — De modo algum. Eu... Eu não posso entrar muito em detalhes, mas se a senhora tivesse... se tivesse me perguntado, falado comigo sobre isso há uma semana ou quinze dias, eu teria dito de uma vez que não poderia, que seria impossível. A única razão é que... se agora é possível... bem, porque *é* o caso de lutar... de retomar as coisas. Eu posso... Eu posso pensar no assunto, Miss Bulstrode? Não sei o que dizer agora.

— É claro — respondeu Miss Bulstrode.

Ela ainda estava surpresa. "Nunca se sabe mesmo nada de ninguém", pensou.

II

— Lá vai Rich com seu cabelo desfeito de novo — disse Ann Shapland enquanto se esticava por cima de um canteiro de flores. — Se ela não consegue controlar o cabelo, não sei por que não corta. Ela tem um bom formato de cabeça e ficaria uma aparência melhor.

— Você deveria dizer isso a ela — disse Adam.

— Não somos tão próximas — disse Ann Shapland. — Você acha que este lugar vai seguir adiante?

— Essa é uma questão bem difícil. E quem sou eu para julgar?

— Você poderia opinar tanto quanto qualquer outro, eu diria. Poderia, sabe? A velha Búfala, como as garotas a chamam, tem o que é necessário. Para começar, um efeito hipnotizante sobre os pais. Quanto tempo faz desde o início do período letivo... só um mês? Parece um ano. Ficarei feliz quando chegar ao fim.

— Você voltará para cá se a escola continuar?

— Não — disse Ann com ênfase — não mesmo. Eu já estou cheia de escolas para o resto da vida. Não sirvo para lidar com um monte de mulheres mesmo. E, francamente, não gosto de assassinato. É o tipo de coisa sobre a qual é divertido ler nos jornais ou antes de dormir, em um livro bom. Mas a coisa real não é agradável. Eu acho — completou Ann, pensativa — que quando sair daqui no final do período letivo, vou me casar com Dennis e me estabelecer.

— Dennis? Foi ele que você mencionou para mim, não foi? Pelo que me lembro, o trabalho faz com que ele tenha que ir para Birmânia e Malásia e Singapura e Japão e lugares assim. Não seria exatamente se estabelecer, seria, casar-se com ele?

Ann riu repentinamente.

— Não, não, suponho que não. Não no sentido físico, geográfico.

— Eu acho que você consegue algo melhor que Dennis — disse Adam.

— Você está me fazendo uma oferta?

— Certamente não — disse Adam. — Você é uma garota ambiciosa, não gostaria de se casar com um humilde jardineiro de serviço.

— Estava pensando em me casar com alguém do Departamento de Investigação Criminal — disse Ann.

— Eu não sou do Departamento de Investigação Criminal — disse Adam.

— Não, não, é claro que não. Vamos preservar as sutilezas do discurso. Você não é do Departamento de Investigação Criminal, Shaista não foi sequestrada, tudo no jardim é lindo. É meio que... — acrescentou ela, olhando em volta. — Tudo igual — disse depois de um momento —, não entendo nada sobre Shaista ter aparecido em Genebra, ou seja lá qual for a história. Como ela chegou lá? Todos vocês devem ser muito preguiçosos para permitir que ela seja tirada deste país.

— Minha boca é um túmulo — respondeu Adam.

— Eu acho que não sabiam nada sobre isso — disse Ann.

— Admitirei — disse Adam — que temos que agradecer a Monsieur Hercule Poirot por ter tido a brilhante ideia.

— O quê, aquele homenzinho engraçado que trouxe Julia de volta e veio falar com Miss Bulstrode?

— Sim. Ele se diz um detetive consultor.

— Eu acho mesmo que ele tenha sido — disse Ann.

— Eu não sei o que ele está aprontando agora — afirmou Adam. — Ele foi até encontrar a minha mãe, ou algum amigo dele foi.

— Sua mãe? — questionou Ann. — Por quê?

— Não tenho ideia. Ele parece ter um interesse mórbido por mães. Foi encontrar a de Jennifer também.

— Ele foi encontrar a mãe de Miss Rich e de Chaddy?

— Eu entendi que Miss Rich não tem mãe — disse Adam. — Senão, sem dúvidas, ele teria ido.

— Miss Chadwick tem mãe, em Cheltenham, ela me contou — disse Ann —, mas ela tem oitenta e tantos, creio. Pobre Miss Chadwick, ela mesma parece ter oitenta anos. Lá vem ela falar conosco agora.

Adam olhou para cima.

— Sim, ela envelheceu muito na última semana.

— Porque ela realmente ama a escola — disse Ann. — É a vida dela toda. Ela não aguenta vê-la ir ladeira abaixo.

Miss Chadwick parecia mesmo dez anos mais velha do que no primeiro dia de aula. Seus passos tinham perdido a ligeira eficiência. Ela não trotava mais por aí, feliz e agitada. Foi até eles com passos um pouco arrastados.

— Por favor, venha falar com Miss Bulstrode — pediu para Adam. — Ela tem algumas instruções sobre o jardim.

— Terei que me limpar um pouco primeiro — respondeu Adam.

Ele largou as ferramentas e foi em direção à cabana de jardinagem.

Ann e Miss Chadwick caminharam juntas na direção da casa.

— Parece mesmo quieto, não parece? — comentou Ann, olhando ao redor. — Como a plateia vazia no teatro — completou atenciosa — com as pessoas dispostas nos assentos com o maior cuidado possível para que pareçam uma plateia.

— É pavoroso — disse Miss Chadwick —, pavoroso! Pavoroso pensar que Meadowbank tenha chegado a *isso*. Não consigo superar. Não consigo dormir à noite. Tudo em ruínas. Todos os anos de trabalho, da construção de algo realmente bom.

— Pode ficar tudo bem de novo — disse Ann alegremente. — As pessoas têm memória muito curta, sabe?

— Não tanto assim — disse Miss Chadwick soturnamente.

Ann não respondeu. Lá no fundo, ela até concordava com Miss Chadwick.

III

Mademoiselle Blanche saiu da sala onde estava dando aula de literatura francesa.

Deu uma olhada em seu relógio. Sim, tinha bastante tempo para o que ela pretendia fazer. Com tão poucas alunas, tinha sempre bastante tempo nesses dias.

Ela subiu as escadas até seu quarto e colocou o chapéu. Não era do tipo que saia por aí sem chapéu. Estudou sua aparência no espelho com satisfação. Não era uma personalidade a ser notada! Bem, havia vantagens nisso! Ela sorriu para si mesma. Foi fácil usar as referências de sua irmã. Mesmo a fotografia do passaporte passou incólume. Teria sido uma pena desperdiçar aquelas recomendações excelentes quando Angèle morreu. Angèle gostava muito de dar aula. Para ela mesma, era um tédio inexprimível. Mas o pagamento era excelente. Muito acima do que ela jamais fora capaz de ganhar. E, além disso, as coisas tinham corrido incrivelmente bem. O futuro seria muito diferente. Oh, sim, muito diferente. A sem graça Mademoiselle Blanche se transformaria. Ela já conseguia imaginar tudo. A Riviera. Ela vestida de maneira elegante, devidamente maquiada. Tudo de que se precisa neste mundo é dinheiro. Oh, sim, as coisas seriam muito agradáveis de fato. Valeu a pena ter vindo para essa escola detestável.

Ela pegou sua bolsa, saiu do quarto e foi andando pelo corredor. Seus olhos recaíram sobre a mulher ajoelhada que estava ocupada ali. Uma nova diarista. Uma espiã policial, é claro. Que simplórios eles eram... de pensar que ninguém notaria!

Um sorriso de contentamento em seus lábios, ela saiu da casa e foi caminhando até o portão da frente. O ponto de ônibus era quase na frente, do lado oposto da rua. Ela ficou ali, esperando. O ônibus deveria chegar em uns minutos.

Havia muito poucas pessoas por perto naquela estrada quieta de interior. Um carro, com um homem debruçado no capô aberto. Uma bicicleta encostada em uma cerca viva. Um homem também esperando o ônibus.

Algum dos três iria, sem dúvida, segui-la. Faria-o de modo habilidoso, não obviamente. Ela estava bastante ciente disso, e não se preocupava. Sua "sombra" era bem-vinda a ver aonde ela ia e o que fazia.

O ônibus chegou. Ela entrou. Quinze minutos depois, saltou na praça principal da cidade. Não se incomodou em olhar para trás. Atravessou até a vitrine de uma loja de departamentos grande que exibia novos modelos de vestidos. "Coisa pobre, para gostos provincianos", ela pensou, com o lábio torcido. Mas ficou em pé olhando para os modelos como se estivesse muito atraída.

Então entrou, fez duas ou três compras triviais, depois subiu para o primeiro andar e entrou no toalete feminino. Lá havia uma escrivaninha, algumas poltronas e uma cabine telefônica. Foi até a cabine, colocou as moedas necessárias, discou o número que queria e esperou para ouvir se a voz certa atendia.

Acenou com a cabeça em aprovação, apertou o botão e falou.

— Aqui é da Maison Blanche. Você me entende, a Maison *Blanche*? Tenho que falar de uma conta devida. Você tem até amanhã à noite. Amanhã à noite. Para depositar na conta da Maison Blanche no Credit Nationale, em Londres, filial da Rua Ledbury, a quantia que eu lhe disser.

Ela disse a quantia.

— Se esse dinheiro não for depositado, terei de relatar em detalhes o que eu observei na noite do dia doze. A referência, preste atenção, é Miss Springer. Você tem pouco mais de vinte e quatro horas.

Ela desligou o telefone e saiu da cabine telefônica para o toalete. Uma mulher havia entrado. Outra cliente da loja, talvez, ou, de novo, talvez não. Mas se fosse o caso de não ser, já era tarde demais para ouvir qualquer coisa.

Mademoiselle Blanche se refrescou no vestiário adjacente, depois foi experimentar duas blusas, mas não as comprou; saiu para a rua novamente, sorrindo consigo mesma. Olhou a vitrine de uma livraria e depois pegou o ônibus de volta à Meadowbank.

Ela ainda estava sorrindo ao caminhar pela entrada. Tinha arranjado tudo muito bem. A quantia que exigira não era muito grande, não era impossível arrecadar em um curto prazo. E faria muito bem em continuar. Porque, claro, no futuro, haveria mais demandas...

Sim, aquilo seria uma bela fontezinha de renda. Ela não tinha escrúpulos de consciência. Não considerava de forma alguma que fosse seu dever relatar o que sabia e o que tinha visto à polícia. Que Springer era uma mulher detestável, rude, *mal élevée*. Intrometendo-se onde não era chamada. Ah, bem, ela teve o que merecia.

Mademoiselle Blanche ficou um tempo perto da piscina. Observava Eileen Rich mergulhando. Depois Ann Shapland também subiu e mergulhou, muito bem, também. Houve risadas e gritinhos das garotas.

Uma sineta tocou, e Mademoiselle Blanche entrou para dar sua aula para o primeiro ano. As alunas eram desatentas e cansativas, mas Mademoiselle Blanche mal notava. Ela logo não daria mais aulas, nunca mais.

Subiu até seu quarto para se arrumar para o jantar. Vagamente, sem sequer notar, viu que, ao contrário de sua prática comum, tinha jogado seu casaco sobre a cadeira do canto, em vez de pendurá-lo como sempre.

Ela se inclinou para a frente, estudando seu rosto no espelho. Aplicou pó, batom...

O movimento foi tão rápido que a tomou completamente de surpresa. Sem barulho! Profissional. O casaco na cadeira pareceu se mover, cair no chão e, em um instante, atrás de Mademoiselle Blanche, um saco de areia se ergueu e, enquanto ela abria os lábios para gritar, caiu, fastidiosamente, em sua nuca.

Capítulo 22

Incidente em Anatólia

Mrs. Upjohn estava sentada ao lado da estrada observando uma profunda ravina. Ela conversava, parte em francês e parte em linguagem de sinais, com uma mulher turca de aparência robusta que contava a ela, com todos os detalhes possíveis e com essa dificuldade de comunicação, sobre seu último aborto espontâneo. Tivera nove filhos, explicou. Oito meninos e cinco abortos espontâneos. Ela parecia tão satisfeita com os abortos quanto com os partos.

— E você? — Ela cutucou Mrs. Upjohn amavelmente nas costelas. — *Combien... garçons... filles... combien?* — ela ergueu a mão para indicar com os dedos.

— *Une fille* — disse Mrs. Upjohn.

— *Et garçons?*

Sentindo que estava prestes a cair no gosto da mulher turca, Mrs. Upjohn, num surto de nacionalismo, começou a cometer perjúrio contra si mesma. Ela ergueu cinco dedos da mão direita.

— *Cinq* — disse.

— *Cinq garçons? Très bien!*

A mulher turca assentiu com aprovação e respeito. Completou dizendo que, se seu primo que realmente fala francês fluente estivesse ali, elas poderiam se entender um pouco melhor. Então continuou a história de seu último aborto espontâneo.

Os outros passageiros estavam espalhados em volta delas, comendo estranhos pedaços de comidas das cestas que carregavam. O ônibus, parecendo bastante estragado, estava encostado junto a uma rocha saliente, e o motorista e outro homem estavam ocupados no capô. Mrs. Upjohn tinha perdido completamente a noção do tempo. Inundações tinham bloqueado duas das estradas, mudanças de rota tinham sido necessárias, e uma vez ficaram presos por sete horas até o rio que deveriam atravessar baixar de nível. Ancara estava em um futuro possível, e isso era tudo que ela sabia. Ouvia a conversa ansiosa e incoerente de sua amiga, tentando avaliar quando deveria balançar a cabeça com admiração, quando deveria balançar a cabeça em solidariedade.

Uma voz cortou seus pensamentos, uma voz altamente incongruente com seus arredores no presente.

— Mrs. Upjohn, creio — disse a voz.

Mrs. Upjohn olhou para cima. Um pouco adiante, um carro havia se aproximado. O homem em pé na sua frente sem dúvida tinha saído dele. Seu rosto era inegavelmente britânico, bem como sua voz. Ele estava vestido de forma impecável com um terno cinza de flanela.

— Meu Deus! — exclamou Mrs. Upjohn. — Dr. Livingstone?

— Parece que é isso mesmo — disse o estranho agradavelmente. — Meu nome é Atkinson. Eu trabalho no Consulado em Ancara. Estamos tentando entrar em contato com a senhora há dois ou três dias, mas as estradas estavam fechadas.

— O senhor queria entrar em contato comigo? Por quê? — De repente, Mrs. Upjohn se levantou. Todos os traços da viajante alegre haviam desaparecido. Tinha se tornado totalmente mãe, cada pedacinho de si. — Julia? — perguntou subitamente. — Tem algo a ver com Julia?

— Não, não — Mr. Atkinson a acalmou. — Julia está bem. Não é nada disso. Houve um foco de problema na Meadowbank e nós queremos levá-la para casa o quanto antes. Eu vou levá-la de carro até Ancara, e a senhora pode pegar um avião em uma hora.

Mrs. Upjohn abriu e fechou a boca. Depois se ergueu e disse:

— O senhor vai ter que tirar a minha mala de cima do ônibus. É a escura. — Ela se virou, cumprimentou com um aperto de mão sua companheira turca e disse: — Sinto muito, eu tenho que ir para casa agora. — Acenou para o resto do ônibus com a maior simpatia, gritou uma despedida turca que fazia parte de seu pequeno repertório vocabulário na língua e se preparou para seguir Mr. Atkinson imediatamente, sem mais perguntas. Ocorreu a ele, como já ocorrera a muitas outras pessoas, que Mrs. Upjohn era uma mulher muito sensata.

Capítulo 23

Confronto

Em uma das salas menores, Miss Bulstrode olhou para as pessoas reunidas. Todos os membros de sua equipe estavam lá: Miss Chadwick, Miss Johnson, Miss Rich e as duas professoras mais novas. Ann Shapland se sentou com seu bloco de anotações e um lápis, caso Miss Bulstrode precisasse registrar alguma coisa. Ao lado de Miss Bulstrode, se sentou Inspetor Kelsey e, um pouco além dele, Hercule Poirot. Adam Goodman se sentou em um território só dele, a meio caminho entre a equipe e o que ele chamava mentalmente de corpo executivo. Miss Bulstrode se levantou e começou a falar com sua voz decidida e treinada.

— Eu sinto que é devido a vocês todos — disse ela —, como membros da minha equipe, e interessados no destino da escola, saber exatamente a que ponto essa investigação prosseguiu. Fui informada pelo Inspetor Kelsey de fatos diversos. Monsieur Hercule Poirot, que tem conexões internacionais, obteve assistência valiosa da Suíça e vai falar ele mesmo sobre esse assunto em particular. Nós ainda não chegamos ao final da investigação, lamento dizer, mas certos detalhes menores foram esclarecidos, e eu achei que seria um alívio para todos saber como está a questão no momento. — Miss Bulstrode olhou para o Inspetor Kelsey, que se levantou.

— Oficialmente — disse ele — eu não estou autorizado a falar tudo o que sei. Posso apenas lhes assegurar que, na medida do possível, estamos fazendo progresso e começamos a ter uma boa ideia de quem é responsável pelos três crimes que foram cometidos neste local. Além disso, não irei. Meu amigo, Monsieur Hercule Poirot, que não está cerceado por sigilo oficial e tem perfeita liberdade para fornecer a vocês suas próprias ideias, vai revelar certas informações que ele mesmo foi determinante em descobrir. Tenho certeza de que todos aqui são leais à Meadowbank e a Miss Bulstrode e vão manter segredo quanto aos vários assuntos os quais Monsieur Poirot vai abordar e que não são de nenhum interesse público. Quanto menos fofoca e especulação sobre isso, melhor. Então, pedirei a vocês para guardarem para si os fatos que vão descobrir aqui hoje. Estamos entendidos?

— É claro — disse Miss Chadwick, falando primeiro e com ênfase. — É claro que nós todos somos leais à Meadowbank, eu espero.

— Naturalmente — concordou Miss Johnson.

— Oh, sim — disseram as duas professoras mais jovens.

— Concordo — disse Eileen Rich.

— Então, por favor, Monsieur Poirot?

Hercule Poirot ficou em pé, olhou para sua plateia e cofiou cuidadosamente o bigode. As duas professoras mais jovens tiveram um desejo repentino de rir e olharam cada uma para um lado, espremendo os lábios.

— Tem sido um momento difícil e de muita ansiedade para todos vocês — começou ele. — Quero que saibam antes de tudo que estou ciente disso. Tem sido naturalmente pior para Miss Bulstrode, mas vocês sofreram. Sofreram primeiro com a perda de três colegas, uma das quais esteve aqui por um período considerável de tempo. Eu me refiro a Miss Vansittart. Miss Springer e Mademoiselle Blanche eram, é claro, novatas, mas não duvido que suas mortes tenham sido um grande choque também e um acontecimento angustiante. Vocês também devem ter sofrido muita apreensão por si mesmas, pois parece ter havido algum tipo de vingança direcionada contra as professoras da escola Meadowbank. Este, eu posso assegurar a vocês, e Inspetor Kelsey também pode confirmar, não é o caso. A Meadowbank, por uma série de acasos fortuitos, se tornou o centro das atenções de vários interesses indesejados. Havia aqui, nós podemos dizer, um gato entre os pombos. Houve três assassinatos e também um sequestro. Tratarei primeiro do sequestro, pois em toda essa questão tem sido difícil tirar do caminho assuntos estranhos que, embora criminosos em si mesmos, obscurecem a trama mais importante, a trama de um assassino implacável e determinado em seu meio. — Ele tirou do bolso uma fotografia. — Primeiramente, passarei adiante esta fotografia.

Kelsey pegou-a, entregou-a a Miss Bulstrode, que, por sua vez, passou à equipe. Foi devolvida a Poirot. Ele olhou o rosto das pessoas, que estavam bem perdidas.

— Pergunto a vocês, todas vocês, vocês reconhecem a garota nesta fotografia?

Todas fizeram que não.

— Deveriam — disse Poirot. — Já que essa é uma fotografia, obtida por mim em Genebra, da Princesa Shaista.

— Mas não é Shaista de modo algum — gritou Miss Chadwick.

— Exatamente — disse Poirot. — As tramas de toda essa história começam em Ramat, onde, como vocês sabem, houve um *coup d'état* revolucionário há cerca de três meses. O regente, Príncipe Ali Yusuf, conseguiu escapar, levado de avião por seu piloto particular. O avião deles, no entanto, caiu nas montanhas ao Norte de Ramat e só foi descoberto mais tarde. Um certo artigo de enorme valor, que Prince Ali sempre carregava, sumiu. Não foi encontrado nos destroços, e houve rumores de que havia sido trazido para a Inglaterra. Muitos grupos estavam ansiosos para se apossar desse artigo valioso. Uma das pistas que levaria a ele era a única parente restante do Príncipe Ali Yusuf, sua prima de primeiro grau, uma garota que estudava então em uma escola na Suíça. Parecia provável que, se o precioso artigo tivesse sido retirado com segurança de Ramat, seria levado à Princesa Shaista ou a seus parentes e tutores. Certos agentes foram designados a ficar de olho em seu tio, o Emir Ibrahim, e outros a ficarem de olho na própria Princesa. Era sabido que ela viria para esta escola, Meadowbank, neste período letivo. Portanto, teria sido natural que alguém fosse designado a obter um emprego aqui e vigiar de perto qualquer pessoa que se aproximasse da princesa, bem como suas cartas e qualquer mensagem telefônica. Mas uma ideia ainda mais simples e mais eficaz foi desenvolvida: sequestrar Shaista e enviar uma pessoa deles para a escola no lugar da própria. Isso poderia ser feito com facilidade, já que o Emir Ibrahim estava no Egito e não pretendia visitar a Inglaterra até o final do verão. A própria Miss Bulstrode não tinha visto a garota, e todos os arranjos que ela fizera a respeito de sua recepção haviam sido tratados com a Embaixada em Londres.

"O plano era extremamente simples. A verdadeira Shaista deixou a Suíça acompanhada de um representante da Embaixada em Londres. Ou supostamente é o que deveria ter acontecido. Na verdade, a Embaixada em Londres foi informada de que um representante da escola suíça acompanharia a garota até Londres. A verdadeira Shaista foi levada a um chalé muito agradável na Suíça, onde está desde então, e uma garota completamente diferente chegou a Londres, se encontrou com um representante da embaixada e foi trazida para esta escola. Essa substituta, é claro, era necessariamente muito mais velha do que a verdadeira Shaista. Mas isso dificilmente chamaria a atenção, já que garotas orientais têm fama de parecer muito mais maduras do que idade que têm. Uma jovem atriz francesa especialista em interpretar papéis de colegiais foi a agente escolhida. Eu perguntei — disse Hercule Poirot, em um tom pensativo — se alguém tinha notado os joelhos de Shaista. Joelhos são um bom indicativo de idade. Os joelhos de uma mulher de 23 ou 24 anos não podem ser confundidos com os joelhos de uma garota de 14 ou 15 anos. Ninguém, uma pena, reparou nos seus joelhos.

"O plano não se desenrolou com tanto sucesso quanto o esperado. Ninguém tentou entrar em contato com Shaista, nenhuma carta ou telefonemas de importância chegaram para ela com o passar do tempo, e surgiu uma ansiedade adicional. O Emir Ibrahim poderia chegar à Inglaterra antes do previsto. Ele não era um homem que anunciava seus planos com antecedência. Ele tinha o hábito, segundo compreendo, de dizer em uma noite qualquer: 'Amanhã vou para Londres', e então ir. A falsa Shaista, então, ficou ciente de que, a qualquer momento, alguém que conhecesse a verdadeira princesa poderia chegar. Isso especialmente depois do assassinato e, portanto, ela começou a preparar o terreno para um sequestro, falando sobre isso ao Inspetor Kelsey. É claro que, na verdade, o sequestro não foi nada disso. Logo que ela ouviu que seu tio estava vindo buscá-la na manhã seguinte, ela enviou uma breve mensagem por telefone, e, meia hora antes de o motorista verdadeiro chegar, um vistoso carro com placas diplomáticas falsas chegou. Shaista foi então oficialmente 'sequestrada'. Na verdade, é claro, foi deixada pelo carro na primeira grande cidade, onde retomou sua personalidade de imediato. Um pedido de resgate amador foi enviado apenas para manter a ficção.

"Foi, como podem ver, simplesmente um truque de vigarista. Enganação. Você concentra as atenções no sequestro *aqui* e não ocorre a ninguém que o sequestro *de verdade* ocorreu três semanas antes na Suíça."

O que Poirot realmente queria dizer, mas foi educado demais para falar, era que isso não ocorrera a ninguém, a não ser a ele!

— Passemos agora a algo muito mais sério do que o sequestro... assassinato. A falsa Shaista poderia, é claro, ter matado Miss Springer, mas não poderia ter matado Miss Vansittart nem Mademoiselle Blanche e não teria motivos para matar ninguém, e nem isso foi solicitado a ela. Seu papel era simplesmente o de receber um pacote valioso, se, como parecia provável, ele fosse trazido até ela. Ou, alternativamente, receber notícias sobre o pacote. Voltemos agora a Ramat, onde tudo começou. Havia um grande boato em Ramat de que o Príncipe Ali Yusuf teria dado esse pacote a Bob Rawlinson, seu piloto particular, e que Bob Rawlinson tinha arranjado seu despacho para a Inglaterra. No dia em questão, Rawlinson foi até o principal hotel de Ramat, onde sua irmã, Mrs. Sutcliffe, e a filha dela, Jennifer, estavam hospedadas. Mrs. Sutcliffe e Jennifer estavam fora, mas Bob Rawlinson subiu até o quarto delas, onde permaneceu por ao menos vinte minutos. Isso é um tempo um pouco longo para as circunstâncias. Ele poderia, é claro, ter ficado escrevendo uma longa carta para sua irmã. Mas não foi o que aconteceu. Ele meramente deixou um bilhete curto que seria rabiscado em dois minutos. Chegou-se à conclusão muito justa então, inferida por várias partes distintas, de que, durante o tempo em que ficou no quarto, ele colocou o objeto entre os pertences de sua irmã e que ela o trouxe de volta para a Inglaterra. Agora chegamos ao que posso chamar de divisão de duas tramas separadas. Um conjunto de interesses (ou possivelmente mais de um) presumiu que Mrs. Sutcliffe houvesse trazido esse artigo de volta à Inglaterra e, em consequência disso, sua casa de campo foi saqueada e uma busca minuciosa foi feita. Isso mostrou que quem procurava *não sabia onde exatamente o artigo estava escondido.* Apenas que estava provavelmente *em algum lugar* entre as posses de Mrs. Sutcliffe.

"Mas uma outra pessoa sabia muito definitiva e exatamente onde o artigo estava, e eu acho que agora não fará mal nenhum se eu disser a vocês onde, de fato, Bob Rawlinson o escondeu. Ele o escondeu no cabo de uma raquete de tênis, esvaziando-o e depois montando-o novamente de modo tão habilidoso que era difícil notar qualquer intervenção. A raquete de tênis pertencia não à sua irmã, mas à filha dela,

Jennifer. Alguém que sabia exatamente onde o objeto estava escondido foi até o Pavilhão de Esportes uma noite, tendo primeiramente feito uma cópia da chave para si. Naquela hora da noite, todos deveriam estar na cama e dormindo. Mas não foi o que aconteceu. Miss Springer viu a luz de uma lanterna no Pavilhão de Esportes e saiu para investigar. Sendo uma mulher jovem, grande e forte, não tinha dúvidas sobre sua própria habilidade de lidar com qualquer coisa que pudesse encontrar. A pessoa em questão estava provavelmente remexendo nas raquetes de tênis para encontrar a certa. Descoberta e reconhecida por Miss Springer, não houve hesitação... A pessoa em busca da tal raquete era uma assassina e atirou em Miss Springer para matar. Depois, no entanto, o assassino tinha que agir rápido. O tiro fora ouvido, havia pessoas se aproximando. A todo custo, o assassino teve que sair do Pavilhão de Esportes sem ser visto. A raquete teve que ser deixada onde estava naquele momento...

"Dentro de poucos dias, outro método foi tentado. Uma estranha mulher com sotaque americano falso emboscou Jennifer Sutcliffe enquanto a jovem voltava da quadra de tênis e contou a ela uma história plausível sobre uma parente ter mandado uma nova raquete. Jennifer, sem suspeitar, engoliu a história e, contente, trocou a raquete que estava levando pela nova e cara que a estranha trouxera. Mas havia uma circunstância sobre a qual a mulher com sotaque americano nada sabia. Era que, alguns dias antes, Jennifer Sutcliffe e Julia Upjohn haviam trocado raquetes, de modo que a raquete que a estranha levou era na verdade a velha raquete de Julia Upjohn, embora a fita de identificação indicasse o nome de Jennifer.

"Chegamos agora à segunda tragédia. Miss Vansittart, por alguma razão, mas possivelmente conectada com o sequestro de Shaista que teria acontecido naquela tarde, pegou uma lanterna e foi até o Pavilhão de Esportes depois que todo mundo fora para a cama. Alguém a seguiu até lá e a acertou com um cassetete ou um saco de areia, enquanto ela se debruçava no armário de Shaista. Novamente o crime foi descoberto quase de imediato. Miss Chadwick viu uma luz no Pavilhão de Esportes e correu até lá.

"A polícia mais uma vez tomou conta do Pavilhão de Esportes, e novamente o assassino foi impedido de procurar e examinar as raquetes de tênis ali. Mas, neste momento, Julia Upjohn, uma menina inteligente, já tinha repensado as coisas e chegou à conclusão lógica de que a raquete que ela possuía e que originalmente pertencia a Jennifer, era, de algum modo, importante. Ela investigou por conta própria, descobriu que estava certa em sua suspeita e trouxe o conteúdo da raquete até mim. Ele agora está sob custódia segura e não é mais razão para nos preocuparmos aqui."

Ele pausou e então continuou:

— Resta considerar a terceira tragédia. O que Mademoiselle Blanche sabia ou suspeitava, nós nunca saberemos. Ela pode ter visto alguém sair da casa na noite do assassinato de Miss Springer. Independentemente do que soubesse ou suspeitasse, ela conhecia a identidade do assassino. E guardou segredo. Planejava obter dinheiro em troca de seu silêncio.

Ele balançou a cabeça com pesar.

— Não há nada mais perigoso do que fazer chantagem com uma pessoa que já cometeu talvez dois assassinatos. Mademoiselle Blanche pode ter tomado suas precauções, mas, quaisquer que tenham sido, foram inadequadas. Ela marcou um encontro com o assassino e foi morta.

Ele pausou de novo.

— Pois bem — disse, olhando para o seu entorno —, vocês estão a par deste assunto.

Todos olhavam para ele. Seus rostos, que a princípio tinham refletido interesse, surpresa e empolgação, pareciam agora congelados em uma calma uniforme. Era como se estivessem apavorados demais para demonstrar qualquer emoção. Hercule Poirot assentiu para eles.

— Sim — disse ele —, eu sei como vocês se sentem. Chegou muito perto de casa, não chegou? É por isso, vejam, que eu, Inspetor Kelsey e Mr. Adam Goodman estivemos fazendo investigações. Nós temos que saber, vejam, se há ainda um gato entre os pombos! Vocês entendem o que quero dizer? Há ainda alguém aqui que está disfarçado sob pele de cordeiro?

Houve uma leve movimentação entre aqueles que o ouviam, uma breve e quase furtiva olhada de soslaio, como se desejassem olhar um para o outro, mas não ousassem.

— Eu fico feliz em assegurar a vocês — disse Poirot. — Todos aqui neste momento *são exatamente quem dizem ser*. Miss Chadwick, por exemplo, é Miss Chadwick... isso certamente não está em discussão, ela está aqui desde que Meadowbank surgiu! Miss Johnson também é Miss Johnson, de modo inconfundível. Miss Rich é Miss Rich. Miss Shapland é Miss Shapland. Miss Rowan e Miss Blake são Miss Rowan e Miss Blake. E assim por diante — disse Poirot, virando a cabeça. — Adam Goodman, que trabalha aqui no jardim, se não é precisamente Adam Goodman, de qualquer forma, é a pessoa cujo nome está em suas credenciais. Então, onde estamos? Nós precisamos procurar não alguém disfarçado de outra pessoa, mas alguém que é, em sua própria identidade, um assassino.

A sala estava bem quieta agora. Uma ameaça pairava no ar.

Poirot continuou:

— Nós procuramos, fundamentalmente, *alguém que estava em Ramat três meses atrás*. O fato de que o prêmio estava escondido na raquete de tênis só poderia ser conhecido de uma maneira. Alguém deve ter *visto* aquilo sendo colocado ali por Bob Rawlinson. Simples assim. Quem então, de todos vocês presentes aqui, estava em Ramat três meses atrás? Miss Chadwick estava aqui, Miss Johnson estava aqui. — Seus olhos continuaram até as professoras novatas. — Miss Rowan e Miss Blake estavam aqui.

Seu dedo continuou apontando.

— Mas Miss Rich... Miss Rich não estava aqui no último período letivo, estava?

— Eu... não. Eu estava doente — falou ela, apressadamente. — Fiquei afastada por um período.

— É isso o que nós não sabíamos — disse Hercule Poirot — até alguns dias atrás, quando alguém mencionou por acaso. Ao ser questionada pela polícia a princípio, a senhora simplesmente disse que trabalhava na Meadowbank há um ano e meio. Isso em si não é mentira. Mas a senhora se ausentou no último período letivo. Pode ter estado em Ramat... eu acho que a senhora esteve em Ramat. Tome cuidado. Isso pode ser verificado, a senhora sabe, em seu passaporte.

Houve um momento de silêncio, depois Eileen olhou para cima.

— Sim — disse ela, baixinho. — Eu estava em Ramat. Por que não?

— Por que a senhora foi a Ramat, Miss Rich?

— O senhor já sabe. Eu estava doente. Fui aconselhada a descansar... a ir para o exterior. Escrevi para Miss Bulstrode e expliquei que precisava de um período de folga. Ela entendeu bem.

— Isso é verdade — disse Miss Bulstrode. — Um certificado médico foi anexado, que dizia que seria imprudente para Miss Rich retomar suas responsabilidades no período seguinte.

— Então... a senhora foi para Ramat? — perguntou Hercule Poirot.

— Por que eu não deveria ir para Ramat? — retrucou Eileen Rich. Sua voz oscilava um pouco. — As tarifas oferecidas para professoras são baratas. Eu queria descansar. Queria sol. Fui para Ramat. Passei dois meses lá. *Por que não? Por que não, eu digo?*

— A senhora nunca mencionou que esteve em Ramat na época da Revolução.

— Por que deveria? O que isso tem a ver com qualquer um aqui? Eu não matei ninguém, eu lhe asseguro. Não matei ninguém.

— A senhora foi reconhecida, sabe — disse Hercule Poirot. — Não reconhecida de forma definitiva, mas sim indefinida. A garota Jennifer foi muito vaga. Ela disse que pensava tê-la visto em Ramat, mas concluiu que não poderia ser a senhora, porque, segundo ela, a pessoa que tinha visto era *gorda*, não magra. — Ele se inclinou para a frente, seus olhos perfurando a face de Eileen Rich. — O que a senhora tem a dizer, Miss Rich?

Ela se virou de costas.

— Eu sei o que o senhor está tentando insinuar — gritou. — O senhor está tentando insinuar que não foi um agente secreto ou qualquer coisa do tipo quem cometeu esses dois assassinatos. Que foi alguém que só estava lá *por acaso*, alguém que *por acaso* viu esse tesouro escondido dentro de uma raquete de tênis. Alguém que se deu conta de que a menina estava vindo para Meadowbank e que teria uma oportunidade de tomar para si o objeto oculto. Mas eu lhe digo, isso não é *verdade*!

— Eu acho que foi isso o que aconteceu. Sim — disse Poirot. — Alguém viu as joias sendo escondidas e esqueceu todos os seus outros deveres ou interesses na determinação de possuí-las!

— Não é verdade, eu digo, eu não vi nada...

— Inspetor Kelsey. — Poirot virou o rosto.

Inspetor Kelsey assentiu... Foi até a porta, abriu-a, e Mrs. Upjohn entrou na sala.

II

— Como vai, Miss Bulstrode? — disse Mrs. Upjohn, parecendo meio envergonhada. — Eu sinto muito por estar meio desarrumada, mas eu estava em algum lugar perto de Ancara ontem e acabei de voar de volta para casa. Estou toda maltrapilha e realmente não tive tempo de me ajeitar ou de fazer *qualquer coisa*.

— Não tem importância — respondeu Hercule Poirot. — Nós queremos fazer algumas perguntas à senhora.

— Mrs. Upjohn — começou Kelsey —, quando a senhora veio aqui trazer sua filha à escola e esteve na sala de Miss Bulstrode, a senhora olhou pela janela, a janela que dá para a entrada principal, e exclamou algo como se reconhecesse alguém que viu por ali. Foi isso mesmo?

Mrs. Upjohn o encarou.

— Quando eu estava na sala de Miss Bulstrode? Eu olhei... Ah, sim, é *claro*! Sim, eu vi alguém mesmo.

— Alguém que a senhora ficou surpresa em ver?

— Bem, eu estava bastante... Veja, faz tantos anos.

— A senhora quer dizer desde que trabalhava na Inteligência no final da guerra?

— Sim. Cerca de quinze anos atrás. É claro, ela parecia bem mais velha, mas eu logo a reconheci. Fiquei pensando que diabos poderia estar fazendo *aqui*.

— Mrs. Upjohn, poderia olhar ao redor desta sala e me dizer se a senhora vê essa pessoa aqui agora?

— Sim, é claro. Eu a vi logo que entrei. Ali está ela.

Ela se esticou toda, apontando o dedo. Inspetor Kelsey foi rápido e Adam também, mas não o suficiente. Ann Shapland ficou de pé num salto. Havia em sua mão uma pistola automática de aparência maligna apontada direta para Mrs. Upjohn. Miss Bulstrode, mais rápida que os dois homens, avançou bruscamente, mas ainda mais ágil foi Miss Chadwick. Não era Mrs. Upjohn que ela tentava proteger, mas a mulher que estava entre Ann Shapland e Mrs. Upjohn.

— Não, você não vai... — gritou Chaddy, e se lançou sobre Miss Bulstrode bem quando a pequena automática disparou.

Miss Chadwick cambaleou, depois lentamente colapsou no chão. Miss Johnson correu até ela. Adam e Kelsey pegaram Ann Shapland. Ela se debatia como uma jaguatirica, mas eles conseguiram arrancar a pequena arma automática da mão dela.

Mrs. Upjohn disse, sem fôlego:

— Eles diziam naquela época que ela era uma assassina. Embora fosse tão jovem. Uma das mais perigosas agentes que existiam. Angelica era seu codinome.

— Sua vadia mentirosa! — Ann Shapland cuspiu as palavras.

Hercule Poirot disse:

— Ela não está mentindo. Você é perigosa. Sempre levou uma vida perigosa. Até agora, nunca suspeitaram de sua identidade. Todos os trabalhos que fez em seu próprio nome foram perfeitamente genuínos, realizados com eficiência, mas foram todos trabalhos com um propósito, e esse propósito era o ganho de informações. Você trabalhou para a Companhia de Petróleo, para um arqueólogo, cujo trabalho o levou para certa parte do globo, para uma atriz, cujo mecenas era um eminente político. Desde os 17 anos, você trabalha como agente, embora para diferentes chefes. Seus serviços são por contrato e muitíssimo bem pagos. Você fazia um papel duplo. A maior parte das suas tarefas foram levadas a cabo em seu nome, mas houve certos trabalhos para os quais você assumiu diferentes identidades. Eram os momentos nos quais você teoricamente tinha que ir para casa ficar com sua mãe.

"Mas minha grande suspeita é, Miss Shapland, que a idosa que visitei, que mora num vilarejo e tem uma enfermeira de prontidão, uma idosa que é genuinamente uma paciente mental com a mente confusa, não é a sua mãe de jeito nenhum. Ela tem sido sua desculpa para se retirar dos empregos e de seu círculo de amigos. Os três meses que você passou com sua 'mãe' neste inverno, quando ela teve uma de suas 'complicações', coincidem com o tempo em que você esteve em Ramat. Não sob o nome de Ann Shapland mas de Angelica de Toredo, uma dançarina de cabaré espanhola, ou quase espanhola. Você ocupou o quarto de hotel ao lado de Mrs. Sutcliffe e de algum modo conseguiu ver Bob Rawlinson escondendo as joias na raquete. Não teve oportunidade de pegar a raquete naquele momento, pois todos os cidadãos britânicos foram repentinamente evacuados, mas já tinha lido as etiquetas nas malas. Obter uma vaga de secretária aqui não foi difícil. Eu fiz algumas investigações. Você pagou uma quantia substancial para a antiga secretária de Miss Bulstrode deixar a posição vaga sob o pretexto de uma 'crise nervosa'. E você tinha uma história bem plausível. Havia sido comissionada para escrever uma série de artigos sobre famosas escolas para garotas 'com um olhar de dentro'.

"Tudo parecia bastante fácil, não? Se a raquete de uma criança sumisse, que mal teria? Mais simples ainda, você sairia à noite para o Pavilhão de Esportes e pegaria as joias. Mas não contava com Miss Springer. Talvez ela já a tivesse visto examinando as raquetes. Talvez simplesmente tenha acontecido de acordar naquela noite. Ela a seguiu até lá e você atirou nela. Mais tarde, Mademoiselle Blanche tentou chantageá-la, e você a matou. Matar é natural para você, não é?"

Ele parou. Com uma voz oficial monótona, Inspetor Kelsey deu voz de prisão à mulher.

Ela não deu ouvidos. Voltando-se para Hercule Poirot, explodiu em uma enxurrada de invectivas que assustou a todos na sala.

— Ufa! — disse Adam, enquanto Kelsey a levava. — E eu que pensei que ela era uma garota legal!

Miss Johnson estava ajoelhada ao lado de Miss Chadwick.

— Eu receio que ela esteja gravemente ferida — disse ela. — É melhor não a movermos até que chegue um médico.

Capítulo 24

Poirot explica

Mrs. Upjohn, vagando pelos corredores da Escola Meadowbank, esqueceu a cena instigante pela qual tinha acabado de passar. Era, por um momento, simplesmente uma mãe procurando a filha. Encontrou-a em uma sala deserta. Julia estava inclinada em carteira, com a língua levemente para fora, absorta nas agonias da redação.

Ela olhou para cima e encarou. Então se lançou até o outro lado da sala e abraçou sua mãe.

— Mamãe!

Com a timidez típica de sua idade, envergonhada de sua emoção irrestrita, ela se afastou e falou em um tom cuidadoso e casual... de fato quase acusatório.

— Não está de volta meio *cedo demais*, mamãe?

— Eu voltei de avião — disse Mrs. Upjohn, quase se desculpando —, de Ancara.

— Ah. Bem, estou contente que esteja de volta.

— Sim — disse Mrs. Upjohn —, eu também estou muito contente.

Elas se olharam, envergonhadas.

— O que está fazendo? — perguntou Mrs. Upjohn, se aproximando um pouco mais.

— Estou escrevendo uma redação para Miss Rich — disse Julia. — Ela realmente propõe os temas mais interessantes.

— E qual é o tema dessa vez? — quis saber Mrs. Upjohn.

Ela debruçou-se na carteira.

O tema escrito na caligrafia torta e espalhada de Julia veio a seguir: "Compare as atitudes de Macbeth e Lady Macbeth diante de assassinato", leu Mrs. Upjohn.

— Bem — disse, em dúvida —, não se pode dizer que o tema não esteja em discussão!

Ela leu o começo do ensaio de sua filha. "Macbeth", Julia tinha escrito, "gostava da ideia de assassinato e tinha pensado muito sobre isso, mas precisava de um empurrão para começar. Uma vez que começara, ele gostou de assassinar pessoas e não teve mais escrúpulos ou medos. Lady Macbeth era apenas gananciosa e ambiciosa. Ela não se importava com o que precisaria fazer para obter o que queria. Mas uma vez que o fez, descobriu que não gostava de jeito algum."

— Sua linguagem não é muito elegante — disse Mrs. Upjohn. — Acho que você terá que polir um pouco isso, mas certamente tem algo aí.

II

Inspetor Kelsey falava em um leve tom de reclamação.

— Está tudo muito bem para o senhor, Poirot. O senhor pode falar e fazer um monte de coisas que nós não podemos. E vou admitir que foi tudo bem arquitetado. Baixou a guarda dela, fez com que ela pensasse que estávamos atrás de Miss Rich, e então a repentina aparição de Mrs. Upjohn a fez perder a cabeça. Graças a Deus que ela ficou com aquela automática depois de atirar na Springer. Se a bala corresponder...

— Vai corresponder, *mon ami,* vai, sim — disse Poirot.

— Então a pegamos pelo assassinato de Springer. E estou sabendo que Miss Chadwick está mal. Mas, veja bem, Poirot, eu ainda não consigo entender como ela pode ter matado Miss Vansittart. É praticamente impossível. Ela tem um álibi muito forte, a menos que o jovem Rathbone e toda a equipe do Nid Sauvage estejam com ela.

Poirot sacudiu sua cabeça.

— Ah, não. O álibi dela é ótimo. Ela matou Miss Springer e Mademoiselle Blanche. Mas Miss Vansittart... — Ele hesitou um momento, seus olhos foram até onde Miss Bulstrode estava sentada ouvindo-os. — Miss Vansittart foi morta por Miss Chadwick.

— Miss Chadwick?! — exclamaram Miss Bulstrode e Kelsey juntos.

Poirot assentiu.

— Tenho certeza disso.

— Mas... por quê?

— Eu acho — disse Poirot — que Miss Chadwick amava demais a Meadowbank... — Seus olhos se encontraram com os de Miss Bulstrode.

— Estou entendendo... — respondeu Miss Bulstrode. — Sim, sim, eu entendo... eu deveria ter imaginado. — Ela pausou. — O senhor quer dizer que ela...?

— Quero dizer — respondeu Poirot — que ela inaugurou a escola com a senhora, que durante todo o tempo ela considerava Meadowbank um empreendimento conjunto de vocês duas.

— O que em certo sentido era mesmo — afirmou Miss Bulstrode.

— Quase — disse Poirot. — Mas isso era simplesmente quanto ao aspecto financeiro. Quando a senhora começou a falar em se aposentar, ela considerou que seria a pessoa que assumiria.

— Mas ela é velha demais — objetou Miss Bulstrode.

— Sim — disse Poirot —, ela é velha demais e não serve para diretora. Mas ela mesma não pensava assim. Pensava que, quando a senhora partisse, ela seria a diretora da Meadowbank, era o curso natural. E então ela descobriu que não. Que a senhora estava considerando outra pessoa, que tinha fechado com Eleanor Vansittart. E ela amava Meadowbank. Ela amava a escola e não gostava de Eleanor Vansittart. Eu acho que, no fim das contas, ela a odiava.

— Pode ser que ela odiasse — concordou Miss Bulstrode. — Sim, Eleanor Vansittart era... como eu posso dizer? Ela era sempre muito complacente, muito superior em relação a tudo. Isso seria difícil para uma pessoa ciumenta suportar. É isso que o senhor quer dizer, não é? Chaddy tinha ciúmes.

— Sim — disse Poirot. — Ela tinha ciúmes da Meadowbank e ciúme de Eleanor Vansittart. Não poderia suportar a ideia da escola e de Miss Vansittart juntas. E então, talvez, alguma coisa em seu comportamento levou-a a pensar que a senhora estivesse cedendo?

— Eu cedi mesmo — confirmou Miss Bulstrode. — Mas não do modo que Chaddy talvez pensasse que eu estivesse cedendo. Na verdade, pensei em alguém mais jovem do que Miss Vansittart... pensei muito e então eu disse: "Não, ela é jovem demais...". Chaddy estava comigo na ocasião, eu lembro bem.

— E ela pensou — disse Poirot — que a senhora estava se referindo a Miss Vansittart. Que estava dizendo que Miss Vansittart era jovem demais. Então concordou completamente. Ela pensava que experiência e sabedoria, como as dela, eram bem mais importantes. Mas aí, depois de tudo o que houve, a senhora retornou à decisão original. Escolheu Eleanor Vansittart como a pessoa certa e deixou-a no comando da escola naquele final de semana. Acho que foi isso o que aconteceu. Naquele domingo à noite, Miss Chadwick estava inquieta, se levantou e viu uma luz na quadra de squash. Foi até lá exatamente como diz que fez. Só tem uma coisa de diferente da história que ela contou. Não foi um taco de golfe que levou consigo. Ela pegou um dos sacos de areia da pilha do corredor. Foi até lá pronta para encarar um ladrão, alguém que pela segunda vez tivesse invadido o Pavilhão de Esportes. Ela tinha o saco de areia pronto na mão para se defender se fosse atacada. E o que ela encontrou? Encontrou Eleanor Vansittart ajoelhada, olhando dentro de um armário, e pensou, talvez, porque sou bom — disse Hercule Poirot, como comentário — em me colocar na mente das pessoas, ela pensou que, *se* fosse um saqueador, um ladrão, ele chegaria por trás dela e a golpearia. E como o pensamento veio a sua cabeça, ela, não muito consciente do fazia, ergueu o saco e golpeou. E então Eleanor Vansittart estava morta, fora do seu caminho. Ela ficou chocada, acho, com o que acabara de fazer. Desde então, o pensamento tem se apossado dela, pois ela não é uma assassina nata, Miss Chadwick. Ela foi levada a fazer aquilo, como alguns são levados, por ciúmes e obsessão. A obsessão do amor pela Meadowbank. Agora que Eleanor Vansittart estava morta, ela tinha quase certeza de que sucederia a senhora na Meadowbank. Então não confessou. Contou sua história à polícia exatamente como ocorreu, exceto pelo fato vital de que foi *ela* quem deu o golpe. Mas quando perguntaram a ela sobre o taco de golfe que supostamente Miss Vansittart levara consigo, pois estava nervosa com tudo o que tinha ocorrido, Miss Chadwick disse rapidamente que ela o levara para lá. Ela não queria que a senhora cogitasse a possibilidade de ela ter mexido nos sacos de areia.

— Por que Ann Shapland também escolheu um saco de areia para matar Mademoiselle Blanche? — perguntou Miss Bulstrode.

— Primeiro porque ela não poderia arriscar um tiro de pistola dentro da escola e depois porque ela é uma jovem muito esperta. Ela queria ligar esse terceiro assassinato ao segundo, para o qual ela tinha um álibi.

— Eu só não entendo o que Eleanor Vansittart estava fazendo sozinha no Pavilhão de Esportes — disse Miss Bulstrode.

— Eu acho que podemos tentar adivinhar. Ela provavelmente estava muito mais preocupada com o desaparecimento de Shaista do que se permitia aparentar. Estava tão incomodada quanto Miss Chadwick. E, de certo modo, era pior para ela, porque ela fora deixada no comando, e o sequestro acontecera enquanto ela era a responsável. Além do mais, ela menosprezara essa possibilidade tanto quanto possível, pois não estava disposta a encarar os fatos.

— Então havia fraqueza por trás da *façade* — matutou Miss Bulstrode. — Eu por vezes suspeitei.

— Ela também, eu acho, não conseguia dormir. E acho que foi silenciosamente até o Pavilhão de Esportes para fazer uma investigação no armário de Shaista, no caso de haver alguma pista lá sobre o desaparecimento da garota.

— O senhor parece ter explicações para tudo, Monsieur Poirot.

— Essa é a especialidade dele — disse Inspetor Kelsey com um pouco de malícia.

— E qual foi o objetivo ao fazer Eileen Rich desenhar vários membros da equipe?

— Eu queria testar a habilidade da menina Jennifer de reconhecer um rosto. Logo me convenci de que Jennifer estava tão preocupada com seus próprios assuntos que olhava estranhos no máximo de maneira superficial, notando apenas os detalhes externos de sua aparência. Ela não reconheceu um desenho de Mademoiselle Blanche com um penteado diferente. Muito menos então teria reconhecido Ann Shapland que, sendo sua secretária, raramente era vista de perto pelas alunas.

— O senhor acha que a mulher que trouxe a nova raquete era a própria Ann Shapland?

— Sim. Foi o trabalho de uma pessoa só. A senhora se lembra daquele dia em que chamou-a para que ela redigisse uma mensagem para Julia, mas no fim, como a campainha não foi atendida, mandou uma aluna procurar a menina? Ann estava acostumada a disfarces rápidos. Uma peruca loira, sobrancelhas desenhadas de outro jeito, um vestido "maltrapilho" e um chapéu. Ela precisou se ausentar de sua máquina de escrever por apenas cerca de vinte minutos. Eu vi pelos inteligentes desenhos de Miss Rich o quanto é fácil para uma mulher alterar sua aparência puramente com acessórios.

— Miss Rich... eu fico pensando... — Ela parecia reflexiva.

Poirot deu uma olhada a Inspetor Kelsey, que disse que precisava ir.

— Miss Rich? — disse Miss Bulstrode outra vez.

— Chame-a — disse Poirot. — É o melhor a fazer.

Eileen Rich apareceu. Estava pálida e com uma expressão levemente desafiadora.

— A senhora quer saber — disse ela a Miss Bulstrode — o que eu estava fazendo em Ramat?

— Eu acho que imagino — respondeu Miss Bulstrode.

— Exatamente — disse Poirot. — As crianças de hoje em dia sabem de todas as coisas da vida, mas seus olhos geralmente mantêm a inocência.

Ele acrescentou que também deveria partir e se foi.

— Foi isso, não foi? — perguntou Miss Bulstrode. Sua voz era viva e empresarial. — Jennifer simplesmente a descreveu como gorda. Ela não percebeu que o que vira era uma mulher grávida.

— Sim — disse Eileen Rich. — Foi isso. Eu ia ter um filho. Não queria largar meu emprego aqui. Consegui disfarçar bem até o fim do outono, mas, depois disso, a barriga a aparecer. Eu consegui um atestado médico, dizendo que não estava apta para continuar, e aleguei doença. Fui para o exterior, para um ponto remoto onde achei que não seria provável encontrar ninguém que me conhecesse. Voltei para este país e a criança nasceu... morta. Voltei para este período letivo e esperava que ninguém nunca soubesse... Mas a senhora entende agora, não entende, por que eu disse que deveria recusar sua oferta de sociedade se a senhora a tivesse feito? Somente agora, com a escola em tal estado desastroso, acho que, afinal de contas, eu seria capaz de aceitar.

— Ela parou e disse com uma voz segura: — A senhora quer que eu vá embora agora? Ou espero até o final no período?

— Você fica até o final do período — disse Miss Bulstrode — e se houver um novo, o que ainda espero, você volta.

— Voltar? — questionou Eileen Rich. — Quer dizer que a senhora ainda me quer aqui?

— É claro que quero — disse Miss Bulstrode. — Você não assassinou ninguém, assassinou? Não enlouqueceu por causa de joias ou planejou matar para ficar com elas? Eu vou lhe dizer o que você fez. Você provavelmente negou seus instintos por tempo demais. Conheceu um homem, se apaixonou, teve um filho. Eu suponho que não pôde se casar.

— Nunca houve espaço para casamento — afirmou Eileen Rich. — Eu sabia disso. Não é culpa dele.

— Muito bem, então — disse Miss Bulstrode. — Você teve um caso e uma criança. Você queria ter essa criança?

— Sim. Sim, eu a queria.

— Então está feito — concluiu Miss Bulstrode. — Agora vou lhe dizer uma coisa. Eu acredito que, apesar desse caso, sua real vocação na vida é lecionar. Eu acho que sua profissão significa mais para você do que qualquer vida normal com um marido e filhos.

— Ah, sim — concordou Eileen Rich. — Tenho certeza disso. Eu soube disso o tempo todo. É o que eu realmente queria fazer… Essa é a verdadeira paixão da minha vida.

— Então não seja boba — disse Miss Bulstrode. — Estou lhe fazendo uma boa oferta. Isto é, se as coisas se acertarem. Passaremos dois ou três anos juntas colocando Meadowbank de volta no mapa. Você terá ideias diferentes das minhas sobre como isso deve ser feito. Vou ouvir suas ideias. Talvez até ceda a algumas. Você quer que as coisas sejam diferentes, suponho, na Meadowbank?

— Eu quero, de algumas maneiras, sim. Não vou fingir. Gostaria de fazer mais esforço para conseguir meninas que realmente importam.

— Ah — disse Miss Bulstrode —, entendo. É do elemento esnobe que você não gosta, não é?

— Sim, para mim, parece que estraga as coisas.

— O que você não percebe — disse Miss Bulstrode —, é que, para conseguir as meninas que você quer, é preciso *ter* esse elemento esnobe. É parte bem pequena, na verdade, sabe? Alguma realeza estrangeira, poucos nomes famosos e todo mundo, todos os pais bobos de todo o país e do exterior querem que suas filhas estudem na Meadowbank. Atropelam uns aos outros para terem suas filhas admitidas na Meadowbank. Qual é o resultado? Uma enorme lista de espera, e eu posso ver as garotas, avaliá-las e então escolhê-las! Você pode escolher, entende? Eu decido quais serão minhas garotas. Eu as escolho muito cuidadosamente, algumas por caráter, algumas por inteligência, algumas pela pura capacidade acadêmica. Algumas porque acho que não tiveram chance, mas podem se tornar algo que valha a pena. Você é jovem, Eileen. Você é cheia de ideais. O que importa para você é o ensino e o lado ético. Sua visão está certa. São as garotas que importam, mas se quiser fazer sucesso com qualquer coisa, sabe, terá que ser uma boa empresária também. Ideias são como qualquer outra coisa: precisam ser vendidas. Teremos que fazer um trabalho muito habilidoso no futuro para que a Meadowbank volte a funcionar. Terei que fazer conexões com certas pessoas, ex-alunas, intimidá-las, negociar com elas, conseguir que mandem suas filhas para cá. E então outras virão. Deixe-me usar meus truques e depois você pode fazer do seu jeito. Meadowbank vai continuar e vai ser uma ótima escola de novo.

— Será a melhor escola da Inglaterra — concluiu Eileen Rich entusiasmada.

— Bom — disse Miss Bulstrode —, e Eileen, vou dar um jeito de conseguir um bom corte para dar forma ao seu cabelo. Você parece incapaz de controlar esse coque. E agora — disse, a voz mudada — devo ir ver Chaddy.

Ela entrou e sentou-se ao lado da cama. Miss Chadwick estava deitada muito parada e branca. O sangue todo tinha se esvaído de sua face, e ela parecia drenada de vida. Um policial com um caderno estava sentado perto dela, e Miss Johnson estava do outro lado da cama. Ela olhou para Miss Bulstrode e sacudiu a cabeça gentilmente.

— Olá, Chaddy — disse Miss Bulstrode, e segurou a mão frouxa da velha amiga.

Os olhos de Miss Chadwick se abriram.

— Eu queria te contar — disse — Eleanor... foi... fui eu.

— Sim, querida, eu sei — respondeu Miss Bulstrode.

— Ciúmes — explicou Chaddy. — Eu queria...

— Eu sei.

Lágrimas escorreram lentamente pelas bochechas de Miss Chadwick.

— É tão horrível... Eu não queria... Eu não sei como fui fazer uma coisa dessas!

— Não pense mais nisso — confortou Miss Bulstrode.

— Mas eu não consigo... Você nunca vai... Eu nunca vou me perdoar...

— Ouça, querida. Você salvou a minha vida, sabe? A minha vida e a vida daquela boa mulher, Mrs. Upjohn. Isso conta, não conta?

— Eu só gostaria — disse Miss Chadwick — de poder dar a *minha* vida pela vida de vocês duas. Isso teria acertado as coisas...

Miss Bulstrode olhou para ela com grande pena. Miss Chadwick respirou fundo, sorriu, e então, a cabeça pendendo levemente para o lado, morreu...

— Você *deu* sua vida, minha querida — disse Miss Bulstrode brandamente. — Eu espero que se dê conta disso... agora.

Capítulo 25

Legado

— Um certo Mr. Robinson está aqui para vê-lo, senhor.
— Ah! — disse Hercule Poirot. Ele esticou a mão e pegou uma carta na escrivaninha à sua frente. Olhou para ela, pensativo, e disse: — Peça-lhe para entrar, Georges.

A carta tinha somente algumas poucas linhas:

Caro Poirot,
   Um certo Mr. Robinson pode lhe procurar em um futuro próximo. Pode ser que você já saiba algo sobre ele. Uma figura bastante proeminente em certos círculos. Há uma demanda por homens desse tipo no nosso mundo moderno... Eu acredito, se posso colocar assim, que ele está, nesse assunto particular, do lado dos anjos. Essa é só uma recomendação, se você estiver em dúvida. É claro, e atente-se para isso, que não temos a menor ideia do problema sobre o qual ele deseja consultá-lo...
   Até logo e boas festas

   Atenciosamente,
   Ephraim Pikeaway

Poirot deixou a carta na mesa e levantou-se quando Mr. Robinson entrou na sala. Ele se curvou, cumprimentou-o com um aperto de mão e indicou uma cadeira.

Mr. Robinson se sentou, puxou um lenço e secou seu gordo rosto amarelo. Ele observou que estava um dia quente.

— Eu espero que você não tenha vindo até aqui caminhando neste calor.

Poirot parecia horrorizado só de pensar. Por uma associação natural de ideias, seus dedos foram até o bigode. Tudo certo. Não estava murcho.

Mr. Robinson ficou igualmente horrorizado.

— Não, não, de fato. Eu vim no meu Rolls. Mas essas quadras de tráfego... pode-se ficar parado por meia hora às vezes.

Poirot assentiu empaticamente.

Houve uma pausa — a pausa que sucede à primeira parte da conversa, antes de iniciar-se a parte dois.

— Eu estava interessado em ouvir... é claro, a gente ouve tantas coisas... a maioria não é verdadeira... que você esteve envolvido nas questões de uma escola para meninas.

— Ah — disse Poirot. — Aquilo!

Ele se inclinou para trás em sua cadeira.

— Meadowbank — disse Mr. Robinson com atenção. — Uma das melhores escolas da Inglaterra.

— É uma ótima escola.

— É? Ou era?

— Espero que a primeira opção.

— Também espero — disse Mr. Robinson. — Eu temo que possa ser incerto. Ah, bem, a gente faz o que pode. Um pequeno apoio financeiro para se organizar depois de um certo período inevitável de recessão. Poucas novas alunas cuidadosamente escolhidas. Eu tenho as minhas influências nos círculos europeus.

— Eu também tenho aplicado alguma persuasão em certas regiões. Se, como você diz, conseguirmos nos organizar. Misericordiosamente, as memórias são curtas.

— É isso que se espera. Mas devemos admitir que aqueles eventos que aconteceram lá podem mesmo abalar os nervos de zelosas mães, e dos pais também. A professora de educação física, a professora de francês e ainda uma terceira... todas assassinadas.

— Como você diz.

— Eu ouvi dizer, afinal, ouve-se tanta coisa, que a jovem desafortunada responsável sofria de uma fobia de professoras desde a infância. Uma infância infeliz na escola. Um prato cheio para os psiquiatras. Eles vão ao menos tentar uma alegação de insanidade mental, como chamam hoje em dia.

— Essa linha parece ser a melhor escolha — disse Poirot. — Perdoe-me por dizer que espero que não obtenha sucesso.

— Concordo integralmente com você. Uma assassina a sangue-frio. Mas vão dizer muito por seu excelente caráter, seu trabalho como secretária para várias pessoas conhecidas, seus antecedentes da guerra... muito distintos, eu creio... contraespionagem...

Ele deixou escapar as últimas palavras com certa importância, com um leve tom questionador na voz.

— Ela era muito boa, acredito — disse ele mais vividamente. — Tão jovem, mas bastante brilhante, de grande uso, para ambos os lados. Esse era seu métier, ela deveria ter ficado nele. Mas posso entender a tentação: fazer algo por conta própria e ganhar um grande prêmio. — Ele completou delicadamente: — Um prêmio muito grande.

Poirot assentiu.

Mr. Robinson se inclinou para a frente.

— Onde estão, Monsieur Poirot?

— Eu acho que você sabe onde estão.

— Bem, para ser franco, sim. Bancos são instituições muito úteis, não são?

Poirot sorriu.

— Nós não precisamos fazer rodeios, precisamos, meu caro companheiro? O que você vai fazer com elas?

— Eu estive esperando.

— Esperando o quê?

— Digamos que... sugestões?
— Sim, entendo.
— Você entende que não pertencem a mim. Eu gostaria de entregá-los para a pessoa a quem pertencem. Mas isso, se eu avalio a situação corretamente, não é tão simples.
— Os governos estão numa posição bastante difícil — disse Mr. Robinson. — Vulnerável, por assim dizer. Pois com petróleo, aço, urânio, cobalto e todo o resto, as relações exteriores são das mais delicadas questões. A melhor coisa é poder dizer que a Sua Majestade, o governo etc., etc., não têm absolutamente *nenhuma* informação sobre o assunto.
— Mas eu não posso manter esse depósito importante no meu banco indefinidamente.
— Exato. É por isso que eu vim propor que você entregue-o a mim.
— Ah — disse Poirot. — Por quê?
— Eu posso lhe dar razões excelentes. Essas pedras, por sorte não estamos conversando oficialmente, podemos chamar as coisas pelos nomes certos, eram inquestionavelmente propriedade do falecido Príncipe Ali Yusuf.
— Eu sei disso.
— Sua Alteza as entregou ao Líder do Esquadrão, Robert Rawlinson, com certas instruções. Elas precisavam ser retiradas de Ramat e deveriam ser entregues *a mim*.
— Você tem provas disso?
— Certamente.
Mr. Robinson tirou do bolso um longo envelope. De dentro dele, diversos papéis. Ele dispôs os papéis diante de Poirot na escrivaninha.
Poirot se curvou sobre eles e os estudou cuidadosamente.
— Parece ser como você diz.
— Bem, então?
— Você se importa se eu fizer uma pergunta?
— De forma alguma.
— O que você, pessoalmente, vai ganhar com isso?

Mr. Robinson ficou surpreso.

— Meu caro companheiro. Dinheiro, é claro. Muito dinheiro.

Poirot olhou para ele com atenção.

— É um comércio muito antigo — disse Mr. Robinson. — E muito lucrativo. Há muitos de nós, uma rede por todo o globo. Nós somos, como devo dizer, os organizadores por trás da cena. Para reis, para presidentes, para políticos, para todos esses, na verdade, sobre os quais as luzes ferozes se esbatem, como disse o poeta. Nós mediamos uns aos outros, e lembre-se disto: nós honramos nossa palavra. Nossos lucros são altos, mas somos honestos. Nossos serviços custam caro, mas entregamos o serviço.

— Entendo — disse Poirot. — *Eh bien!* Eu concordo com seu pedido.

— Eu posso lhe assegurar que essa decisão vai agradar a todos. — Os olhos de Mr. Robinson pousaram por um momento na carta do Coronel Pikeaway que estava na mão direita de Poirot.

— Mas só um momentinho. Eu sou humano. Eu tenho curiosidade. O que você vai fazer com essas joias?

Mr. Robinson olhou para ele. Depois seu grande rosto amarelo se enrugou em um sorriso. Ele se inclinou para a frente.

— Vou lhe contar.

E contou.

II

Crianças estavam brincando para cima e para baixo na rua. Seus gritos estridentes preenchiam o ar. Mr. Robinson, descendo vagarosamente de seu Rolls, foi abalroado por uma delas.

Mr. Robinson colocou a criança de lado com um gesto até que delicado e olhou para o número da casa.

Número quinze. Estava certo. Ele empurrou o portão para abrir e subiu os três degraus até a porta da frente. Cortinas brancas elegantes nas janelas, ele notou, e um batedor de latão bem polido. Uma casinha insignificante em uma rua insignificante em uma parte insignificante de Londres, mas bem conservada. Era bastante digna.

A porta se abriu. Uma moça de cerca de 25 anos, de aparência agradável, com um tipo de beleza que poderia estampar uma caixa de chocolate, o acolheu com um sorriso.

— Mr. Robinson? Entre.

Ela o levou para a pequena sala de estar. Uma televisão, cretones com padrão jacobino, um piano pequeno encostado na parede. Ela usava uma saia escura e um pulôver cinza.

— O senhor quer um chá? Coloquei a chaleira no fogo.

— Obrigada, mas não. Eu nunca bebo chá. E só posso ficar um pouco. Eu vim apenas trazer aquilo sobre o que escrevi para você.

— De Ali?

— Sim.

— Não há... não poderia haver... qualquer esperança? Quero dizer, é realmente verdade que ele morreu? Não pode ter havido algum engano?

— Receio que não houve engano — disse Mr. Robinson gentilmente.

— Não... Não, suponho que não. De todo modo, eu nunca esperei... Quando ele voltou para lá eu achava mesmo que nunca mais o veria de novo. Não quero dizer que pensava que ele seria morto ou que haveria uma Revolução. Eu só quis dizer... bem, você sabe, que ele teria que continuar, fazer o que era seu dever... o que era esperado dele. Casar-se com alguém do seu próprio povo e tudo mais.

Mr. Robinson retirou um pacote e o deixou na mesa.

— Abra, por favor.

Seus dedos remexeram um pouco enquanto ela rasgava o pacote e desdobrava a cobertura final...

Ela prendeu a respiração abruptamente.

Vermelho, azul, verde, branco, tudo cintilando com fogo, com vida, transformando o quartinho escuro na caverna de Aladim...

Mr. Robinson observou-a. Ele tinha visto tantas mulheres olharem para pedras preciosas...

Ela disse, por fim, sem ar:

— São... não podem ser... *reais*?

— São reais.

— Mas elas devem valer... elas devem valer...

Sua imaginação falhou.

Mr. Robinson assentiu.

— Se você desejar se desfazer delas, deve conseguir provavelmente, ao menos, meio milhão de libras.

— Não... Não, eu não posso.

De repente, ela as pegou em suas mãos e as embrulhou novamente com dedos trêmulos.

— Estou com medo. Elas me assustam. O que devo fazer com elas?

A porta se abriu de repente. Um menininho entrou correndo.

— Mãe, ganhei um tanque incrível de Billy. Ele...

Ele parou, olhando fixamente para Mr. Robinson.

Um menino magro, pele morena.

Sua mãe disse:

— Vá para a cozinha, Allen, seu chá está prontinho. Leite e biscoitos, e tem um pouco de pão de mel.

— Ah, bom. — Ele partiu fazendo barulho.

— Você o batizou de Allen? — perguntou Mr. Robinson.

Ela corou.

— Era o nome mais próximo ao de Ali. Eu não poderia chamá-lo de Ali... difícil demais para ele, e para os vizinhos, e tudo.

Ela continuou, seu rosto tenso novamente.

— O que eu faço?

— Primeiramente, você tem sua certidão de casamento? Preciso me certificar de que você é a pessoa que diz ser.

Ela ficou olhando um momento, depois foi até uma pequena escrivaninha. De uma das gavetas, trouxe um envelope para ele.

— Hmm... Sim... Registro de Edmonstow... Ali Yusuf, estudante... Alice Calder, fiandeira... Sim, está tudo em ordem.

— Ah, é legal mesmo... até onde é possível ser. E ninguém nunca se deu conta de quem ele era. Há tantos desses estudantes muçulmanos estrangeiros, sabe? Sabíamos que não significava nada de verdade. Ele era muçulmano, podia ter mais do que uma esposa e sabia que teria que voltar e fazer isso. Nós conversamos sobre o assunto. Mas Allen estava a caminho, sabe, e ele disse que a certidão deixaria tudo certo para o bebê. Nós éramos casados dentro dos conformes neste país, e Allen seria legítimo. Foi o melhor que ele pôde fazer por mim. Ele me amava de verdade, sabe? De verdade.

— Sim — disse Mr. Robinson. — Eu tenho certeza de que ele a amava. — Ele continuou rapidamente. — Agora, supondo que você confie em mim. Eu vou ver o que fazer para vender essas pedras. Vou lhe dar o endereço de um advogado, um advogado muito bom e confiável. Ele vai lhe aconselhar, eu espero, a pôr a maior parte do dinheiro em um fundo fiduciário. E haverá outras coisas, educação para o seu filho e um novo modo de vida para você. Você vai querer educação social e orientação. Você será uma mulher muito rica e todos os inescrupulosos, golpistas e tudo o mais estarão atrás de você. Sua vida não será fácil, exceto no puro sentido material. Gente rica não tem descanso na vida, eu posso lhe dizer... eu vi muitas pessoas terem essa ilusão. Mas você tem caráter. Eu acho que vai se dar bem. E aquele seu menino pode ser um homem mais feliz do que o pai dele jamais foi. — Ele hesitou. — Você concorda?

— Sim. Leve-as. — Ela as empurrou na direção dele, depois disse de repente: — Aquela aluna, aquela que as encontrou... eu gostaria que ela ficasse com uma das pedras. De qual delas, de que cor o senhor acha que ela gostaria?

Mr. Robinson refletiu.

— Uma esmeralda, eu acho... verde, de mistério. Uma boa ideia, a sua. Ela vai achar isso muito empolgante.

Ele se levantou.

— Eu vou cobrar pelos meus serviços, entende? — disse Mr. Robinson. — E meus preços são preços bem elevados. Mas não vou lhe enganar.

Ela deu a ele uma olhada de cima a baixo.

— Não, eu acho que não vai mesmo. E eu preciso de alguém que conheça os negócios, eu não conheço.

— Você parece ser uma mulher muito sensata, se posso dizer assim. Agora, então, posso levar as pedras? Não quer ficar com alguma delas, digamos?

Ele observou-a com curiosidade, a repentina centelha de empolgação, os olhos famintos ávidos, e então a centelha morreu.

— Não — disse Alice. — Eu não quero ficar com nenhuma. — Ela corou. — Eu aposto que isso parece insensato para você... não manter ao menos um grande rubi ou uma esmeralda... só como lembrança. Mas, entenda, ele e eu, ele era muçulmano, mas ele me permitia ler um pouco da Bíblia. E nós lemos aquela parte sobre uma mulher cujo preço era mais alto do que rubis. E então... eu não terei joias. Eu prefiro não ter...

— Uma mulher muito incomum — disse Mr. Robinson para si mesmo, enquanto caminhava até o Rolls e entrava no carro. Ele repetiu para si mesmo: — Uma mulher muito incomum...

Sobre Um gato entre os pombos

Este é o 51º romance de Agatha Christie. Foi publicado na Inglaterra em novembro de 1959, quando a autora tinha 69 anos. Apesar da participação tardia do detetive Hercule Poirot e de a maior parte da trama se desenrolar em um colégio interno, seu enredo com ênfase em espionagem internacional lembra muito os livros com aventuras passadas fora da Inglaterra e as histórias dos personagens Tommy e Tuppence.

Na página 18, Miss Bulstrode elogia Mrs. Hope por estar vestida de Balenciaga, uma grife de luxo fundada pelo estilista espanhol Cristóbal Balenciaga. A butique, que chegou a vestir membros da família real e da aristocracia, mudou-se para Paris, em 1937, em decorrência da Guerra Civil Espanhola e existe até hoje, embora tenha mudado diversas vezes de direção.

Chargé d'Affaires é um termo em francês que designa o profissional encarregado de uma missão diplomática, substituindo o embaixador.

A rota por "mar longo" que Mrs. Sutcliffe e sua filha Jennifer fazem no retorno de Ramat nada mais é do que uma viagem em que se passa a maior parte do tempo no navio, com menos paradas e trechos por terra, e trocando de embarcação poucas vezes. Apesar de mais demorada, essa rota é mais direta e tem menor possibilidade de extravio de bagagens, além de ser mais barata.

Mencionado na página 61, **999 é o telefone de emergência oficial**, como o brasileiro 190. Nele, é possível chamar serviços da polícia, de ambulâncias, dos bombeiros e da guarda costeira. A central de emergências foi instaurada na Inglaterra em 1937, após um incidente em Londres em que tentou-se chamar a brigada de incêndio mas a ligação acabou sendo atrasada pelo serviço de telefonista.

Em uma tentativa de diminuir a reputação da Meadowbank, na página 63, Jennifer cita a Rolls-Royce, empresa automobilística fundada em 1906, na Inglaterra, por Charles Stewart Rolls e Henry Royce, ambos pioneiros no ramo. A marca continua até hoje sendo referência em veículos de luxo no mundo inteiro. Stewart Rolls também foi pioneiro na aviação, sendo o primeiro inglês a ter morrido em um acidente aéreo.

A fala do Sargento Percy Bond sobre Miss Vansittart, na página 113 refere-se ao provérbio japonês representado pelos três macacos sábios: *mizaru*, que tampa os olhos, *kikazaru*, que tampa os ouvidos, e *iwazaru*, que tampa a boca. A escultura está localizada no templo xintoísta Nikko Toshu-gu e tornou-se um símbolo universal de paz e harmonia.

Na página 153, Julia compara Miss Vansittart a Joyce Grenfell, atriz inglesa de comédia que ficou muito famosa na década de 1950.

À medida que a situação vai se agravando, o Inspetor Kelsey cita alguns serviços especializados que ajudam na investigação. O Departamento de Investigação Criminal é uma força policial do Reino Unido que atuou também nas colônias britânicas. O serviço conta com detetives à paisana para cuidar de crimes específicos, mortes suspeitas, fraudes, ameaças de cunho sexual, abusos e diversos outros delitos. A Divisão Especial é um serviço de inteligência britânica fundado em 1883 e especializado em casos de ameaça à segurança nacional, como terrorismo ou atividades extremistas de natureza política.

News of the World, citado por Henry Sutcliffe, era um jornal sensacionalista de edição semanal que circulou de 1843 a 2011. Publicando temas polêmicos, fofocas, crimes e escândalos, o impresso bateu recordes de venda.

Covent Garden é um distrito de Londres referência em arte, cultura e entretenimento, onde se localiza o Royal Opera House, um dos mais importantes teatros de ópera do mundo. Sede das principais companhias de balé e ópera do Reino Unido, o lugar é também palco de diversos espetáculos de dança e peças teatrais. Nesse momento, quando encontra as joias escondidas na raquete, Julia entra em um devaneio inspirado na ópera *Fausto*, que a jovem tinha ido ver dias antes.

Na casa de Hercule Poirot, Julia Upjohn menciona, como referência ao detetive, Mrs. Summerhayes, amiga de sua mãe, e acontecimentos que se passaram no romance *A morte de Mrs. McGinty*, de 1952.

Conforme o Chefe de Polícia diz na página 200, o Inspetor Kelsey lembra-se de Hercule Poirot pois se encontraram anteriormente, nos acontecimentos do livro *Os crimes ABC*, de 1936.

Neill Cream, também conhecido como Lambeth Poisoner, foi um serial killer escocês que viveu no final do século XIX. Era médico e durante a faculdade se especializou no estudo de clorofórmio. Fez vítimas na Inglaterra, Estados Unidos e Canadá, matando por envenenamento.

Este livro foi impresso pela Braspor,
em 2024, para a HarperCollins Brasil.
A fonte usada no miolo é Cheltenham, corpo 9,5/13,5pt.
O papel do miolo é pólen bold 70g/m²,
e o da capa é couché 150g/m² e cartão paraná.